I0651796

TEA
BOOKS

Copyright © 2022 Maxine Morrey
Translation copyright © 2024 Agencija Horas, Agencija TEA BOOKS
Copyright za ovo izdanje © 2025 TEA BOOKS d.o.o.
Published worldwide in English by Boldwood Books Ltd
Translation rights arranged through Plima d.o.o.
and The Agency srl di Vicki Satlow

Naslov originala
Maxine Morrey
Living Your Best Life

Za izdavača
Tea Jovanović
Nenad Mladenović

Glavni i odgovorni urednik
Tea Jovanović

Lektura / Korektura
Agencija Tekstogradnja / Agencija TEA BOOKS

Prelom
Agencija TEA BOOKS

Dizajn korica / Crteži za korice
Debbie Clement Design / Shutterstock

Izdavač
TEA BOOKS d.o.o.
Por. Spasića i Mašere 94
11134 Beograd
Tel. 069 4001965
info@teabooks.rs
www.teabooks.rs

ISBN 978-86-6142-232-4

MAKSIN MORI

ŽIVETI PUNIM PLUĆIMA

Sa engleskog preveo
Danko Ješić

TEA
BOOKS

Ova publikacija u celini ili u delovima ne sme se umnožavati, preštampavati ili prenositi u bilo kojoj formi ili bilo kojim sredstvom bez dozvole autora ili izdavača niti može biti na bilo koji drugi način ili bilo kojim drugim sredstvom distribuirana ili umnožavana bez odobrenja izdavača. Sva prava za objavljivanje ove knjige zadržavaju autor i izdavač po odredbama Zakona o autorskim pravima.

Posvećeno neverovatnom timu Boldvud buksa.

1.

Nešto nije bilo u redu. Sedeli smo zajedno, kao i obično, u pabu u koji smo izlazili još od škole. S vremenom se grupa povećala kako su nam se pridruživali partneri, žene i muževi, koji su se utopili u grupu, ali većina nas je ostala da živi u delu grada u kome smo i odrasli. Naravno, ono što je nekad bio otrcan pab pun studenata, s lepljivim, tamnim šarenim tepisima koji su skrivali brojne grehove, i toaletima koji su te uvek terali da razmotriš koliko ti se stvarno piški, sad je izgledalo potpuno drugačije. Sad je to bio svetao i živahan objekat s podom od laminata nalik hrastovini i bledih zidova, koji je nudio pristojno otmene obroke po prikladno naduvanim cenama. Sastajali smo se tu godinama. Sastajali smo se redovno, što više nas, u zavisnosti od slobodnog vremena. Kad su ljudi počeli da dobijaju decu, postalo je teže uklopiti se, tako da smo leti često odlazili u jedan od parkova, kako bi i deca mogla s nama. Sviđalo mi se što smo se svi trudili da ostanemo bliski uprkos svim promenama u našim životima. Kao ljudi bez dece, Tija, Džono, Luka i ja smo nesvesno napravili svoju grupicu u okviru veće grupe i češće bili u kontaktu.

Često sam izlazila s Lukom na piće ili ručak nakon posla, jer smo radili u istom delu grada, a to nam je obično omogućavalo da se opustimo posle dugog i napornog dana. Bili smo prijatelji oduvek. Tačnije, otkako smo imali pet godina. Stajala sam na vratima učionice na početku predškolskog, gledajući sve to i pitajući se da li će neko primetiti ako se išunjam kroz vrata. Dok sam razmišljala o bekstvu, neko je povukao jednu od mojih uredno upletenih pletenica i zakikotao se. Neki dečak kao gar crne kose stajao je kraj mene, i dalje se široko osmehujući. Osmeh mu je nestao kad sam se povukla prema zidu, uz podrhtavanje donje usne. Krupne, izražajne oči boje čokolade razrogačile su se kad mi je jedna suza kliznula niz obraz. Iznenada me je neko čvrsto zagrlio.

– Nisam hteo da te rasplačem – kazao je kad se odmakao. – Izvini.

Klimnula sam glavom i pustila ga da me uhvati za ruku dok je samouvereno hodao učionicom i pronalazio nam mesta. Od tog dana, bili smo gotovo nerazdvojni. Čak i tokom dana kad smo vikali jedno na drugo, ubrzo smo se grlili i igrali zajedno. Ljudi iz ove grupe bili su mi prijatelji i razumeli su me. Ali znala sam da me je Luka razumeo malo više.

Ali večeras je nešto bilo drugačije. Tija je sedela kraj mene, isprazno ćaskajući dok smo čekali da svi stignu. Začkiljila sam u nju.

– Jesi li dobro?

– Naravno! Zašto?

– Ponašaš se čudno.

– Kako to misliš? Ne ponašam se čudno. Džono? – Okrenula se ka svom momku koji je sedeo pored. – Da li se ponašam čudno? Bi kaže da se ponašam čudno.

– Ti si uvek čudna. – Slegnuo je ramenima i poljubio je u nos. – To je jedna od stvari koje volim kod tebe.

Tija se široko osmehnula, pokazujući taj divan osmeh na koji sam uvek bila pomalo ljubomorna. Imam širok osmeh, ali dok je njen izgledao kao u Džulije Roberts, ja sam uvek više ličila na Džokera. Luka bi mi uvek rekao da ne pričam gluposti kad to pomenem, i to bi bio kraj razgovora. Ali i dalje sam bila sklona da skrivam zube kad se osmehujem.

– To je istina – saglasila sam se sa Džonom. – Ali večeras si posebno čudna. Kao da si se najela čokoladnih bombona pred dolazak.

– Oh, ma glupost. – Tija je odmahnula rukom, odbacujući moje sumnje. – Ima li nečeg novog na ljubavnom frontu?

Popila sam gutljaj pića. – Jok.

Uzdahnula je. – Šta da radimo s tobom?

Pogledala sam je preko ivice čaše. – Ne verujem da išta treba raditi sa mnom.

Tija me je pogledala u oči. – Prilično sam sigurna da obe znamo da tu ima mnogo posla. – Nestašno mi je namignula i zakolutala sam očima. – Sigurno postoji neko ko te zanima? Niko s posla?

– Jok. – Nabola sam maslinku iz svog pića ironično retro štapićem za koktele. Bio je u obliku mača i setila sam se da su moji roditelji imali takve plastične štapiće u svom kućnom bifeu, pre mnogo godina. Mnogo su voleli da prave zabave... znatno manje da budu roditelji.

– Baš niko? – uzdahnula je Tija.

– Niko. – Stavila sam maslinku u usta.

– To je razočaravajuće.

– Izgleda više za tebe nego za mene.

Tija me je oštro pogledala.

– I Luka misli tako, zar ne? – Okrenula se ka njemu kad nam se Luka pridružio i skupio duge noge da bi seo na klupu naspram mene.

– Teško je reći, pošto ne znam koje je bilo pitanje. – I dalje je imao isti zanosni osmeh kao kad je imao pet godina, ali sad ga je okruživalo lice koje je imalo sve grube površine, jednodnevnu tamnu bradu i čokoladnosmeđe oči dugih trepavica, u kojima čovek može da se izgubi ako nije oprezan, a mnogi i jesu. Uza sve to, imao je telo koje je imalo dvostruku sreću izvrsnih gena i redovnih treninga. Namignuo mi je kad je seo i uzvratila sam mu osmeh.

– Bi je potreban muškarac.

Bela i Džesi su prekinuli svoj razgovor o dobrim i lošim stranama nekih posebno modernih kolica za bebu i da li da ih kupe ćerki, i počeli su da slušaju naš razgovor.

– O. – Luka je popio malo piva, izgledajući manje zainteresovano nego ostali.

– Vidiš? – Tija se okrenula ka meni. – I Luka misli tako.

– Rekao je samo „o“. To ne znači da se slaže.

– Ali ni da se ne slaže – uzvratila je.

– Možemo li da naručimo hranu? – upitala sam sa uzdahom, jedva čekajući obrok i promenu teme.

– Uskoro – odgovorila je Tija, gledajući preko moje glave. – Džek i Lusi još nisu stigli. Rekla je da uskoro dolaze.

9

– Zar ne mogu da naruče kad dođu? – progunđala sam.

– Neko je propustio ručak? – upitao je Luka, gledajući me tamnim očima.

Slegnula sam ramenima. – Imala sam sastanak.

Odmahnuo je glavom.

– Videla sam to.

– I trebalo je. I ranije smo razgovarali o preskakanju ručka. To nije dobro za tebe i nije dobro za nas, jer postaješ čangrizava.

– Nisam čangrizava. Samo sam gladna.

– Rekao bih da si i jedno i drugo.

– Ti bi rekao bilo šta, samo da se ne složiš sa mnom.

Nakrivio je malo glavu na „to je nemoguće" način, pre nego što se osmehnuo.

Nakratko sam zakolutala očima i skrenula pogled, uglavnom jer sam znala da je u pravu. Upravo sam nameravala da izađem tokom pauze i kupim sendvič, kad me je šef pozvao na „petominutni sastanak".

– Ne smeta vam, zar ne? – upitao je, pokazujući da krenem za njim u salu za sastanke. Kao i obično, pitanje je bilo retoričko, tako da nisam odgovorila, i samo sam sela. Sat i po kasnije, kad se sastanak završio, želudac je prestao da mi krči, okrenuo je leđa ostalim organima i počeo da se duri, odnoseći osećaj gladi sa sobom. Sad se vratio, i to jači nego pre.

– Evo ih! – Tija je zamalo skočila sa stolice, zbog čega je Luka poskočio i nakrenuo svoje piće. Upitno me je pogledao dok je brisao malo prosute tečnosti salvetom. Slegnula sam ramenima. Nešto sigurno nije bilo u redu.

Čekala sam za šankom, pokušavajući da ugledam barmena među gomilom večernjih posetilaca bara. Pošto je poslužio petoro drugih ljudi, od kojih je troje stiglo posle mene, uspela sam da mu privučem pažnju i spremila sam se da zvučim ubedljivo, kako bi me čuo.

– Šta mogu da vam donesem?

– Tri...

– Dva kozma, jedan martini s maslinom i jednu votku s limetom. – Ta žena se progurala kraj mene, gurajući me malo u stranu, dok je zauzimala mesto.

Barmen me je jedva očešao pogledom dok se okretao i počinjao da pravi koktele. Ugurala sam se u uski prostor koji sam napustila, mrko gledajući, i spustila nogu na šipku koja se nalazila na dnu šanka, postajući tako viša za nekoliko centimetara i nastavila sam borbu da budem uslužena. Mrzela sam kad moram da platim turu.

– Jebote. Nije te bilo sto godina! Počeli smo da mislimo da si otišla – rekla je Bela, dok je Tija delila pića, a ja sedala na mesto.

– Nisam mogla da privučem ničiju pažnju. A kad sam je privukla, barmen je uslužio nekog drugog.

– O. – Saosećajno su me pogledali pre nego što smo se kucnuli čašama. Budimo iskreni, nije ovo bio prvi put da mi je trebalo sto godina da me barmen usluži, i neće biti poslednji. Sledeći put ću poslati Tiju. Vratiće se s pićima za pet minuta. Mogu da se kladim. Ljudi su primećivali Tiju. Ne samo zato što je bila prelepa. Imala je nešto u sebi, nekakvu harizmu koja je privlačila ljude. Meni je to nedostajalo. Pitala sam se može li se to kupiti na *Amazonu*.

Malo smo se zbili, kako bi naš mali klan mogao da se okupi oko dva stola koja smo zauzeli to veče.

– Dobro, možemo li sad da naručimo? Molim vas? – Pogledala sam Tiju.

Luka se zakikotao. – Gleda nas štenećim očima. Situacija mora da je ozbiljna.

Pogledala sam Luku. – Ne gledam štenećim očima.

Jedna strana usta izvila mu se u poluosmeh. – Gledaš. Slatko je što to i ne primećuješ. Uradila si to prvog dana u predškolskom kad sam te povukao za kosu, a i malopre.

– To nije štenći pogled! – frknula sam. – Kad tako kažeš, zvuči manipulativno. Lice mi je takvo.

– Nikad nisam rekao da je to namerno, ili da nešto nije u redu s tim. To je samo moje zapažanje. – Luka je slegnuo ramenima na svoj opušteni način. Nisam bila sigurna da li ta mediteranska opuštenost potiče od italijanskih gena, ili je naprosto takav. Za razliku od mene, koja sam se ponašala suprotno. Uvek sam se brinula šta bi moglo da se dogodi. Luka se uvek pitao: a šta ako se ništa ne dogodi?

– Pa, tvoje zapažanje je potpuno pogrešno.

– Stvarno? – pitao je, vraćajući praznu pivsku čašu na sto.

– Da.

Zaustio je da kaže nešto, ali pre nego što je imao vremena, Džono je kucnuo viljuškom u pivsku čašu. Pošto je bila napola puna zvučala je prigušenije nego što je očekivao i zato je uzeo moju praznu vinsku čašu i pokušao ponovo. Začuo se rezak zvuk i svi u pabu su zaćutali. Svi su se zagledali u nas.

– Na mestu voljno! – Tija je mahnula ostalima desnom rukom, i nekoliko trenutaka kasnije svi osim naše grupe vratili su se svojim razgovorima. Danas ljudi ionako nemaju veliki raspon pažnje.

Džono ju je pogledao, a onda i nas ostale. Da li se to zacrveneo? Tija je sigurno bila pričljivija od njega. Džono je bio divan, sklon jetkim doskočicama i spreman na razgovor, ali bio je ćutljiv i uvek je izgledao zadovoljnije kad sluša, ako je to moguće.

– Hvala svima što ste došli večeras. Znam da je sve bilo u poslednjem trenutku i hvala vam na tome. – Nakašljao se. – Samo smo želeli da vam kažemo da sam sinoć zaprosio Tiju i, na moje veliko olakšanje i iznenađenje, ona je pristala.

Zatim je Tija podigla levu ruku prema nama, uz tih, jedva kontrolisan vrisak. Na prstenjaku je imala veliki dijamantski prsten od belog zlata.

Ubrzo smo se svi grupno grlili i čestitali i brisali uzbuđene suze s lica buduće mlade. Bila sam izuzetno uzbuđena zbog svoje prijateljice iz detinjstva. Nije joj uvek bilo lako zbog povremeno odsutnog oca, ali imala je mnogo duha zbog kojeg sam joj se divila čak i tad. To joj je omogućilo da pretekne one koji su hteli da je zadrže, ili zbog pola ili zbog boje kože. Tija nije popuštala dok ne dobije ono što želi. A znam da je jedna od stvari koje je želela bio dobar, ljubazan, pouzdan muškarac s kojim će zasnovati porodicu. Sad ga je konačno pronašla i osećala sam da mi se osmeh, koji otkriva zube, širi dok gledam njihovu očiglednu sreću.

2.

– Da li se osećaš manje čangrizavo sad kad si jela? – Menjali smo mesta nekoliko puta dok smo razgovarali s raznim ljudima, i sad je Luka sedeo kraj mene, naspram Tije i Džona.

– Nisam bila čangrizava.

Luka nije ništa rekao.

– Nisam.

– Nisam ništa kazao.

– Nisi morao. Tvoje lice je dovoljno reklo.

– Dobro! – Tija je spustila lakat na sto i pogledala nas oboje, prekidajući nešto što bi neki ljudi nazvali svađom, ali što bismo Luka i ja nazvali raspravom.

Podigla sam obrvu. – Dobro?

– Vas dvoje ste jedini od nas koji sad nisu u vezi.

Slegnula sam ramenima. Luka nije ništa rekao. Očigledno je da nijedna od tih reakcija nije prijala našoj prijateljici. – Šta ćemo da uradimo povodom toga?

– *Mi* nećemo ništa da uradimo – rekla sam, gledajući je oštro. Kad mi je poslednji put ugovorila sastanak s nekim, provela sam veče razgovarajući o pojedinostima *Marvelovih* stripova, njihovih likova i filmskih adaptacija. Nisam imala ništa protiv ljudi koji to vole, iako mi nisu bili omiljeno društvo. Ali nakon gotovo tri sata razgovora o toj temi, bio mi je potreban lični *Osvetnik* da me spase. Kratak odlazak u toalet očekivano mi je rekao da tamo nema prozora, što je isključivalo bekstvo. Vratila sam se do stola, spremna za još jedan verbalni pokolj. Međutim, moj kavaljer mi je rekao da ne jede deserte i pitao me je da li da podelimo račun. Nije mi smetalo to što sam morala da platim svoj deo. *Smetalo* mi je što sam propustila slatkiš – a samo zbog toga sam ostala toliko dugo! A onda, kao poslovična trešnja na vrhu nepostojećeg deserta? Pozvao je Tiju dok se vraćao kući, da bi joj rekao da „izgledam solidno, ali nisam baš pričljiva".

– Nikad mi nećeš dozvoliti da zaboravim na to, zar ne? Znala sam da ga zanimaju te stvari, ali ne baš toliko, priznajem. Izvinila sam ti se.

– Znam. Ali opet neću.

– Dobro. Ako nema nikog na poslu, i ne dozvoljavaš da ti ja nađem nekog, postoji samo jedna mogućnost.

– Manastir?

Luka se zasmejao i naglo sam ga pogledala. – Ne znam čemu se ti smeješ. Ni ti nisi u vezi. Možda možemo da pronađemo mesto u manastiru i za tebe.

Otvorio je usta.

– Možda neki red koji se zavetovao na ćutanje – brzo sam dodala, mrko ga gledajući.

Luka se nasmejao glasnim i grlenim smehom, zbog čega su se žene oko njega obično topile od milja. Nisam bila slepa. Ali mada je izgledao i zvučao dobro, imala sam dovoljno životnog iskustva da znam kako to samo prikriva njegovu sposobnost da bude neopisivo naporan.

– Htela sam, u stvari, da ti predložim onlajn pronalaženje partnera. – Tija se široko osmehnula. – Mislim da kod tebe još nije došlo do faze *Moje pesme, moji snovi*. – Pogledala je Luku. – A nekako ne mislim da bi ga iko primio. Suviše je zgodan, i ako potražiš „stvoren za greh" na netu, videćeš ga kako čudljivo zuri s fotografije pored tog natpisa.

– Ne govori takve stvari! – kazala sam, spuštajući ruke na sto i naslanjajući glavu na njih. – Ionako je dovoljno uobražen. – To nije bilo sasvim istinito. Za nekog tako neprijatno zgodnog i privlačnog, Luka je bio iznenađujuće skroman. Uglavnom.

– Ovde sam, da vas podsetim. Takođe, ne zurim čudljivo – rekao je Luka, gledajući naizmenično Tiju i mene, dok sam ih ja gledala oboje. Samo je odmahnula rukom, a s njene nedavno prstenovane šake sevale su iskrice svetlosti ka mom licu. Jeste da zuri, ali znala sam da je to potpuno nesvesno i događalo se samo kad bi se usredsredio na nešto. U tim trenucima, Dejvid Gandi je imao ozbiljnu konkurenciju.

Uspravila sam se i uhvatila se za glavu. Iznenada me je stigao umor. Verovatno bi trebalo da razmislim da krenem u poslednje ostatke leta, prema stanici metroa i kući.

– Šta mislite? – Tija je gledala Luku i mene.

– O čemu? – pitali smo istovremeno.

– O onlajn pronalaženju partnera?

Luka i ja smo se zgledali. Moj izraz lica bio je, prilično sam sigurna, negde u kategoriji „užasnuta“. Lukin je bio, neobično za njega, nedokučiv.

– Ne misliš stvarno da je to dobra ideja? – pitala sam ga.

– Naravno da jeste! – Tija se ubacila pre nego što je Luka imao priliku da odgovori. – Džono i ja smo se upoznali preko interneta, i vidi kako smo odvratno srećni!

– Da, ali vas dvoje ste izuzetak od pravila. Sve što sam čula o onlajn pronalaženju partnera su horor priče. Moraš priznati da sistem u kojem osamdeset odsto ljudi ne stavlja prave slike na svoj profil ima ozbiljne mane. A to je samo jedan od problema.

Luka je i dalje ćutao. Munula sam ga laktom. – Molim te, reci nešto kako bismo nastavili razgovor o nečem prijatnijem, da ne pominjem razumnijem.

Zavalio se u stolicu, prekrstivši ruke preko širokih grudi. Rukavi košulje bili su mu delimično zavrnuti i videle su mu se preplanule, mišićave podlaktice, a tkanina po meri šivene bele košulje bila mu je zategnuta na grudima. Perifernim vidom sam gledala jednu ženu koja ga je odmeravala čitave večeri, a sad se okrenula ka njemu i prekrstila je svoje dugačke, savršeno preplanule noge, dok je sedela na barskoj stolici. Luka je nakratko pogledao nju, a onda ponovo Tiju i mene.

– To nije najgora ideja.

Osetila sam kako mi se usta otvaraju.

– Šta je? – pitao je Luka.

Pribrala sam se i povratila moć govora. – Da, jeste! To je apsolutno najgora ideja! Nema gore ideje od te!

– Zašto?

– Iz razloga koje sam upravo nabrojala.

– Ali može da bude, kako je Tija istakla, i pozitivno iskustvo. To što si nekog upoznala uživo i izašla s njim ne znači da će izlazak biti bolji nego da si ga upoznala onlajn. U stvari, verovatno ćeš znati manje o toj osobi.

– Da, ali makar ćeš znati kako osoba s kojom izlaziš izgleda i nećeš ugovarati sastanak s petnaestogodišnjom verzijom te osobe. – Glasno sam uzdahnula. – Ti misliš da je to dobra ideja samo zato što ja ne mislim.

– Nije istina. To je samo bonus.

Popreko sam ga pogledala i osmehnuo se.

– Zašto bi se uopšte zamarao time? Sigurno ti ne fale ponude. – Pogledala sam ženu na barskoj stolici, koja je i dalje svlačila Luku pogledom. Po izrazu na njenom licu, pretpostavila sam da je blizu njegovih bokserica.

– Možda tražim nešto više.

Džono se uspravio i počeo da izgleda zainteresovano kad se Tija nagnula napred, razrogačenih očiju. – Stvarno? – pitala je.

Luka me je pogledao na tren, a onda slegnuo ramenima. Nisam znala šta da kažem. Sudeći po ćutnji, nije znala ni Tija, što je, samo po sebi, bilo pravo čudo. Zurila sam u Luku na tren. Uvek je bio tip koji voli zabavu. Nije bio u nekoj posebno ozbiljnoj vezi, i stavljao je to do znanja devojkama od samog početka, da ne bi bilo zabune. Ta taktika nije uvek palila, ali to nije bilo zato što je neiskren. Radio je, imao je prijatelje i strast za avanturu, koju je zadovoljavao hobijima koji su me užasavali, poput planinarenja i paraglajdinga. To je bila još jedna stvar oko koje se nismo slagali, i zato je pokušavao da je ne pominje previše, a ja sam pokušavala da ne mislim o tome dok je bio odsutan. Znala sam da to nije sjajna životna strategija, ali uglavnom je funkcionisala, tako da sam se držala toga. Uvek mi je upućivao video-pozive kad završava sa superherojštinom, kako bih znala da je dobro i videla da je u jednom komadu. Znao je da mi je potrebna ta potvrda. Bili smo prijatelji toliko dugo da nije bilo mnogo stvari koje ne znamo jedno o drugom. Osim ovog mega-iznenađenja, izgleda.

– Stvarno? – upitala sam, pre nego što sam se zaustavila.

Ponovo je slegnuo ramenima.

– Nikad mi to nisi rekao.

– Nikad me nisi pitala.

Bio je u pravu. Nikad se nisam setila. Niko od nas nije. Samo smo pretpostavljali da je srećan sa onim što ima. Ali postajali smo stariji, a Luka je poticao iz brojne, bliske porodice. Iznenada mi je izgledalo zaslepljujuće očigledno da će i on, u nekom trenutku, želeti to za sebe. A iz nekog razloga, uprkos Tijinoj i Džonovoj objavi, ta spoznaja mi je delovala kao najznačajnija vest te večeri.

Luka me je dugo gledao, pa skrenuo pogled. Malo sam se provrpoljila na stolici, nesposobna da se oslobodim osećanja da je razočaran.

– Dakle? – pitala je Tija.

– Šta, dakle? – Luka i ja smo rekli istovremeno. Gledala nas je, naizmenično, podignute obrve, pre nego što je nastavila.

– Očigledno znamo šta bi misli o onlajn pronalaženju partnera, uprkos slici savršenstva koja joj je trenutno pred očima. – Tija je zatreptala i napravila pačje usne, pozirajući s prstenom, a onda je nastavila. – Da li i ti misliš tako? – Pogledala je Luku.

– Nipošto – odgovorio je, bez ustezanja.

– Znala sam da ćeš to reći – pobunila sam se.

Luka se okrenuo ka meni. – O, stvarno? A zašto?

– Jer nikad ne možeš da se složiš sa mnom.

– Slažem se s tobom.

– Retko.

– Dovoljno tokom prethodnih tridesetak godina da bismo bili ovoliko bliski, uprkos tome što si naporna.

– Makar smo izjednačeni u tome.

Uputio mi je pogled koji je nagoveštavao da se ne slaže baš s tom izjavom, a onda je ponovo pogledao Tiju.

– Zašto pitaš?

– Pa, kako vas dvoje imate suprotstavljena mišljenja na tu temu, a vi ste poslednji u grupi koji nemaju partnera, šta kažete na mali izazov?

– Kažem: ne, hvala – učtivo sam odgovorila.

– Prihvatam – kazao je Luka istovremeno.

– Kako možeš da prihvatiš izazov kad ne znaš kako glasi? – upitala sam Luku, s nevericom.

– Kako možeš u potpunosti da odbaciš ideju ako ne znaš kakva je? – Podigao je ruke, a italijanska krv mu je proključala i donela sa sobom sve karakteristične gestove njegovih predaka.

– Jer znam da ako to ima ikakve veze sa onlajn pronalaženjem partnera, ne želim da imam nikakve veze s tim.

Namrštio se. – Trebalo je da znam.

– Šta to treba da znači? – upitala sam, uspravljajući se. I dalje smo sedeli, što je i bolje, jer je Luka viši od mene tridesetak centimetara i teži dvadesetak kilograma. Sedenje mi je dalo makar malo više jednakosti u pogledu visine.

– To samo znači da radiš ono što uvek radiš. Ne znam zašto sam iznenađen.

– A šta je to što uvek radim?

– Biraš bezbednu opciju.

– Ti izgleda misliš da je to loše. Iskreno, biranje bezbedne opcije je mnogo bolji životni izbor od bacanja s planina i drugih besmislica koje ti biraš da radiš u slobodno vreme.

– U stvari, pokušavam da ostanem čvrsto priljubljen uz planinu. To je prvo pravilo planinarenja. Bacanje s planine se ne preporučuje.

– Penjanje po klizavim, ledenim padinama takođe nije preporučljivo, a ti biraš da radiš to.

– Zato što je to zabavno.

– Ne. To je ludost. I hladno je.

– Uživam u tome.

– To je zato što si verovatno pao na glavu u detinjstvu, ali mama ne želi da ti kaže.

Uputio mi je pogled kakav mi je uputio milion puta, njegove tamne oči zagledale su se u moje, zaklonjene trepavicama na koje sam oduvek ljubomorna, i naznaka osmeha pojavila mu se na punim usnama.

– Dakle, oboje pristajete? – Tija je prekinula našu bitku rečima.

Luka mi je prebacio ruku preko ramena. – Pristajemo.

– Ne – dodala sam brzo. – Mi *ne pristajemo*.

Naslonio je glavu na moju, ostavljajući je tamo na tren. – Živi malo, Bi.

– Dovoljno živim, hvala na pitanju! – rekla sam, udaljavajući se, dok su mi izrazi njegovog i Tijinog lica pokazivali da oni ne misle tako.

– Šta? Živim. Samo to radim mirnije, manje razmetljivo nego ovaj ovde.

– Toliko mirno, u stvari, gotovo nepokretno.

– Baš si kreten – kazala sam, želeći da popijem ostatak pića, ali sam shvatila da sam ga popila. – Dobro. – Okrenula sam se prema Tiji. – Prihvatam izazov. Kakav god da je.

Uzbuđeno je pljesnula rukama. – Ovo će biti baš zabavno!

Čvorovi u koje su mi se vezivala creva ne samo što su pokazivali kako sumnjam u to nego bi mi obezbedili i značku Mladih izviđača za vezivanje čvorova. Ovo nipošto neće biti zabavno, ali nisam htela sad da odustanem. Znala sam da Luka oduvek misli da sam uzdržana, ali u poređenju s njim većina ljudi je takva. To se zove normalnost. Ali sad je izgledalo da on nije bio jedini od mojih prijatelja koji je mislio da ne „živim punim plućima", ako ću da budem popustljiva prema sebi. Da nisam ljubazna prema sebi, mogla bih da kažem kako živim prilično dosadno. Negde duboko u sebi nisam bila sasvim uverena da oni greše, ali volela sam mir, i sigurnost, i dosadne hobije. Volela sam razumne stvari. I bezbedne. Ne isticanje. Tako imaš manje izgleda da budeš povređen, da ne pominjem manje izglede da povrediš druge.

– Jesi li dobro? – Luka mi je nežno dodirnuo ruku, glas mu je bio tih, bez malopređašnjeg zadirkivanja.

– Jašta. – Odagnala sam neželjene misli, vratila ih na tavan svog uma i usredsredila se na ono što Tija govori.

– Dobro. Luka misli da je sreća moguća onlajn, zar ne?

– Ja sigurno to ne bih odbacio kao sredstvo da se pronađe neko poseban. Ti i Džono ste savršen primer. Imam nekoliko ljudi na poslu koji su pronašli partnere onlajn.

– Bi, međutim, ne veruje u to. Zar ne?

Bilo je malo neprimereno reći koliko malo vere imam u to kad su Džono i Tija sedeli ispred mene, blistajući od sreće.

– Samo mislim da ste vas dvoje izuzetak, to je sve – odgovorila sam, nadajući se da sam postigla pravu ravnotežu iskrenosti i uviđavnosti.

– Pošteno. Dakle, možda treba da proverimo vaše teorije.

– Kako?

– Oboje ćete otići na isti dejting sajt, i početi da ga koristite. – Tija me je pogledala oštro, u stilu Mede Padingtona, dok je govorila to. – Nakon izvesnog vremena, videćemo čija teorija je bila tačnija.

O, bože.

3.

Osetila sam kako mi se hrana za kojom sam ranije žudela pretura i mućka po želucu.

– To je smešno. Ima toliko varijabli! Mislim, pogledaj njega. Očigledno je da će imati na stotine sastanaka. – Pogledala sam Luku. – Pa, makar prvih sastanaka.

– Nisi ni ti za bacanje, Bi – kazao je Luka, ignorišući moju provokaciju.

– Ma, daj! Vešt si s rečima. Stalno izlaziš s nekim! Ovo nije pošteno takmičenje. Ja idem na... manje sastanaka. – Tija i Luka su me gledali. – Dobro, u redu! *Mnogo* manje sastanaka. Upravo tako! Nemam rutinu. Niti veštine. Mislim, pogledaj samo onu ženu koja svlači Luku pogledom otkako je stigao.

Svi smo potajno pogledali prema šanku. Zavodljivo je prekrstila noge, a govor tela bio joj je opušten i prirodan i, iskreno, iznenadila sam se što Luka nije otišao pravo do nje. Sad je razgovarala s nekim sredovečnim tipom u odelu šivenom po meri, koji je zračio bogatstvom, i stručno je očijukala s njim... ali to je nije sprečavalo da odmerava Luku.

– Šta s njom? – pitao je Luka.

– Ja ne mogu to.

– Šta?

– Da izgledam tako glamurozno i prirodno.

– Mogla bi ako bi želela.

– Nisam sigurna da želim. Ali bilo kako bilo, to je stvar za diskusiju. Ne mogu to. Ti si, nažalost, bio u istom baru kad sam isprobala tu tehniku. I nemoj misliti da ne vidim taj prezriv osmeh, koji upravo dokazuje ovo što govorim.

– Makar si imala na sebi čisto donje rublje.

– To mi ne pomaže.

– Makar si imala donje rublje, tačka – dodala je Tija.

– Stvarno mi ne pomažete.

– Samo kažemo da je moglo biti gore. Barske stolice umeju da budu nestabilne.

Ponovo sam, ispod trepavica, pogledala u sirenu na drugom kraju prostorije. – Izgleda da se ona sasvim dobro snalazi.

– Ne treba ti to prenemaganje, Bi. Ti imaš druge kvalitete. Svi smo različiti. To je samo stvar samopouzdanja. Ovo bi mogla da bude savršena prilika da se pozabaviš time.

– Imam ja dosta samopouzdanja – rekla sam, bez imalo samopouzdanja.

– Svesna si da te poznajemo trideset godina, zar ne? – kazala je Tija nakrenuvši glavu u stranu, što je obično radila kad proziva nekog.

– Dobro – kazala sam, suviše umorna da se dalje svađam. – Ali čak i ako ovo upali, biće mi potrebni meseci da pronađem Pravog. Ako takav postoji.

Luka me je šutnuo ispod stola.

– Prisutni su isključeni, naravno – dodala sam brzo.

Tija je prihvatila ispravku moje izjave i nastavila. – Pristajem. Ali zbog eksperimenta, moramo da postavimo neki rok. Šta kažete na Božić? To će vam oboma dati dovoljno vremena da steknete utisak ima li onlajn pronalaženje partnera neku perspektivu, čak i ako se dotad ne pojavi Gospođica Prava ili Gospodin Pravi. Da li smo se dogovorili?

Do tog trenutka je već i ostatak grupe slušao naš razgovor i čuo da je rukavica bačena. Osećala sam kako me prodorno gledaju. Svi su znali da će Luka pristati. Naprosto je bio takva osoba. Ali ja nisam bila takva osoba. Nisam bila sigurna da sam uopšte od istog materijala kao on. Sve me je to ispunjavalo užasom. Ali s druge strane, uprkos dokazu u vidu mojih prijatelja koji su sedeli ispred mene, znala sam da sam u pravu u vezi sa onlajn pronalaženjem partnera. Dokazaću da Luka greši, i to me je sigurno privuklo. Pokušavali smo da nadmašimo jedno drugo otkad smo se upoznali u pred-školskom, a ovog puta je bilo sigurno da će stvari ići meni u prilog.

– Dogovoreno? – Luka je ponovio Tijino pitanje, pružajući ruku.

– Dogovoreno – odgovorila sam, rukujući se s njim.

Sutra ujutro me je grubo probudilo glasno, neprekidno turiranje motora. Uzdahnula sam. Živela sam u stančiću blizu poslednje stanice nadzemnog metroa, što mi nije smetalo. Srećom, nisam imala mačku, jer ne bi imala mesta da se okrene, ali bilo mi je udobno, i nisam morala da delim stan s nekim. Od svih nas, ja sam živela najdalje od centra grada, ali bila sam i jedina koja nije završila fakultet i najmanje sam zarađivala. Te dve stvari su bile povezane. Jedini način da priuštim sebi život bliže centru i ostalim prijateljima bio je da delim stan s nekim, a to nije bila ulica kojom bih krenula, da izvinite na neuspeloj šali. Volela sam da mogu da sedim u gaćama i jedem čips, ako tako želim. Volela sam tišinu. Sve u svemu, taj deo grada nije bio tako loš, ali komšija desno od mene mnogo je voleo kola. Nisam imala ništa protiv. Kola su sasvim u redu. Nisam imala kola, jer nisam mogla da ih priuštim, a uglavnom mi i nisu bila potrebna. Smetala mi je njegova sklonost da ih „popravlja" subotom u osam ujutro.

Motor je ponovo zaturirao i iznenada se čuo glasan prasak, praćen kratkom tišinom, a onda se začuo niz psovki. Osmehnula sam se i okrenula se, pokušavajući da nastavim da spavam. Kad sam se probudila sat kasnije, okrenula sam se i uzela telefon s noćnog stočića. Isključujući avionski režim, proverila sam poruke.

Jesi li uradila to?

To pitanje je bilo praćeno emotikonom pileta. Primetila sam da je poruka poslata u pola sedam ujutro, kad svi normalni ljudi, pod uslovom da ne rade ili nemaju malu decu, treba da spavaju. Luka nije radio niti je bio roditelj. Niti je bio normalan. Ali navikla sam se na to, zbog čega sam prebacivala telefon u avionski režim rada tokom noći.

Nekako sam obukla kućnu haljinu, gurnula stopala u prevelike papuče nalik na medveđe šape, koje mi je Luka kupio za prošli Božić, i otišla u kuhinju, što je trajalo oko dve sekunde. Kad sam pronašla sok od pomorandže u frižideru, isprala sam čašu i uključila ketler pre nego što sam pokušala da pronađem nešto nalik doručku. Odlazak u prodavnicu nije me privlačio i odlagala sam ga do poslednjeg trenutka. A sad je on bio blizu. Luka je, začudo, uživao u tome, ali on je i znao šta da radi sa svim tim stvarima kad se vrati kući. Nasledio je porodičnu radost i talenat za kuvanje, dok ja nisam ovladala ni jednim ni drugim. A kad smo kod toga, to mi nije smetalo jer me je često pozivao na večeru i imala sam dovoljno sreće da budem redovno pozivana na nedeljne ručkove s njegovom porodicom. Tako je otkako smo bili mali, i sviđalo mi se to. Nažalost, iako je njihova ljubav prema dobroj hrani prešla na mene, njihove veštine njene pripreme nisu. Pogledala sam pakovanje instant rezanaca i zapitala se da li su prikladni za doručak.

Uzimajući posebno veliku šolju čaja i čašu soka, odnela sam ih do malog stola i spustila. Odgovorila sam na poruku.

Šta?

Nekoliko trenutaka kasnije, telefon mi je zazujao zbog odgovora koji se sastojao od jednog emotikona... kolutanje očima. Luka ga je često koristio, ali nisam znala da li samo sa mnom. Da budem iskrena, poslala sam ih i ja njemu dosta puta, tako da smo verovatno izjednačeni. Došla je još jedna poruka.

Tvoj profil. Na sajtu za pronalaženje partnera. Ili si možda...

– tu je ubacio emotikon pileta –

Odustala?

Bože, baš je naporan.

Ne. Nisam. Jer je vikend i rano je i normalna sam osoba. Za razliku od tebe.

Dakle, u pidžami si, piješ čaj i očajnički pokušavaš da pronađeš nešto za doručak, nešto čemu nisu izrasle noge pa je sâmo otišlo iz frižidera?

Jao. Mrzim što me tako dobro poznaje.

A pretpostavljam da si ti istrčao maraton i već spremio gurmansku večeru za šesnaest osoba?

Jok, samo polumaraton i napravio sam svežu testeninu.

Mrzim te.

I ja tebe.

Zatim mi je poslao emotikon koji namiguje, a onda onaj koji se plazi.

Dobro, to je značilo da je verovatno postavio svoj profil na pomenuti sajt. I verovatno već ima četrdeset dva zahteva za sastanke. Luka nije bio nimalo neprivlačan, vodio je svoj uspešan posao i zapravo je uživao u vežbanju, što pomaže kad je neko tako dobar kuvar kao on.

Jao. Ne smem da izgubim ovu opkladu. Nikad me ne bi ostavio na miru. Znala sam da sam u pravu. Tija i Džono su sigurno izuzetak od pravila kad se govori o internet dejtingu, i dokazaću to. Nisam znala zašto Luka nije mogao da prihvati da greši. Nisam nameravala da skočim na taj ludi ringišpil onlajn pronalaženja partnera samo da bih sišla nekoliko meseci kasnije osećajući se grozno. Da je trebalo da upoznam nekog, upoznala bih ga. Luka je, naravno, imao drugačiji pristup. On se držao pravila da moraš da pokreneš stvari. I radio je to, što mu je izgleda vrlo dobro išlo, i bila sam ponosna na ono što je postigao u poslovnom smislu. Znala sam da će se potruditi i oko ovog izazova. Luka Donato nije bio neko sklon neuspehu, niti ga je voleo. Ali nisam ni ja. Dobro, bila sam manje uspešna od njega, ali to ne znači da sam uživala u neuspehu. Okolnosti nisu bile tako povoljne kao što sam želela. Ali izazov je započeo, sviđalo mi se to ili ne. Privukla sam laptop k sebi, unela adresu sajta, duboko udahnula i pritisnula dugme „postanite član".

– Ovo je tvoj profil? – upitala je Tija kad su svratili kasnije, napuštajući grad za vikend. Sedela je na ručnom naslonu moje male sofe, dok je Džono potajno motrio mog suseda kroz prozor.

– Lepa kola – primetio je.

– Potreban im je nov motor, ako je suditi po glasnom prasku od jutros. Sad imam sve lepše mišljenje o njima, što su duže nečujna.

Džono se široko osmehnuo i seo na sofu, uzimajući kafu koju sam mu upravo skuvala, dok me je Tija namršteno gledala.

– Šta?

– Varala si.

– Naravno da nisam! – uzvratila sam.

– Da li si već postavila profil?

Sela sam na sofu, podigla nogu i pomilovala čupavu papuču. – Ne baš.

– Nema tu „ne baš", Bi. Ili si ga postavila ili nisi?

– Nisam.

– Dobro. To znači da još možemo da ga spasemo.

– Molim?

– Ja sam moderator ovog izazova, i moram da znam da se odvija pošteno.

– Kad si ti postavljena za moderatora?

– Sinoć.

– Ko te je postavio?

– Ja.

– Postavila si sama sebe?

– A-ha. To ti smeta?

Slegnula sam ramenima. – Ne posebno. Oh, osim onog dela kad si me optužila da varam.

– Ovo je... – pokazala je na ekran – varanje.

– Kako? Već sam spremila profil. Odabrala sam najpristojniju fotografiju koju sam mogla da pronađem. – Nisam volela da me fotografišu, a selfiji su mi izgledali još gore. Zavidela sam onima koji su uvek izgledali sjajno, ali bila sam svesna da većina tih slika nije sasvim verna. Međutim, petljanje sa aplikacijama za seckanje i peglanje delovalo mi je previše naporno. – Veruj mi, bilo je i mnogo gorih.

– Ne radi se o tome. Slika je dobra. Problem je ostatak profila. Dosadan je!

– Opa. Hvala.

Tija je sad sela na jednu od stolica pored malog stola, koji mi je služio kao trpezarijski. Okrenula se ka meni. – Ali ti nisi – dodala je brzo. – Zato izgleda kao da varaš. Kao da pokušavaš da učiniš sebe najdosadnijom osobom na svetu i dobiješ najmanji mogući broj poziva na sastanke.

– Nije tako! – Pogledala sam kroz prozor, prema komšiji, koji je sad zurio u svoja kola, kao da bi pogledom mogao da ih popravi. Tijina optužba me je zabolela, ali znala sam da nije htela da bude neljubazna.

Gledala me je još tren. – Nije, sad to shvatam. Izvini. Nije trebalo da kažem to. – Nagnula se i zagrlila me. – Znam da ne bi varala, čak ni da nadmašiš Luku. Samo... – Pokazala je na ekran. – Ovo nisi ti.

– Jesam.

– Ne, draga. Nisi. Da li stvarno tako vidiš sebe?

Promeškoljila sam se. – Samo sam iskrena. Moj profil nikad neće izgledati kao Lukin. Nemam sve te prednosti koje on ima.

– Imaš ih dosta – odgovorila je Tija, glasom koji nije dozvoljavao raspravu. – I nemoj misliti da ih nemaš.

Pogledala sam Džona. – Ona ume da bude prilično zastrašujuća, zar ne?

Široko se osmehnuo i klimnuo glavom. – A-ha.

– Dobro. U redu. Hajde da popravimo ovo.

Nije bilo svrhe da se raspravljam. Poznavala sam svoju prijateljicu dovoljno dugo da bih znala kako nema svrhe da pokušavam da je zaustavim kad započne misiju. Samo sam se nadala da nakon njenih „popravki“ neću početi glasno da psujem kao moj komšija.

27

4.

– To nimalo ne liči na mene! – pobunila sam se kad sam pogledala preko Tijinog ramena dvadeset minuta kasnije. – Ne možeš da postaviš to.

– Naravno da liči i da mogu. U stvari, već jesam. Ti si, draga moja, učlanjena!

Stenjanje koje je trebalo da ostane u mojim mislima, sišlo mi je sa usana.

– Sve će biti u redu! – odgovorila je Tija. – Ko zna? Možda ćeš čak upoznati Pravog!

– Ali onda ću izgubiti opkladu s Lukom.

Gledala me je na tren. – Stvarno misliš da je dobijanje opklade važnije od pronalaženja životnog partnera?

– Ne, naravno da nije – kazala sam, iskreno.

Tija je podigla savršenu obrvu.

– Ne mogu. To je samo... – slegnula sam ramenima. – ... automatska reakcija. To je ono što Luka i ja radimo. Što smo uvek radili.

Klimnula je glavom. – Da, znam. Samo nemoj da odbaciš nešto dobro, važi?

– Iskreno, i dalje sumnjam da će se išta dobro izroditi iz toga, ali obećavam, ako upoznam nekog sjajnog, prihvatiću dostojanstveno gubitak opklade. Sve pazeći da ne zakačim glavom to grožđe što je niklo na vrbi.

Tija je zakolutala očima, a Džono se zakikotao, gledajući neku ragbi utakmicu koju je slučajno pronašao na televiziji.

– Hej, hajde da pogledamo Lukin profil.

– O, nisam sigurna da želim da ga vidim... – Ali Tija je već tražila i skrolovala i, trenutak kasnije, njegov profil se pojavio na ekranu.

– O-ho, izgleda dobro! – Pregledala je ekran. – I zvuči dobro. Biće popularan.

– Mogao je da kaže i da je uzgajivač svinja koji živi u svinjcu, i opet bi ga zvali na sastanke. Pogledaj ga! Ne mogu da se nadmećem s njim.

Tija me je oštro pogledala.

– Nadmetanje nije suština, očigledno. – Nastavila je da me gleda tako i znala sam da je nisam uverila.

Sela sam na stolicu kraj nje i podigla kolena, skupčavajući se u malu loptu. – Da li si znala da želi više od svojih veza? Mislim, na osnovu onog što je rekao sinoć... – slegnula sam ramenima – ... zvuči kao da je stvarno ozbiljan.

– Nikad nismo razgovarali o tome, ali video je kako moja i Džonova veza postaje ozbiljna, i bio je oduševljen. Rekao je neke lepe stvari koje su me navele da se zapitam da li je završio s vezicama i možda traži nešto ozbiljnije. – Nagnula je glavu ka meni. – Stvarno nisi znala?

Odmahnula sam glavom.

– Iznenađujuće. Vas dvoje ste praktično nerazdvojni od prvog dana škole. Mislila sam da govorite sve jedno drugom.

– I ja.

– To nije iznenađenje. Ti, više od svih, znaš koliko Luki znači porodica. Provela si dovoljno vremena s njegovom.

– Istina.

To je bila istina. Bila sam jedinica, s vrlo društvenim roditeljima, ali kako je to druženje retko uključivalo mene, provodila sam mnogo vremena s bebisiterkom, koja je, opet, provodila mnogo vremena sa svojim momkom kojeg nije smela da dovodi. To je, posledično, značilo da sam provodila mnogo vremena u svojoj sobi, sama. Nije mi to smetalo. Majka mi je stalno govorila kako sam uvek umela samu sebe da zabavim. Nikad nisam bila sigurna da li je to stvarno mislila, ili je to govorila sebi kako bi ublažila krivicu koju je možda povremeno osećala. A onda je Luka, koji je umeo da odnese tajnu u grob, ali s druge strane da ne zatvara usta, sigurno pomenuo nešto svojoj mami. Kad moji roditelji nisu bili tu, uglavnom sam spremala sebi instant rezance, zato što bebisiterka „nije bila gladna". Uvek je nosila kući hranu koju je trebalo da spremi, tako da moji roditelji nisu znali da je nije spremila, za šta joj je bilo plaćeno, a iz nekog razloga ja nisam ništa rekla. Pretpostavljam da, duboko u sebi, nisam bila sigurna da bi to išta promenilo i samo bi stvorilo sukob i pojačalo neprijatan utisak da sam im smetnja u organizovanju noćnih izlazaka. Mama je uvek izgledala tako glamurozno, i bila je toliko srećna dok se spremala za izlaske, tako da nisam htela da je uznemiravam.

Kad je gospođa Donato shvatila situaciju, uključila se u sve. Preklinjala sam Luku da je spreči, zabrinuta da ću imati probleme zbog bebisiterke, ali zagrlio me je i rekao mi da se ne brinem. Bio je u pravu. Mada je očigledno znala šta se događa, gospođa Donato je pristupila situaciji vrlo taktično i diplomatski, i čak je uspela da mojim roditeljima sve to izgleda bolje od trenutnog dogovora. Kad je ćaskala s mojom majkom, usmerila je razgovor na večernje izlaske i ubrzo je Lukina mama dogovorila da ja idem do njihove kuće svaki put kad moji roditelji imaju planove. Istakla je da ne moraju da se vraćaju ranije zbog bebisiterke, a kako je kuća Donatovih već bila puna, jedna osoba im nije smetala. Moja majka se učtivo pobunila, ali ne previše, i sve je bilo dogovoreno. Iznenada, više nisam imala osećaj težine i izolovanosti kad sam znala da oni izlaze. Jedva sam čekala to! Lukina kuća je bila bučna, puna ljudi, dobre hrane i dobrog raspoloženja. Uvek sam rado išla tamo, a sad sam mogla da idem i češće. Živeli su u velikoj kući koju je njegov deda kupio jeftino u vreme kad je u Londonu bilo jeftinih nekretnina, i postepeno ju je sređivao i punio porodicom. Čak i sad, Luka i njegova braća i sestre provode mnogo vremena tamo. Iznenada je postalo očigledno da je želeo da stvori nešto tako za sebe. A činilo se da je to vreme došlo.

Nagnula sam se i vratila se na svoj profil. – Da li si morala da pominješ sve te kompjuterske stvari? Delujem kao štreberka.

– Da, naravno. To je tvoj posao. Ti si kompjuterski genije. Zato si svima nama na brzom biranju.

– Dobro je znati da je to razlog.

– Nije zvučalo kako sam htela.

– Nadam se.

Tija se osmehnula i znala sam da to nije istina. Ali bila je u pravu. Umela sam s kompjuterima. Malo smo učili u školi, ali naučila sam mnogo sedeći sama u sobi tokom svih tih noći i imala sam dara za to. Nisam bila jedna od kul devojaka i nisam bila sportski tip. Ali u tome sam bila dobra. To je, naravno, imalo lošu stranu jer sam odmah obeležena kao štreberka – sve dok nekom ne bi zatrebala popravka, a onda bi postajali ljubazniji prema meni, ali nisam mnogo marila. Imala sam Luku i solidnu grupu prijatelja i to mi je bilo dovoljno.

Ali sad smo se razilazili. To je bilo neizbežno, naravno. Trudili smo se da se sastajemo što je češće moguće, i imali smo čet grupu tako da smo redovno kontaktirali. Osećala bih se izgubljeno bez toga, iako sam se povremeno pitala da li se i dalje dobro uklapam. Ponekad sam imala osećaj da svi idu dalje, a ja sam zaglavljena u mestu, bez naznake da ću krenuti napred. Ali Luka je uvek bio tu, od moje pete godine, a sad je izgledalo da bi i to moglo da se promeni. Htela sam da on bude srećan. Bio mi je najbolji prijatelj. Kako da ne želim to? I dalje nisam imala mnogo vere u postupak koji je izgledao kao naručivanje ljubavi preko interneta, ali pomisao da budem jedina u našoj grupi prijatelja koja je sama izazvala mi je komešanje u želucu. Već su me jednom sažaljevali, i nisam to želela ponovo. Pogledala sam ekran i jedinu svoju sliku zbog koje se nisam mrštila. Možda je tako najbolje. Možda ima važnijih stvari u životu od opklade.

– Pitam se na koliko li je sastanaka već pozvan? – upitala je Tija, gledajući Lukin profil.

– Mnogo, verovatno, ako je suditi po njegovoj prošlosti – odgovorila sam, ne dižući pogled.

– Da, ali ne zaboravi šta je rekao. Ne traži samo zabavu.

– Ne možeš ništa reći na osnovu slike i nekoliko reči. Ljudi pišu ono što misle da drugi žele da čuju. Ti si uradila isto s mojim profilom! Te stvari nisu reprezentativne. Iako traži nešto više, sigurna sam da će Luka obaviti temeljno istraživanje.

Tija je slegnula ramenima. – Možda. A tvoj profil jeste reprezentativan.

– Nije. Učinila si me zanimljivijom i uspešnijom nego što jesam. Čak i ako me pozovu na sastanke, uskoro će saznati istinu. Mogla si i da objaviš sliku neke desetogodišnjakinje i napišeš šta god želiš.

Tija je zakolutala očima i pogledala u ekran. – Znaš li šta je čudno?

Odmahnula sam glavom dok sam uzimala beležnicu sa stola i pregledala spisak obaveza. – Ne znam.

– Čitanje ovoga. – Pokazala je izuzetno lakiranim, vrlo ukrašenim noktom na moj kompjuter, gde se Luka osmehivao sa svog profila, opušteno, samouvereno i potpuno previše zgodno. (Čak je i njegova majka govorila to, tako da sam znala da je istina.) – Pa, nekako je šteta što se vas dvoje poznajete.

Podigla sam pogled s beležnice, nakon što sam nevoljno precrtala „napraviti i postaviti profil za besmislenu opkladu“.

– Kako to misliš?

– Samo to što, prema ovom, Luka traži upravo nekog kao što si ti.

Napola sam frknula, napola se nasmejala, s prilično neverice, i nimalo damski. Čak je i Džono skrenuo pogled sa sporta na trenutak, da bi pogledao verenicu podignutih obrva.

– Jeste – nije se dala Tija. – Kaže da traži nekog ljubaznog, brižnog i iskrenog, s dobrim smislom za humor.

– Svi pišu to!

Ignorisala me je i nastavila. – Ko ume da ceni dobru hranu, putovanja i ko razume važnost porodice i prijatelja. Ti si sve to. – Videla sam kako se u glavi moje prijateljice okreću zupčanici i para počinje da se diže.

– Mnogi ljudi su takvi. To je prilično neodređeno. – Pogledala sam. – Tu je i spisak njegovih hobija, „smešno mačo sranje“. – Dobro, nije pisalo baš tako. Ono što je napisao bilo je „uživa u ekstremnim sportovima“, ali to je za mene bilo isto. – A tu negde je i spisak vrlina kao „noge do grla, telo modela za donji veš, poželjno je da je to i zanimanje, i duga, sjajna kosa kao iz reklama za šampone“.

– Nije toliko površan – branila ga je Tija. – A tvoja kosa je dugačka i sjajna.

– Nisam rekla da je površan. Ali kad se poslednji put pojavio s nekom ženom koja nije izgledala kao iz modnog časopisa ili uvrnute reklame za parfem? Na kraju uvek moram da se potajno pomerim na drugu stranu stola, da ne bih izgledala kao totalna grdoba. Samo kažem, čak i kad to ne bi bilo uvrnuto, a totalno bi bilo, ja nisam Lukin tip. Izluđujemo jedno drugo svake nedelje, da ne pominjem koliko bi stvari postale neprijatne. To bi promenilo čitavu grupnu... dinamiku.

– Vrlo precizno.

– Znaš na šta sam mislila.

– Džesi i Bela su zajedno. To nije ništa promenilo.

– Da, ali svi smo videli da su stvoreni jedno za drugo. To je bilo neizbežno.

Tija mi je uputila dug pogled.

Iznervirano sam uzdahnula. – To nije isto. Ni izbliza. I nemoj slučajno da si to pomenula Luki! Bio bi prestravljen... ako bi ikad prestao da se smeje.

Tija je zakolutala očima pre nego što me je pogledala ozbiljno. – Ali, za tvoju informaciju, to što se pomeraš od Luke i njegove najnovije devojke? To nije potajno. Svi primećuju da to stalno radiš.

– Stvarno? – kazala sam, malo piskavijim glasom nego obično.

Klimnula je glavom. Pogledala sam Džonu. Slegnuo je ramenima i klimnuo glavom, da kaže kako se slaže.

– Da li je Luka primetio to?

– A-ha.

– Kako znaš da je primetio? Sigurna sam da bi mi rekao nešto. – Tija je sigurno pogrešila. Luka me je prozivao gotovo zbog svega. Taj čvor koji mi se stezao u želucu počeo je ponovo da se razmotava. – Uvek kaže nešto ako se ne slaže s mojim ponašanjem. Što se odnosi uglavnom na sve stvari.

Tija i Džono su pogledali jedno drugo.

– Šta je? Čemu takvi pogledi?

Tija je uzdahnula, pružila ruku i nakratko mi stegla šaku, da me ohrabri. – Bio je prilično nervozan zbog toga jednom i hteo je da ti kaže...

– I?

– I zamolili smo ga da ne radi to.

– Mi? Ko smo to mi? I zašto?

– Svi mi.

Namrštila sam se. – Ali zašto? Ne razumem.

– Dobro. Kaži nam zašto se pomeraš što brže možeš, svaki put kad si blizu neke od Lukinih devojaka.

Džono je utišao zvuk na televizoru i, kao i Tija, sad se usredsredio na mene. Lice mi je bilo vrelo i rumeno, a utroba mi se vezivala u takve čvorove da bi se svaki mornar postideo. – Upravo sam rekla...

Čekali su.

Nakašljala sam se. – Dobro, u redu. Osećam se zapušteno. Svaka žena s kojom izlazi je savršena. Sjajna kosa, sjajna odeća, lepotica fenomenalnog tela. A ja sedim kraj nje. I da, možda je to taština, ali nije teško osećati se manje privlačno i, iskreno, ne treba da mi neko natrljava na nos da ne izgledam tako, niti da to naglašava. I zato se pomerim. Sigurna sam da Luka to uglavnom ne primećuje.

Tija je odmahnula glavom. – Mogu da ti kažem da sigurno primećuje. I ne treba da se osećaš tako. To nije istina, zar ne, Džono?

Džono je odmahnuo glavom i slegnuo ramenima. – Iskreno, nije. Ti si... lepuškasta.

Obe smo ga pogledale. – Lepuškasta? – ponovila je Tija.

– Šta?

– Ona je više nego lepuškasta!

– Znam to!

– Zašto si onda rekao to? – pitala ga je verenica, podižući ruke, s dlanovima ka njemu.

– Jer sam mislio da ako kažem da je seksi, a jeste, da bi me izbacila kroz prozor, a sad smo na trećem spratu!

Tija ga je gledala na tren. – Tako si drag. Hoćeš li da se venčamo? – Namignula mu je, a on se osmehnuo. Slegnuo je ramenima, a onda se vratio gledanju televizije, uz glasan uzdah olakšanja.

– Vidiš? – kazala je Tija. – Slatka si. Nisi ružnija od njih i lepa si na svoj način. Dobro. Nisi baš visoka kao manekenka.

Zagledala sam se u donji deo pidžame koji mi je prelazio preko stopala sad kad sam izula papuče.

– Ja sam visoka kao lutka.

Tija se nasmejala, i tako je popustila napetost u prostoriji, koja je porasla kad sam otkrila da je Luka – i svi ostali – primetio moj manevar. I da oni znaju razlog za to. Protrljala sam lice, nesposobna da se potpuno oslobodim nelagode.

– Divna si, dušo. Stvarno. Ne treba da sumnjaš u sebe.

– Kako to da sam ja jedina bez momka?

– Ni Luka nema devojku, ne zaboravi.

– Luka nema devojku samo kad mu tako odgovara, i ako je istina ono što je juče rekao, to neće dugo trajati.

– Jer je stavio sebe u izlog. Nešto čega se ti, drugarice, gnušaš.

– Ne gnušam se toga.

– Kad izlazimo, ti se uvek držiš sredine grupe, kao da smo ti mi štit. Momcima je teško da ti priđu.

– Da ih zanimam, potrudili bi se. Očigledno ih ne zanimam.

Tija me je iznervirano pogledala.

– Šta je sad?

– Ti.

– Šta ja?

Odmahnula je glavom. – Dođe mi da mahnem čarobnim štapićem i dam ti samouverenost kakvu treba da imaš. Ti si inteligentna, samostalna i, kako moj verenik kaže, umereno seksi. – Široko mi se osmehnula. – Samo želim da imaš vere u sebe.

– Dobro mi je. – Odmahnula sam rukom, osećajući neprijatnost što sam tako dugo tema razgovora. – U svakom slučaju, da li si razmišljala o venčanici i tim stvarima? – Tija je bila opsednuta modom, i znala sam da je to prilično bezbedan način da skrenem temu razgovora od sebe. Zaćutala je na tren, i videlo se da tačno zna šta radim, ali onda je ponovo pogledala laptop, stavljajući ga između nas. Brzo je upisala neku adresu i Lukin profil je nestao, a zamenio ga je otmen veb-sajt s nezemaljski lepim venčanicama. Proveravajući da Džono ne vidi, okrenula je ekran ka meni.

– Šta misliš?

5.

Džep mi je zavibrirao kad sam dobila poruku dok sam sedela u kafiću tog popodneva, gledajući kupce koji žure pored izloga. Trotoar je bio sjajan od kiše i ljudi su bili zamotani u kapute, pognutih glava, dok su hodali prometnom londonskom ulicom, a brojni šareni kišobrani poskakivali su im iznad glava. Izvadila sam telefon i otvorila aplikaciju za dopisivanje. Luka mi je poslao poruku.

Šta radiš?

Spustila sam telefon na tren, ostavljajući ga u krilu. Otkako mi je Tija rekla da su svi znali za moju taktiku izbegavanja Lukinih devojaka, osećala sam se pomalo bezveze. Uz Lukino iznenađujuće priznanje kako želi da se skrasi i činjenicu da mi nikad nije zamerio zbog sklonosti da se udaljavam od njegove poslednje simpatije, pre nego što su ga ostali zamolili da to ne radi, počela sam da se pitam šta još nisam znala o njemu. Počeo je da mi se javlja neki osećaj da možda nismo toliko bliski koliko sam mislila da jesmo, i nije mi se svideo. Ljudi su često govorili da prijateljstva dolaze i odlaze, ali ja nisam htela da ovo ode. Nisam mogla da se setim vremena kad nije bio veoma važan deo mog života, i mislila sam da Luka oseća isto. Ali ako nije osećao da može da mi kaže kako želi ozbiljnu vezu, porodicu ili da mi skrene pažnju na ponašanje, kao što je uvek radio, onda možda ne oseća isto. Možda je već počeo da se udaljava. Nisam bila sigurna šta da mislim o tome. U stvari, to je bila laž. Znala sam šta mislim o tome. Mrzela sam to. Ali znala sam da ne mogu to da sprečim. Nisam mogla da sačuvam nešto što propada, ili nekog ko me ne želi u svom životu. Naučila sam tu lekciju preko svojih leđa i nisam htela da se borim ovog puta. Ali i dalje sam se osećala bezveze što je Luka mislio da sam bila nevaspitana prema njemu i njegovim devojkama. To je bio samo jedan vid samozaštite, i nisam htela da povredim ni njega, niti ikog drugog. Koliko god da izgledam glupo zbog toga, morala sam to da mu kažem. Uzela sam telefon.

Ništa posebno. Topla čokolada i gledanje ljudi.

Gde?

Niros, *u naselju Mor London.*

Jesi li za društvo?

Poslala sam emotikon podignutih palčeva. Najbolje je da odmah razjasnimo sve.

Dobro. Stižem što pre mogu.

Jedva petnaest minuta kasnije, Luka je ušao kroz debela staklena vrata, a grupa američkih turistkinja okrenula se da ga pogleda. Nije bilo teško uočiti Luku Donata. Ne samo što je imao dobre gene, bio je visok metar i devedeset tri, i imao je široka ramena i snažnu građu ragbiste. Pomalo kriv nos i nekoliko centimetara dug ožiljak koji je izgledao kao tanka srebrna linija na levoj obrvi, ukazivali su na njegovo uživanje u sportu prethodnih godina. To je samo doprinosilo njegovom šarmu. Navodno.

Tamnim očima je pogledao oko sebe, prešao preko žena koje su ga i dalje odmeravale, ali pogled mu se zaustavio na meni. Osmehnuo se i podigao ruku da mi mahne. Uzvratila sam mu osmeh, svesna da me sad posmatraju njegove obožavateljke. Naručio je piće i onda prošao kroz kafić, samouvereno i opušteno, i sagnuo se da me zagrli pre nego što je seo kraj mene, na jednu od izlizanih kožnih sofa koje sam odabrala.

– Šta radiš u gradu? Već imaš sastanak? – Uputio mi je pravilan beo osmeh, postignut dvema godinama nošenja proteze.

Odbacila sam to, napola se nasmejavši. – Ne baš. Tek je prošlo nekoliko sati. Što, zar ti imaš?

– A-ha.

– O. – Smeh mi je zamro u grlu. – Dobro. Opa. To je bilo brzo. Slegnuo je ramenima.

Nisam znala zašto sam iznenađena. Kad je želeo da uradi nešto, Luka je davao sve od sebe. Ta odlučnost i posvećenost omogućile su mu prvoklasnu diplomu, srećan, stabilan odnos s porodicom i uspešan posao. Nije bilo razloga, sad kad se posvetio ovome, da radi to s manje pažnje ili posvećenosti.

– Kad ti dolazi devojka?

– Tek za dva sata.

– O. Idete na neko lepo mesto?

– Neki restoran u Vest Endu, u koji ona želi da ode.

– Ne vodiš je kod *Đinelija*?

Osmehnuo se. – Jok. To je rezervisano samo za posebne ljude.

Đineli je bio Lukin najomiljeniji restoran u Londonu. Znao je osoblje kao da su mu rođaci, a oni su mu uzvraćali na isti način. Porodične proslave uvek su organizovane tamo, i imala sam sreće da prisustvujem mnogima, čak i u retkim prilikama kad su mi roditelji bili kod kuće. Kad god bih pomenula da sam pozvana na večeru, ili žurku ili proslavu – italijanske porodice izgleda da uvek nešto slave, što mi se sviđalo – moji roditelji se nikad nisu bunili, uvek su me ohrabrivali da idem. I rado sam išla, naravno. Ali duboko u srcu, povremeno sam želela da predlože da uradimo nešto zajedno, samo mi, bar jednom, da imamo proslavu. Ali nikad nismo. Vinske i šampanjske boce koje sam viđala u kanti za smeće govorile su mi da je sigurno bilo proslava, ali ja nikad nisam učestvovala u njima. Ali uvek sam učestvovala kod Donatovih. Ti srećni trenuci provedeni s njima bili su svetle tačke u sivilu uspomena na detinjstvo. Osećala sam se kao da sam bila dužna Luki. Zbog toga sam morala da se izvinim.

– Luka? – rekla sam, pomerajući se malo da bih ga pogledala u oči.

Gledao me je na tren. – Jao. Ovo izgleda ozbiljno. Šta se događa?

– Moram da ti kažem...

– Narudžbina za Luku. – Barista je zaurlao da nadjača žamor gostiju kafića.

– Sačekaj. – Nakratko mi je dodirnuo šaku pre nego što je prošao kraj mene, hodajući lako i otmeno dugim nogama. Trenutak kasnije, vratio se s velikom kafom, i toplom čokoladom sa šlagom i malim kolačićima od sleza i dva komada torte. – Mislio sam da ćeš hteti kolač, a video sam da ga nisi naručila.

– Pokušavala sam da budem dobra, i zato ga nisam naručila.

Slegnuo je ramenima. – Biti dobar je precenjeno. – Onda je pomerio obrve gore-dole da naglasi to. Odmahnula sam glavom i uzela tortu, spuštajući je ispred sebe, pre nego što sam preplela prste u krilu.

– Hvala.

– Nastavi ono što si počela da pričaš.

Trebalo je da sačekam dok ne dobije ono što je naručio. Činilo mi se kao da je sad bilo kasno.

– Ne, stvarno, nije važno.

Luka je spustio kafu pored svog kolača.

– Prema tvom izrazu lica, prilično sam siguran da je važno. Samo reci šta je. Mogu da sedim ovde dok ne uradiš to. – Nakratko se osmehnuo. – Znaš da mogu.

– Umeš povremeno da budeš tvrdoglav.

Osmeh mu je postao širi. Oboje smo znali da je to blago rečeno. Mazge su manje tvrdoglave od Luke Donata, ako se potrudi.

– Ali imam jednu prednost.

– Koju?

– Mogu da sedim ovde do tvog krajnjeg roka, ako tako želim.

– Krajnjeg roka? – Namrštio se.

– Tvoj sastanak? – podsetila sam ga.

– Jao! – Razmišljao je na tren. – Biće drugih sastanaka. Neke stvari su važnije. Dobro, reci mi sad ili kasnije. Bilo kako bilo, ne pomeram se dok mi ne kažeš.

Vidite? Tvrdoglav je. Bože, baš je naporan.

– Dobro, u redu. Ali samo zato što ne želim da me kriviš za propuštanje sastanka s potencijalnom Gospođicom Pravom.

Mirno me je pogledao.

Uzela sam tanjirić s tortom i neko vreme se igrala viljuškom, seckajući kolač na zalogajčiće. Onda sam odložila viljušku i nepotrebno se nakašljala.

– Moram da ti se izvinim za nešto.

Luka je ubacio malo torte u usta i začkiljio na jedno oko. – O? – pitao je, nakon što je progutao zalogaj.

– Da. – Duboko sam udahnula i onda polako izdahnula. Osećala sam se kao idiot, ali znala sam da ću se zauvek gristi ako ne uradim ovo. – Što se uvek udaljavam od tebe i tvojih devojaka kad izlazimo zajedno.

Gledao me je na tren. – Dobro.

– Mislila sam da sam neprimetna.

– Ne. Nisi bila. Ali shvatam zašto si mislila to.

Nisam znala o čemu razmišlja. Nije se osmehivao.

– Žao mi je. Nisam htela da uvredim tebe niti ikog drugog. Iskreno sam mislila da to niko ne primećuje.

– O. Svi smo primetili.

– Da. I to mi je rečeno, što je pomalo neprijatno.

– Neke od njih su bile dobre devojke, znaš.

Podigla sam brzo pogled koji je bio prikovan za šare na mramornom kolaču. – Ne radi se o tome! Sigurna sam da jesu bile. Nisam... nisam htela da budem nepristojna. Samo sam... – Ponovo sam se nakašljala. – Stvarno mi je žao ako sam te obrukala, ili ako su one pomislile da sam nadmena krava. Samo sam...

– Šta? – pitao je. – Moram da kažem, to me je nerviralo sto godina, ali ostali su me naterali da ti ništa ne kažem.

– Volela bih da jesi. Prilično sam sigurna da ne bi bilo neprijatnije od ovog sad!

– Obećao sam. Rekli su mi da imaš svoje razloge.

– Imala sam – kazala sam, obarajući glavu.

– Smem li da ih čujem?

Pogledala sam ga u oči. Bile su tamne i ozbiljne, posmatrale su me.

– Ne bi razumeo.

– Iskušaj me.

Stavila sam ruke preko lica, pomerila ih i prošla kroz kosu, pre nego što sam glasno uzdahnula. – Dobro. Jer se zbog svake žene s kojom si izašao osećam zapušteno, prosečno i beznačajno. Uvek su visoke, glamurozne i besprekorne, a ja... nisam. Mislila sam da ta razlika neće biti toliko uočljiva ako sedim podalje od njih.

Luka se zagledao u mene, ali nije ništa rekao.

– Dobro, tako mi je drago što sam ti rekla, jer ovo ćutanje uopšte nije neprijatno.

Odmahnuo je glavom kao da se budi iz sanjarenja. – Izvini. Samo sam... prepostavljam da nisam očekivao da kažeš to.

– Šta si očekivao? Jer ste ti i svi ostali primetili kako sam se ne tako potajno udaljavala od tebe i tvoje najnovije lutkice. Pretpostavljam da ste me samo smatrali neverovatno nevaspitanom. Nisam sigurna šta je gore. Da budem nevaspitana ili jadna.

– Ti nisi nijedno od to dvoje.

Uputila sam mu pogled koji je govorio da mislim drugačije i, pošto sam već pojela većinu glazure, sakrila sam se trenutno iza svoje druge šolje tople čokolade, podsećajući sebe da hodam još kilometar i po kad sledeći put budem šetala.

– Nisi. Samo sam zaprepašćen što se tako osećaš. I takođe, nikad mi to nisi rekla. – Slegnuo je ramenima. – Mislio sam da razgovaramo o svemu.

U tamnim očima mu se videla povređenost, koja mi je probola srce. I ja sam tako mislila, ali izgleda da smo oboje imali tajne.

– Nije uvek tako lako.

– Naravno da jeste. To sam ja.

Spustila sam šolju na sto, malo neopreznije nego što sam nameravala i pogledala Luku u oči.

– A šta je trebalo da kažem? – počela sam, tihim ali odlučnim glasom. – O, Luka, da li bi ti smetalo da ne sedim kraj tvoje besprekorno lepe, dugonoge, krupnooke devojke manekenke svaki put kad izađemo, jer se već osećam manje vredno od tebe gotovo uvek, a nimalo mi ne pomaže to što one sede tamo kao da ih je neko upravo istresao iz *Voga*.

Ponovo me je pogledao onako.

– Šta je bilo?

– Stvarno se tako osećaš? – pitao je, tihim, zabrinutim glasom.

Igrala sam se papirnom salvetom, umotavala je i razmotavala oko prsta, dok nije postala trajno savijena, izbegavajući da odgovorim.

– Bi? – pitao me je Luka.

– Šta je? – kazala sam, otežući.

Pogledao me je kao milion puta ranije.

– Da. Jeste. Eto. Jesi li sad srećan? Znaš moje najmračnije tajne.

– Naravno da nisam srećan ako se ti tako osećaš. Zašto bih bio?

Nisam odgovorila.

– Misliš da bih bio srećan da ja ili neko drugi utiče da misliš loše o sebi? – Zavalio se u svoj ugao sofe. – Možda ipak ne poznajemo jedno drugo tako dobro.

– Pa, i ti si imao tajne, tako da nisam samo ja kriva! – brecnula sam se, osećajući se nezadovoljno i neprijatno.

– Ja?

– Da!

– Kakve tajne?

– Kao činjenica kako iznenada želiš da se skrasiš.

Malo je začkiljio, ali nastavila sam.

– Jednog časa si s tim glamuroznim lutkicama i vezama za jednu noć, dve, ako imaju sreće, a onda izjaviš kako želiš da pronađeš Gospođicu Pravu i živiš srećno do kraja života. A nisi to nikom pomenuo, kamoli meni, a trebalo bi da smo najbolji prijatelji! To mi izgleda kao nešto prilično važno i nešto što bih ja tebi sigurno rekla da to želim.

– Ali ne želiš.

– Ne radi se o tome... Ja... samo ne mislim da će se meni to dogoditi, a pričali smo o tebi, ne o meni.

– Zašto ne misliš da će se tebi to dogoditi?

– Nisam takva osoba.

– Gluposti.

– Nisu gluposti. Osim toga, pretpostavljam da su i moji roditelji mislili tako. Ali to nije dugoročno uspelo, zar ne?

– Izgledali su srećno do nesreće.

– O da, bili su srećni zajedno. Njihova velika greška bila je što su dobili dete, koje je pokvarilo tu sreću.

Luka se primakao do mene i uhvatio me je za ruku. – Ne razmišljaj tako, Bi.

Uzdahnula sam, a malopređašnju zajedljivost zamenio je poznati osećaj praznine.

– Ma daj, Luka. – Udarila sam ga ramenom u rame. – Oboje znamo da sam očigledno bila neplanirana, iako oni to nikad nisu priznali.

– Ne znamo to.

– Nije važno. Kad se sve sabere i oduzme, tu nije bilo ljubavi za troje.

– Jesi li se skoro čula s mamom?

– Dobila sam razglednicu pre dva meseca, negde s Mediterana. Ne sećam se odakle.

– Da li je rekla kad se vraća?

– Jok.

– Poruke? Imejlovi?

– Izgleda da „komunikacija može da bude neredovna" kad krstariš svetom na jednom od najmodernijih, najskupljih svetskih kruzera. – Zakolutala sam očima tako energično da sam se iznenadila što mi nisu ispale iz glave. Luka nije ništa rekao. Oboje smo znali da je mamin izgovor bio lažan i nikakve lepe reči ne mogu da sakriju tu istinu.

6.

Osamnaest meseci nakon što mi je otac poginuo na moto-trci na Ostrvu Men, majka je upoznala nekog drugog. Nakon šest meseci su se venčali, i otad sam je jedva viđala. Da budem iskrena, to mi je predstavljalo izvesno olakšanje, što znam da zvuči grozno, ali bila sam iscrpljena. Mama se potpuno raspala kad je saznala za tatu. Bila sam na faksu i vratila sam se kući da se pobrinem za sahranu i mamu. Ti meseci su se uglavnom sastojali od srceparajućeg jecanja, ćutanja uz gledanje u prazno ili jecanja kako ona „nema ništa i nikog". Na početku sam pokušala da joj kažem kako ima mene, kako će uvek imati mene i da se neću vratiti na faks dok joj ne bude bolje. Ali nekako, u trenutku kad sam mislila da će želeti – ili morati – da stvori vezu s jedinim detetom, nije se dogodilo ništa. Muž joj je umro. Bio je ceo njen svet. Nije htela nikog drugog... čak ni svoje dete. I dalje nisam bila dovoljna.

Ali ostala sam i brinula sam se o svemu kad je postalo jasno da mama to ne može. Prijatelji su mi i dalje bili na faksu, uživali u novostečenoj slobodi, i živeli život, sticali nove prijatelje i krčili sebi put... baš kao što sam ja bila počela. Ali sve se to naglo zaustavilo kad je tatin motocikl udario u drvo. Život mu je okončan u trenu, a i moj. Makar onaj oko kojeg sam se trudila, u kojem sam uživala, koji sam planirala. Sve je nestalo. Sve zbog glupog naleta adrenalina.

– Žao mi je, Bi.

– Zbog čega? – upitala sam. Lukin duboki, umirujući glas me je otrgao iz prisećanja.

– Zbog toga kako su se roditelji ponašali prema tebi. Zbog toga kako se tvoja majka i dalje ponaša.

– Nije važno. A i nisi ti kriv za to.

– Znam. Ali u pravu si. Verovatno je trebalo da ti kažem kako mislim da je vreme da malo usporim sa zabavljanjem.

– I, zašto nisi?

– Jer nisam mislio da ćeš razumeti. I zato što sam se brinuo kako ćeš reagovati.

– Šta to znači? – Zajedljivost se vratila i pustila sam njegovu ruku.

– Upravo si kazala da te ne zanimaju takve stvari.

– I? To ne znači da ne mogu da saosećam ili budem srećna zbog drugih koji su pronašli osobu koja ih usrećuje! Zbog tebe zvučim kao... neki prokleti robot, ili tako nešto! Imam i ja osećanja, znaš!

– Znam da imaš! Samo sam... – Prešao je rukom preko tamne brade koju nije brijao sigurno od juče ujutro. – Upravo zato ti nisam rekao.

– O, sranje! Uznemirena sam jer misliš da ne bih razumela, a ne zato što bi mi rekao da želiš da se zaljubiš!

Nakon toga, sve četiri Amerikanke za susednim stolom okrenule su glave prema Luki.

– Možda bi trebalo da nastavimo razgovor kad se malo smiriš.

– Savršeno sam smirena! – kazala sam, ne potkrepljujući to baš svojim tonom. – Samo je lepo znati da prijatelji kriju stvari od mene jer misle da nisam emocionalno sposobna da se nosim s tim! – Uzela sam kaput i ustala, gurajući ruke u rukave.

– Nije tako i ti to znaš.

– Zar nije?

– Naravno da nije – Luka je ustao, hvatajući jedan rukav koji je tvrdoglavo odbijao da se povinuje i dozvoli mi da provučem ruku. – Evo.

– Hvala ti – kazala sam, ubacujući trunčicu zahvalnosti u svoj glas. – Sad to nije važno, zar ne? Sve je gotovo. Možda ćemo oboje, zahvaljujući ovoj glupoj opkladi, naučiti više jedno o drugom nego što smo mislili da je moguće.

– Možda i hoćemo – odgovorio je Luka.

– Kad smo već kod toga, bolje je da kreneš. Ne bih želela da zakasniš na sastanak.

– Jesi li sigurna da ti nemaš neki potencijalni?

– Šta?

– Sastanak. Subota je uveče, znam da si postavila profil. Tija mi je poslala link.

– O, zaboga. Zašto? – promumlala sam, sad još više iznervirana. – Da, postavljen je. I ne, nemam sastanak. Potencijalni ili neki drugi.

– Kad si poslednji put proveravala?

– Šta?

– Svoj profil.

– Kakve veze ima?

– Možda imaš gomilu poruka!

– Oboje znamo da to nije previše verovatno. Pored toga, ne želim sastanak večeras. Umorna sam i samo želim da idem kući.

– Varaš prilikom klađenja. Tija je rekla da oboje moramo da se potrudimo.

– Trudim se!

– Nisi ni proverila poruke! Kako je to trud?

– O, bože! Nemoguć si! Evo! – Dala sam mu svoj telefon. Uzeo ga je i uneo moju šifru, a onda pronašao ikonu aplikacije dok sam vezivala pojas na kaputu, spremna da izađem na vazduh koji se prilično ohladio sad kad je sunce zašlo.

– Imaš pet novih poruka.

– Šta?

– Imaš pet poruka.

– O!

Nagnuo je malo glavu. – Izgledaš iznenađeno.

Pogledala sam kroz prozor, petljajući oko pojasa i izbegavajući odgovor.

– Zašto?

– Šta, zašto?

– Zašto si iznenađena? – Luka je seo na sofu, na zgražanje para koji je išao ka nama, gledajući netremice nagradu u vidu udobnog sedišta.

– Ne znam – odgovorila sam rečito.

Luka je uzdahnuo, zvučeći kao da se oseća delimično nemoćno, a delimično nešto neidentifikovano. – Zašto misliš toliko loše o sebi?

– Ne mislim – uzvratila sam, ali te reči čak ni meni nisu zvučale uverljivo. – A osim toga, bolje je da kreneš. – Uzela sam svoj telefon i gurnula ga u džep.

– Zar nećeš pročitati poruke?

– Kasnije.

– Šta ako u jednoj, ili više njih, postoje neki planovi za večeras?

– Onda će jedan, ili više muškaraca, morati da prave planove s nekom drugom ženom kojoj su verovatno takođe poslali poruke.

Luka je zabacio glavu unazad, zabacivši ramena, i pogledao u tavanicu. – A ti kažeš da sam ja nemoguć.

– Šta? Ne nameravam da se cimam zbog nekog nepoznatog tipa!

– Nisam mislio na to. Ali ti čak ne izgledaš ni zainteresovano... – Zvučao je poraženo.

– Možda jer nisam. Samo sam se prijavila na taj glupi sajt jer nas je Tija naterala.

– Nije nas naterala. Jednostavno nisi mogla da odoliš prilici da pokušaš i dokažeš da nisam u pravu. Kao i obično.

– Pa... nisi ni ti! – To nije bio previše pametan odgovor, ali nisam znala šta bih drugo rekla.

– Ja ne razmišljam tako. Meni je ovo prilika da upoznam nekog. Ne da pobedim nekog.

– Bolje je da onda kreneš i upoznaš nekog. Uživaj u večeri.

Luka je ponovo ustao, oblačeći jaknu i pritom izgledajući, kao i uvek, opušteno i otmeno.

– Hvala – odgovorio je.

Kratko sam ga zagrlila, jer sam morala. Čak i kad sam bila ljuta na njega, nisam mogla da podnesem da se ne pozdravimo kako treba. A i nisam bila stvarno ljuta na njega. Samo sam se... osećala pomalo čudno. Lukin komentar o tome kako nemam samopouzdanje i dalje me je boleo. Porekla sam to... naravno. Nisam bila spremna to da priznam, iako je bilo istina. Mrzela sam što se osećam tako. Ali još više sam mrzela činjenicu da je Luka to znao. Bio mi je najbolji prijatelj, ali i dalje nisam mogla da priznam to. Čak ni njemu. Kako sam mogla? Poticao je iz velike, brižne porodice koja se zanimala za njega i njegov život i sve što je radio. Znala sam da je pokušao da me razume, jer je to Luka. Ali nije mogao. Ne stvarno. I dok sam ga posmatrala kako gleda na sat, počinjala sam da shvatam kako sad više ne mogu da se oslonim na Luku kao nekad. Stvari se menjaju. Kakva korist od toga da mu objašnjavam nešto ovakvo? Ako ova opklada bude završena povoljno za njega, preći će u novu fazu i nesigurnost prijateljice iz detinjstva sigurno mu neće biti najvažnija stvar.

– Uvek možeš da razgovaraš sa mnom, znaš – rekao je, hvatajući me za ruku kad sam krenula ka vratima.

– A-ha, znam. – Usiljeno sam se osmehnula, kratko mu mahnula i krenula iz kafića, ne osvrćući se.

Sedela sam u metrou, slušajući zveket vagona po šinama, zureći u reklamu za neko čudotvorno vitaminsko piće koje ti garantuje vitalnost i energičnost. Probala sam ga. Nije nimalo pomoglo. Bilo je mnogo sitnih slova na dnu reklame i pretpostavila sam da tu negde piše kako je sve ono iznad prazna priča. Ili nešto slično tome.

Pogledala sam po vagonu. Dvoje ljudi je spavalo, a grupa verovatno španskih turista je brzo pričala i smejala se zajedno. Ostali putnici su ili gledali, skrolovali ili slušali nešto na svojim telefonima, osim jednog muškarca na poslednjem sedištu, koji je bio zadubljen u knjigu. Pravu knjigu. To mi je izmamilo osmeh. Mada je savio korice oko ostatka knjige, a svaku okrenutu stranu dodavao tom zaobljenju. To mi nije izmamilo osmeh. Nisam volela da savijam knjige, ili njihove stranice, i došlo mi je da mu je otmem iz ruku i naučim ga knjižnom bontonu. Ali nisam. Očigledno. Podigla sam glavu kad je voz proizveo šištav huk, usporavajući zbog ulaska u stanicu. Preko razglasa se začula objava da će, zbog hitnih radova, voz završiti putovanje na sledećoj stanici, a da će karte važiti za sve vozove i autobuse. Stenjanje i uzdasi ispunili su vagon. Na sledećoj stanici, svi smo izašli i krenula sam ka površini, da pronađem drugi način da se vratim kući.

Malo kasnije bila sam u autobusu i tupo zurila kroz prozor. Da bih se zabavila, izvadila sam telefon iz džepa i uključila aplikaciju za dejting. Kad sam je otvorila, videla sam mali koverat u desnom gornjem uglu, s brojem pet pored. Gledala sam ga na tren, pa otvorila. U inboksu je bilo pet poruka, jedna ispod druge. Još nisam bila stigla na svoju stanicu. Sad ili nikad, rekla sam sebi, i otvorila prvu poruku.

Zdravo, mačkice...

Ovaj... zdravo? Sedamdesete su se javile. Traže da im se vrate fore. Pročitala sam prve dve rečenice poruke i recimo da se stvari nisu popravile. Ako je moguće, postale su gore. Prstom sam pronašla malu kantu za otpatke, i jedan zadovoljavajući pritisak kasnije, Gospodin Mačkica je nestao. Sa zebnjom sam prešla na sledeću poruku. Malo sam iskolačila oči dok sam je otvarala. Ako ikad budem htela da se vratim na fakultet, mislim da moj diplomski rad neće biti ovako dugačak! Međutim, nakon što sam odbacila pošiljaoca broj jedan, a Tija i Luka su me optužili da se ne trudim dovoljno, potrudila sam se da im dokažem da greše i pružila sam priliku kandidatu broj dva.

Kad sam stigla do svoje stanice, malo kasnije, i dalje nisam bila završila s čitanjem. Bilo mi je teško da poverujem kako postoji išta što ne znam o tom tipu! Ako bih pristala da se sastanem s njim, nisam sigurna da bih imala šta da ga pitam... sigurno mu nije ostalo ništa što bi mogao da mi kaže. Sigurno ništa o prethodnom braku i razvodu. Toliko je detaljno opisao sve, da sam imala utisak kao da sam bila tamo! Ali odlučila sam da mu pružim priliku i zaključila sam kako je verovatno samo želeo da bude iskren. Da kaže sve što mu je na duši. I, čoveče, uradio je upravo to. Možda prva poruka nije bila idealna prilika za to, ali možda je neiskusan u ovim stvarima kao i ja. Profilna slika prikazivala je prilično zgodnog tipa, stidljivog osmeha i svetlosmeđe uredne i kratke kose. Odlučila sam da ga uzmem u razmatranje, zahvalila sam se vozaču autobusa dok sam izlazila, i vratila telefon u džep. Ostali će sačekati dok se ne vratim kući. Nisam bila toliko očajna da saznam ko mi je poslao poruku da bih rizikovala život, udove ili samo nerviranje dok hodam s telefonom ispred lica. Obući ću udobnu pidžamu, skuvati veliku šolju čaja i sesti da pogledam ostalo.

I?????

Tijina poruka zapištala je kad sam sela da popijem čaj. Pretpostavljam da su je zanimale poruke u aplikaciji. Tija je bila takva. Morao si da pratiš šta se događa jer, za razliku od pošiljaoca broj dva na mom profilu, Tija nije objašnjavala ništa, osim ako je ne pitaš.

Sačekaj nekoliko minuta...

Luka je rekao da nisi proverila poruke ranije! Znaš da je on već na sastanku, zar ne?

Uzdahnula sam.

Luka je pravo blebetalo, i da, znala sam.

Nakon toga sam poslala emotikon koji sleže ramenima, samo da naglasim kako mi je svejedno. To je možda nadmetanje, ali nije trka.

Imaš li sastanak?

Tija i ja smo izgleda imale različit koncept šta znači „nekoliko minuta".

Još nemam. Čitam poruke i donosim promišljene odluke.

Pa... požuri!

Vratila sam se ostalim porukama i pročitala sam ih. Srećom, preostale tri su bile kraće. Duboko sam udahnula i odgovorila na četvrtu. Izgledao je pristojno, zvučao je duhovito i pozirao je s psom, što me je, priznajem, zainteresovalo više nego što je trebalo. Ali pomenuo je da voli životinje, i mada nisam mogla da imam ljubimce u stanu, uvek sam volela životinje i žudela sam da imam vlastitog ljubimca. Čak sam preklinjala roditelje, pre mnogo godina, možda osećajući da bi mi društvo pomoglo da ublažim samoću. Uvek su odbacivali tu ideju, govoreći kako nemaju vremena ni želje da se staraju o ljubimcu. Nakon jednog takvog razgovora neočekivano sam ih optužila da nemaju vremena ni želje da se brinu o detetu, ali ih to nije sprečilo da ga dobiju. Još uvek se sećam izraza na njihovim licima. Nikad nisu odgovorili i nikad više nisu pominjali to. Na kraju nije bilo ni važno, ali osetila sam neobično olakšanje kad sam to napokon rekla.

Poslala sam jednom poruku.

Jednom? Šta je sa ostalima?

Šta je sa ostalima?

Moraš da probaš s nekoliko njih, Bi! Pošalji i drugima poruke. Osim ako nisu totalni čudaci, onda nemoj!

Zašto!

Zato što ćeš tako imati više mogućnosti.

Ovo će biti teže nego što sam mislila.

Dobro. U redu...

Poslala sam poruku Gospodinu Disertaciji i još jednom tipu koji mi je poslao poruku nakon što sam se vratila kući. Nisam govorila mnogo, samo zdravo i hvala na poruci i kratak komentar o nekim stvarima iz njihovih poruka.

7.

Deset minuta nakon što sam poslala poruku Gospodinu Ljubitelju Životinja, dobila sam odgovor, a ubrzo i odgovor poslednjeg tipa koji mi se javio. Otvorila sam tu, i onda brzo bacila telefon preko sofe! Čula sam kako telefon pišti nakon prijema poruke, ali bila sam suviše zauzeta pitajući se gde mogu da nađem sredstvo za čišćenje mozga. Zašto bi neko uradio to? Stvarno? Telefon je ponovo zapištao. Uzela sam ga. Zatvarajući oči što sam više mogla, trudeći se pritom da vidim dovoljno, obrisala sam poruke poslednjeg tipa i pritisnula „blok" i „prijavi" za taj kontakt, pre nego što sam prešla na aplikaciju za dopisivanje.

Čekam!

Tija je poslala.

Poslala sam još. Jedan je sigurno NE! Obaveštavaću te o događajima.

Tija je poslala podignute palčeve i poljupce.
Baš kad sam spustila telefon, stiglo je još jedno obaveštenje.

Jesi li pročitala poruke?

To je bio Luka. Pogledala sam na sat. Pretpostavljam da mu je devojka u toaletu ili tako nešto.

Da. Da li sastanak dobro napreduje?

Videla sam kako piše odgovor.

Kod kuće sam. Nije bila moj tip.

Želiš li da razgovaramo o tome?

Nekoliko trenutaka kasnije, telefon mi je oživeo zbog predstoje-ćeg video-poziva. Javila sam se i Lukino nepodnošljivo zgodno lice ispunilo je ekran. A kad kažem ispunilo, stvarno je bilo tako. Mora da je pritisnuo nos na staklo. Poskočila sam i nasmejala se.

– Hoćeš li prestati da radiš to?

– Jok. Zbog toga poskočiš svaki put. Zašto da prestanem?

– Zato što si naporan.

– Upravo si mi dala još jedan razlog da ne prestanem.

– Znaš da nismo u osnovnoj školi, zar ne?

– Šteta. Uvek si bila tako slatka sa onim kikicama. Trebalo bi da ih ponovo nosiš. Bilo bi nekako seksi.

– O, ha-ha. Zašto si već kod kuće?

Slegnuo je ramenima, sedeći na mekoj bež sofi u svom stanu. – Kao što sam rekao. Nije moj tip, i nismo se dobro slagali. Makar iz moje perspektive.

– Na koji način?

– Pa, pre svega zato što ju je zanimalo samo da priča o novcu.

Namrštila sam se, ne shvatajući.

– Trebalo je da zaključim to kad je odabrala najskuplji koktel iz karte pića. Koji nije popila do kraja, a onda je naručila drugi naj-skuplji.

– Oh. A pretpostavljam da niste podelili račun.

Luka me je pogledao. Bio je pomalo staromodan. Ako žena insi-stira da plati pola, onda on neće mnogo zatezati, ali obično je mislio da je pošteno da plati račun ako je on pozvao nju. Jednostavno je bio takav. Imala sam osećaj da večerašnja pratilja nije ponudila da podele račun.

– Onda je kazala da je gladnjikava i da joj se jedu ostrige.

– Meni je obično dovoljna kesica čipsa, ali nismo svi isti.

– Da, ti si mnogo jeftinija pratilja.

Namrštila sam se. – Pokušaću da to shvatim kao kompliment. U nekom trenutku.

Široko se osmehnuo. – Tako je zamišljeno.

– Možda ne bi trebalo to da kažeš na sledećem sastanku, ako se ukaže prilika. Neka druga žena možda ne bi bila puna razumevanja kao ja.

– To je tačno. Ti si sigurno jedinstvena. – Nasmejao se. – Na dobar način! – brzo je dodao.

– Lepo si se izvukao.

– Hvala.

– I, šta se dogodilo nakon ostriga? Pretpostavljam da si ih naručio.

– A-ha. Jesam. Probala je jednu, pozelenela i onda kazala da nije nimalo gladna.

– Aaa. – Počela sam da shvatam. – Potražila te je na internetu, i pomislila da si bogat.

– Pokušavao sam da budem darežljiv, ali počeo sam da stičem takav utisak. Ipak, to što je rekla da više nije gladna dalo mi je priliku da na ljubazan način okončam sastanak.

Da budem iskrena, Luka prilično dobro zarađuje, i nekoliko koktela, čak i skupih, i tanjir ostriga neće mu isprazniti novčanik, ali mrzela sam kad se neko usredsređuje samo na taj aspekt kod njega. Kao da su njegov novac i uspeh jedine stvari koje vide. U redu, to sigurno nisu jedine stvari koje vide. Ali opet, ako ostavimo izgled, telo i novac po strani, Luka može da ponudi mnogo više. Uz osmeh je pričao o sastanku sa sponzorušom, ali bilo je nečeg u njegovim očima, neka senka, oklevanje. Da li zbog toga nikad nije bio tako dugo s nekom ženom? Možda je hteo da dozvoli sebi da oseti nešto više, a onda bi saznao da su one samo zaljubljene u njegov novac i otmeni stan, ne u pravog Luku Donata.

– Jesi li dobro? – pitala sam, osetivši zabrinutost. Mrzela sam pomisao da ga neko koristi.

– Da. Dobro sam. Kako si ti? Da li si pogledala poruke?

– A-ha. I čak sam odgovorila na dve.

– O. Jesu li se oni javili?

– U prvoj poruci sam dobila sliku kurca. I zato se trenutno oporavljam pre nego što otvorim drugu.

Luka se namrštio, zbog čega je izgledao više italijanski, i pomalo preteće. Očigledno, znala sam da je velika maza, pa se nisam brinula, ali drugima koji ga ne poznaju sigurno bi izgledao preteće, iako je to bilo nenamerno.

– Šta je uradio?

– Ma nema veze. Srećom sam bila kod kuće, i kad sam bacila telefon pao je na nešto mekano. A sad je poruka obrisana.

– To nije jedino što je trebalo obrisati – zarežao je.

Zakikotala sam se.

– Nisam stigla dobro da pogledam, hvala bogu, ali prema onom što sam videla, iznenađena sam što ga pokazuje tako slobodno, iskreno.

Ovog puta se Luka nasmejao i bilo mi je drago što mu se lice razvedrilo i pojavio se poznati opušteni izraz.

– Budi oprezna, Bi, važi? Mislim, ne rizikuj. Pobrini se da neko od nas uvek zna kuda ideš i s kim se sastaješ.

– Hoću. Tija mi je već dala uputstva da uradim isto.

– U redu. Dobro. Da li si ga prijavila administratoru sajta?

– A-ha. Završeno.

– Dobro. Kakav...

– Kurac od čoveka?

– Baš tako.

Nakon što sam razgovarala s Lukom, a onda potražila hranu u kredencu i frižideru, ponovo sam uključila dejting aplikaciju. Odagnala sam zebnju koju sam osećala i onda otvorila odgovor Gospodina Ljubitelja Životinja. Srećom, nije bilo slika, samo nekoliko rečenica opuštenog ćaskanja. Uhvatila sam sebe kako odgovaram i kako je veče odmicalo, ćaskali smo povremeno nekoliko sati, a sve je to rezultiralo, na moje iznenađenje, odlaskom na nedeljni ručak, sutradan. Po dogovoru sam poslala poruku Tiji, dala joj pojedinosti i onda odgovorila na salvu pitanja dok je gledala neki šou za pronalaženje talenata... svoju najomiljeniju subotnju zabavu. Iznenadila sam se kad sam saznala da ih i Džono voli, ali decenije Tijinog uticaja nisu pretvorile mene i Luku u ljubitelje.

Da li je trebalo da osećam mučninu pre sastanka? Zar ne bi trebalo da budem uzbuđena ili tako nešto? Želudac mi se osećao kao da se takmiči u parternoj gimnastici na olimpijskim igrama, ako je suditi prema prevrtanju i okretanju koje sam osećala. Jelo je bila poslednja stvar o kojoj sam razmišljala, uprkos stvarno prijatnim mirisima pečenja koji su dopirali iz paba ispred koga sam stajala. Pitala sam se da li je trebalo da sednem unutra, ali rekla sam sebi da će, ako se on ne pojavi, biti manje neprijatno da odem sa svog mesta ispred paba, nego da napustim sto postavljen za dvoje tokom nedeljne gužve.

– Beatris?

Okrenula sam se i ugledala muškarca koji je izgledao iznenađujuće slično svojoj fotografiji. Bio je otmeno odeven iako je više nalikovao seoskom vlastelinu nego otmenom Londoncu, ali imao je prijatan osmeh i, pošto mi je dao rukom znak da uđem prva, bio lepo vaspitan. Zasad nije bilo toliko loše koliko sam očekivala.

– Zdravo. Svi me zovu Bi. – Mislila sam da mu pružim ruku, ali to mi je izgledalo previše zvanično, a poljubac previše prisno, pa sam gurnula ruke u džepove i pokušala da ne izgledam kao da mi je previše neprijatno. Oliver se osmehnuo, ponovo učtivo pokazao na ulaz u pab i krenuo za mnom.

Kad nam je stigao ručak, počela sam malo da se opuštam i, na svoje iznenađenje, da uživam. U pabu je bilo toplo, čuo se žamor, a Oliver je bio prijatno društvo. Možda su Tija i Džono bili u pravu. Možda pronalaženje partnera preko interneta nije totalna propast.

– Dobro, da li je pas s tvoje profilne slike tvoj? – pitala sam dok sam viljuškom stavljala savršeno hrskav pečeni krompir u usta.

Oliver je popio veliki gutljaj crnog vina koje je naručio, a koje sam ja odbila, pre nego što je odgovorio. – O ne, to je samo jedan od lovačkih pasa. Znam da su oni radni psi i da ne bi trebalo da imam miljenike, ali ponekad je to jače od mene. Znaš na šta mislim?

Potrudila sam se da progutam vruć krompir bez izazivanja opekotina na gornjem nepcu. – Ovaj... lovački psi?

– Da – odgovorio je, nabadajući hranu na viljušku.

Zbunjeno sam ga gledala kad je podigao pogled. Tračak nečeg pojavio mu se na licu. Ako bih morala to da opišem, kazala bih da je posećalo na iznerviranost.

– Izvini... ne razumem – počela sam. – Misliš li na pse koji se koriste za lov?

Ovog puta je sigurno bio iznerviran. – Naravno. Kakvi drugi postoje? – Rekao je to sa osmehom, ali prethodni izraz lica već je odao šta misli o mom nepoznavanju te teme.

– Ti si lovac?

– Kad sam u kući na selu, naravno. A ti?

– Nemam kuću na selu, a čak i da je imam, ne bih lovila! Naravno da ne bih.

Izgledao je iskreno zaprepašćen mojim odgovorom.

– Stvarno?

– Da, stvarno. Misliš na pravi lov?

Njegov pogled mi je dao odgovor.

– Ali to je protivzakonito!

Namignuo mi je. – Ima mnogo rupa u zakonu kojima se ta smešna zabrana prevazilazi.

– To nije smešno! Lov na lisice je surov i varvarski!

Oliver je ispustio pribor za jelo u tanjir, uz zveket. – O, zaboga, nisi valjda od onih što grle stabla? Izgledala si sasvim normalno na profilu.

– Normalna sam, hvala na pitanju! I da, volim drveće. Takođe volim životinje, a ti si ih, da te podsetim, stavio na svoju profilnu sliku, i to me je donekle privuklo!

– Volim životinje. Obožavam svog konja, i već sam ti ispričao o omiljenom lovačkom psu. – Uzdahnuo je.

– Psu koji je obučen da juri, plaši i ubije bespomoćnu životinju! I uzgred, ne krivim psa. To je rezervisano za tebe.

– Iskreno, Beatris... Previše dramiš oko toga. Ljudi koji ne razumeju lov dižu takvu galamu jer ga ne razumeju. To je čisto neznanje. – Nagnuo se i potapšao me je po ruci. – U redu je. Objasniću ti stvari i razumećeš i videti zašto si grešila.

Trgnula sam ruku, obarajući čašu s vodom, a ona je uz zveket pala na moj tanjir, a voda je natopila stolnjak i počela da kap po kap kaplje na pod. Oliver me je strogo pogledao pre nego što je glasno pucnuo prstima, pozivajući obližnjeg konobara, a onda pokazujući na sto. Osetila sam kako mi obrazi gore od njegovog nevaspitanja. Izgleda da se ono njegovo početno lepo vaspitanje nije odnosilo na osoblje, ili na mene, sad kad je jasno zaključio da mu nisam ravna.

– Izvinite – kazala sam konobaru, osmehujući se.

Uzvratio mi je osmeh, namerno izbegavajući Olivera dok je čistio haos. – Nema problema. Stalno se događa.

Oliver je prezrivo frknuo. Konobar me je pogledao na tren.

– Da li biste mogli da donesete račun? – pitala sam ga.

– Nisam završio – brecnuo se Oliver.

– Da li biste mogli da donesete račun za ono što sam ja naručila, molim vas? – izmenila sam molbu.

– Naravno, gospođo. – Klimnuo je glavom, uputio mi osmejak i krenuo prema kasi.

– Otići ćeš usred ručka? – Oliver je govorio tiho, a malopređašnji prijatan osmeh zamenilo je nešto više nalik keženju.

– Da.

– Neki ljudi su baš nevaspitani. – Spustio je salvetu sa strane.

– U pravu si – rekla sam, oštro ga gledajući. – Jesu. I samo da bi spasao druge žene od izgubljenog popodneva, mogao bi malo da objasniš tu svoju priču „ljubitelj životinja" s profila. Navodi na pogrešne zaključke.

– Samo neobrazovanim tipovima kao što si ti.

Malo sam otvorila usta, što, priznajem, nije bio prefinjen, smiren izgled koji sam htela da postignem.

– Uživaj u ostatku obroka. Potrudi se da se ne zagrcneš. – Nakon toga, odgurnula sam stolicu i srela se s konobarom nasred paba, pa otišla s njim do kase i tamo platila. Dala sam mu bogatu napojnicu da pokušam da ublažim to što se Oliver poneo kao prava sirovina, i krenula sam iz paba, prema najbližoj stanici metroa. Pošto nisam dovršila ručak, kupila sam ogroman *tviks* u prodavnici i krenula do perona da sačekam voz do kuće. Držeći čokoladu u jednoj ruci, drugom sam napisala Tiji poruku.

Vraćam se kući.

Nekoliko trenutaka kasnije, telefon je zapištao.

Već? To nije Gospodin Pravi?

Sigurno nije. Gospodin Potpuno Pogrešni.

Jao, žao mi je, dušo.

Nema frke. Dobro sam. Samo sam htela da ti javim da se vraćam.

Hvala. Javi se kad stigneš, da čujem pojedinosti.

Poslala sam podignute palčeve, mada nisam bila raspoložena da se prisećam katastrofalnog prvog sastanka posle ko zna koliko vremena. Ako je ovo nagoveštaj onog što sledi, ne mogu da dočekam Božić kako bih izbrisala svoj nalog i zaboravila na sve. Da ne pominjem i pobedu u nadmetanju s Lukom. Pod pretpostavkom da dotad ne pronađe Gospođicu Savršenu. Onda sam na tren razmišljala o nečem, dok voz nije ušao u stanicu, gurajući talas toplog vazduha ispred sebe, i izbacio mi tu misao iz glave.

8.

Do pola šest sam već bila u pidžami i zagrevala gotovo jelo koje sam pronašla u zamrzivaču. Skinula sam šminku i vezala kosu u neuredan rep, za svoj uobičajeni „kućni" izgled. Dok je mikrotalasna zujala, dekoncentrisano sam pregledala *Netfliks*, tražeći nešto što bi mi privuklo pažnju. Odabrala sam dokumentarac o Mont Everestu i spremila se da ga pustim kad je mikrotalasna zapištala i stavila sam vrelu posudu na poslužavnik. Zovite mi Gospođica Prefinjena. Nameravala sam da pojedem prvi zalogaj, kad mi je telefon zazvonio zbog video-poziva. Na trenutak sam pogledala svoje gotovo jelo, pa telefon koji zvoni. Pauzirala sam film na televiziji, uzdahnula i uzela telefon.

– Pre nego što išta kažeš, gladna sam, a ovo je jedino što sam sad mogla da spremim.

Luka i ja se nismo slagali u vezi s mojom sklonošću ka gotovim jelima.

– Trebalo je da dođeš kod mene nakon sastanka. Mogao sam da ti dam nešto jestivo.

– Ovo je jestivo – rekla sam, uzimajući zalogaj. Dobro, nimalo ukusno, ali uglavnom jestivo. – Bila sam na ručku.

– Istina. Ali kad nisi završila obrok, trebalo je da dođeš kod mene.

– Kako znaš da ga nisam završila?

– Svi znamo da ga nisi završila. – Osmehnuo mi se. – Znaš kako se tračari u našoj grupi.

Uzdahnula sam i uzela još jedan zalogaj.

– Šta je to? – pitao je Luka, podižući nos.

– Kaneloni.

– Mogla si da me zavaraš.

– Nisi ih probao.

– Ne moram. Znam kako ti izgleda lice kad uživaš u hrani, a sad ne izgleda tako.

– Jesi li me zvao s nekim razlogom ili da me gnjaviš zbog ishrane?

– Samo sam hteo da vidim da li si dobro.

– Zašto ne bih bila?

– Tija je kazala da... dobro, neću da ponavljam šta je rekla, ali stekao sam utisak da on nije bio najbolje društvo.

– Počelo je lepo. Kad sam saznala da je ljubitelj lova i da izvrdava zakonsku zabranu, pokvarilo mi se raspoloženje. Stvari su otad krenule nizbrdo.

– Nije ni zasluživao tvoje društvo.

– Nije. To sam i ja pomislila. Koliko god da sam neobrazovana.

– Izvini?

– Rekao mi je da je razlog zbog koga se ne slažem s njim to što sam neobrazovana.

Lukino lice ponovo je poprimilo mafijaški izraz.

– Ne brini se zbog toga. Dobro sam.

Luka nije izgledao uvereno. Nije bila tajna da mi je smetalo to što nisam završila fakultet i što sam jedina takva u našoj grupi. Tatina nesreća je promenila mnogo toga.

– Iskreno, dobro sam, Luka. Kunem se. Takvi komentari govore više o njemu nego o meni.

– Govore. Sve dok iskreno veruješ u to.

– Verujem – kazala sam, gurajući od sebe prilično ispražnjenu plastičnu kutiju.

– Kakvi su bili takozvani kaneloni?

– Ne budi takav prehrambeni snob.

Široko se osmehnuo.

– Dobro, zašto si kod kuće? Mislila sam da ćeš imati još jedan sastanak. Ne liči na tebe da sediš tu.

Malo je podigao jednu tamnu obrvu i smestio se udobnije. – Nisam bio raspoložen danas.

– Pozivi su se nagomilali?

Odgovorio je neodređeno. – Šta je s tobom?

– Imam još jednog potencijalnog kandidata – kazala sam neodređeno, otvarajući laptop jednom rukom i otvarajući desktop verziju sajta. – A izgleda da imam i dve nove poruke. Očigledno ima manje ljudi kojima je dosadno u nedelju popodne.

– Ne radi to.

– Šta?

– Ne potcenjuj sebe.

– To je bila šala.

– Trebalo je da bude, ali poznajem te predugo. I nisi se šalila.

Počešala sam nogu da bih skrenula pažnju i da bih izbegla Lukin prodorni „poznajem te" pogled, a poznavao me je, i povremeno je to bilo vrlo neprijatno.

– Dobro...

– Kakvi su ostali?

– Nisam pogledala.

– Pogledaj sad.

– Ne, pogledaću kasnije. Da budem iskrena, nisam baš oduševljena nakon ovog danas, a ni u startu nisam bila presrećna.

– Pošteno. – Ponovo se premestio. – Ako želiš drugo mišljenje o nekom od njih, slobodno me pozovi. Mislim, ako budeš htela da me pitaš, naravno.

Pogledala sam u ekran telefona. – Da li mi nudiš proveru mojih opcija?

– Kad kažeš tako, zvuči odvratno.

– Nisam imala tu nameru. I hvala. Ako budem sumnjala u nekog, možda ću iskoristiti tvoju ponudu.

– Mada sam prilično siguran da ću imati mnogo zamerki.

– Sigurno si to radio u prošlosti.

Slegnuo je ramenima, nimalo uznemiren. – Nikad nisu bili dovoljno dobri za tebe.

– Tvoje mišljenje.

– A-ha. I bio sam u pravu. Svaki put.

– Mora da je vrlo teško stalno biti u pravu.

– Snalazim se.

– Želim poslasticu – kazala sam, menjajući temu.

– Sastanimo se sutra posle posla. Skuvaću nešto i spremiću poslasticu. A onda mogu da ti procenim momke.

– Nisam rekla da ću ti ih pokazati! U svakom slučaju, zar nemaš sastanak sutra uveče?

– Imam. S tobom.

– O, ha-ha. Mislila sam na moguću Gospođicu Pravu?

– Radije bih bio s tobom.

– Nikad je nećeš upoznati ako budeš traćio slobodno vreme na druženje sa mnom.

– Vreme provedeno s tobom nikad nije protraćeno.

– Mislim da se prethodni tip s kojim sam izašla ne bi složio s tobom.

– Mislim da se on i ja ne bismo složili oko mnogih stvari.

– Istina. Dobro, ako ti ne smeta...

– Naravno da ne smeta. A mama je danas pitala kad ćeš ponovo doći na večeru. Nedostaješ im.

Osmehnula sam se prema ekranu. – I oni meni nedostaju. – I nedostajali su mi. Donatovi su činili da se osećam kao deo porodice i njihova pažnja i ljubav nikad nisu slabili. Za razliku od mojih rođaka. – Doći ću kad god im odgovara. Reci im da mi je žao što nisam dolazila neko vreme. Imala sam ludnicu na poslu.

– Nema poboljšanja na tom planu, zar ne?

Uzdahnula sam.

– Shvatiću to kao ne. I dalje nisu našli nekog da ti pomogne?

– Jok. Melisa ne misli da je to neophodno.

– Melisa ne zna s koje strane je šuplja.

– To je istina.

Melisa je bila moja šefica. Imala sam više iskustva, znanja i stručnosti od nje. Ona je imala diplomu i sjajne sise. Obe te stvari su zadivile mog direktora, mada kad se ta pozicija upraznila – pozicija za koju sam bila više nego kvalifikovana i koju sam obavljala neplaćeno prethodnih osam meseci – samo je njena diploma bila navedena kao njena prednost za to mesto, uprkos tome što su svi videli da su i drugi faktori imali uticaja.

– Znaš odgovor.

Okrenula sam glavu prema ramenu.

– Neću doći da radim za tebe.

– Zašto nećeš? Ti si najbolja informatičarka koju poznajem, i užasno me nervira što ne možeš da dođeš i radiš za nas.

Luka je pokušavao da me regrutuje za rad u svojoj kompaniji otkako ju je pokrenuo. Na papiru, to je izgledalo kao lak izbor. Kad god sam dolazila u njihove prostorije, vladala je sjajna, opuštena atmosfera. Imao je vrlo mali odliv zaposlenih, i kad se otvori neko radno mesto bili bi zatrpani prijavama, ne samo zato što su davali dobre plate i sjajne pogodnosti nego i zato što je kompanija važila za dobro mesto za rad. Počeo je od nule i zapošljavao je ljude ne samo na osnovu kvalifikacija nego je vodio računa i o iskustvu, radnom i životnom. Znala sam da je hteo da budem na čelu informatičkog sektora. Trenutni menadžer je razmišljao o odlasku u penziju i mogla bih to da radim zatvorenih očiju. Plata je bila mnogo viša od moje trenutne, bilo je dosta pogodnosti, za razliku od mog sadašnjeg radnog mesta, i ne bih morala da podnosim izveštaje Melisi, ili da snosim krivicu kad dođe do problema zbog nečeg što ona nije uradila.

– Zato što...

Čekao je. – Da li ta rečenica ima kraj? – pitao je malo kasnije.

– Znaš zašto.

– Ne znam. Znam samo da si ti najbolja osoba za taj posao, što je sve što želim za svoju kompaniju, a ti nećeš da prihvatiš tu poziciju.

– Bio bi mi šef!

– I?

– To bi bilo uvrnuto.

– Zašto?

– Zato!

Zakolutao je očima i napravio kružni pokret šakom.

– Zato! Podnosila bih izveštaje tebi. Šta ako nešto ne bude u redu? Ili ako nisi zadovoljan nečim što sam uradila? Šta ako se posvađamo?

– Svađamo se od pete godine. Nerviraš me. Ja nerviram tebe. Tako je kako je. Sve je dobro.

Bio je u pravu.

– Ali nije isto na poslu.

– Dobro... Staviću nekog između nas, kao tebi nadređenog. Tako nećeš morati da imaš posla sa mnom, ako ti je to problem.

– I dalje bi mi bio šef, Luka. Ti si vlasnik jebene kompanije!

Luka je kazao nešto na italijanskom, a ja sam uzdahnula. – Mrziš svoj posao. Iskorišćavaju te na tom poslu. Kaži im da se nose i dođi da radiš sa mnom. Molim te.

– Ne.

– Jaooo. Nemoguća si! Zašto bi ostala na poslu koji ne voliš kad ti je bolja prilika servirana na srebrnom poslužavniku? Posebno u kompaniji gde u kuhinji ima dosta poslastica za zaposlene.

– U normalnim okolnostima bih je prihvatila. Naravno da bih!

– Dakle?

– Zbog tebe, Luka. Ako zabrljam, ne bih mogla sebi da oprostim.

– Bi, ti si najsavesnija osoba koju poznajem. Ali svi povremeno zabrljamo. Na poslu. U životu. U ljubavi.

– Da, ali to si ti – ponovila sam. – Drugačije je. Značilo bi više.

Zaustio je da kaže nešto, ali zaustavila sam ga. – Stvarno sam zahvalna, Luka. Znaš da jesam. I ubija me što znam da bih mogla da radim na sjajnom mestu i da više ne moram da slušam ili gledam naduvanu Melisu. Ali ne mogu. Ne mogu da ugrozim naše prijateljstvo. To mi znači više.

– Šta ako ti obećam da ništa ne može to da ugrozi?

Pogled mi je odlutao do sajta za pronalaženje partnera koji je i dalje bio otvoren na mom ekranu. – Ne možeš da obećaš to. Koliko god da misliš da možeš. Svašta može da se dogodi. Svašta može da se promeni. Ali hvala ti.

Tamne oči su me gledale na tren. – Ne mogu da te nateram da se predomisliš, zar ne?

Odmahnula sam glavom, osećajući tugu pomešanu s drugim nepoznatim osećanjima. – Mislim da ću otići u krevet, ako ti ne smeta. Ne osećam se dobro.

– Verovatno zbog groznog gotovog jela.

Bledo sam se osmehnula. – Možda.

– Naći ćemo se sutra posle posla, važi?

Klimnula sam glavom. – Dobro. Hvala.

– Odmori se, Bi.

Mahnula sam mu i poslala poljubac, kao i uvek, i prekinula vezu. Zašto ništa u životu nije jednostavno?

Na osmom sastanku u poslednje tri nedelje, misli su počele da mi lutaju kad je tip naspram mene nastavio da tupi o sebi. Bili smo u baru duže od sat i po, a on nije postavio nijedno pitanje o meni. Kad sad razmišljam o tome, trebalo je odavno da odem. Prvi znak mi je bio kad sam videla da je uživo deset godina stariji nego na profilnoj slici, a odevao se kao da je petnaest godina mlađi. Drugi znak je bio kad sam predložila da naručimo hranu, a on mi je rekao da je već jeo, pa nije potrebno. Nisam bila sigurna zašto sam i dalje sedela tu, da budem iskrena. Činjenica da je napolju pljuštala kiša, a unutra je bilo suvo, bio je moj najjači argument.

Nijedan od prethodnih sastanaka nije bio ništa bolji. Jedan tip koji je izgledao mišićavo na slici stvarno je bio takav, što je bio dobar početak. Nažalost, to je bilo jedino zanimljivo kod njega. Koliko god puta sam pokušala da skrenem razgovor na druge teme, ubrzo bismo se vraćali na opsednutost vežbanjem. Pitanja tipa koliko mogu da podignem iz benča navodila su me da ga tupo gledam. Ne zato što nisam razumela pitanje, nego zato što nisam razumela zašto mi ga je postavio. Nigde u profilu ja (ili bolje rečeno Tija) nisam pomenula da idem u teretanu. Nisam bila nikad u životu. Pokušavala sam da ostanem u pristojnoj formi. London je imao sjajne parkove za vežbanje, a moj stan je bio na dvadeset minuta hoda od stanice metroa, što mi je pomagalo da svakog dana napravim pristojan broj koraka, tako da sam davala sve od sebe da ostanem aktivna.

– Jesi li me čula? – Taj glas je prodro u moje misli i vratio me je u sadašnjost – i podsetio na želudac koji krči od gladi. Ko uopšte jede pre odlaska s nekim na večeru?

– Ovaj... nisam. Izvini. Promaklo mi je.

Moj pratilac se zavalio u stolicu. To mi je otvorilo neprijatan pogled na njegov stomačić. Poješću svoju kapu ako on ima trideset pet godina. Iskreno, sad sam bila toliko gladna, da bih pojela bilo čiju kapu.

– Ne izgledaš vrlo usredsređeno na ovaj sastanak, da budem iskren.

– Stvarno? – odgovorila sam, ne znajući šta drugo da kažem.

– Ne. I da budem iskren, to je pomalo nevaspitano. – Primetila sam da je imao sklonost da koristi reč „iskreno" u svim mogućim situacijama, što je bilo ironično za nekog ko je koristio profilnu sliku od pre desetak godina.

Ispravila sam se. – Molim?

– Rekao sam da je to pomalo nevaspitano. – Govorio je sporije, kao da ne mogu da razumem reči. To je bila istina, ali ne zbog onog što je on mislio. – Možda je najbolje da se raziđemo, i da ja prestanem da trаćim svoje vreme da bih te zadivio.

Zadivio?

Nestrpljivo je mahnuo barmenu. – Možete li mi dati račun? – Barmen je klimnuo glavom i okrenuo se.

Zavladala je tišina među nama. Prva te večeri, ali samo zato što je konačno prestao da priča o sebi. Njegova optužba za nevaspitanost zujala mi je po glavi, sve dok mi nije konačno izletela iz usta.

– Izvini, ali mislim da si bio prilično nepravedan, i ako je iko bio nevaspitan, to si bio ti.

Mišići na licu su mu se zategli od zaprepašćenja.

– Molim?

– Optužio si me da sam nevaspitana – kazala sam, trudeći se da ostanem smirena i dostojanstvena. – A mislim da je to nepravedno.

Prezrivo je frknuo. – O, stvarno, stvarno? – rekao je, uzimajući račun od barmena i gledajući ga. – Pa, mislim da je nepravedno što sam morao da sedim ovde s nekim ko je mlitav i tupav i ne govori, a onda moram da platim za tu čast. – Bacio je nekoliko novčanica na šank. Vatra se razgorela u meni. Gurnula sam novčanice prema njemu, pre nego što je barmen stigao da ih uzme i dala sam mu svoju debitnu karticu.

– Molim vas, želim da platim karticom. Hvala. – Osmehnula sam se, što sam prirodnije mogla. Izraz na njegovom licu rekao mi je da nisam baš pobedila u toj igri, ali makar sam dala sve od sebe.

Okrenula sam se prema svom pratiocu. – Za tvoju informaciju, nisam tupava i imam mnogo tema za razgovor, ako je osoba s kojom razgovaram dovoljno vaspitana da me pita bilo šta. Kako se ispostavilo, ti si čitave večeri samo sedeo tamo i tupio o sebi i gomili ljudi koje nikad nisam upoznala i neću ih upoznati. I iskreno, na osnovu tvojih „urnebesnih" – tu sam mu pokazala vazdušne navodnike – priča, nadam se da ih nikad neću upoznati. *Da budem iskrena*, te priče nisu nimalo urnebesne. U stvari, u najboljem slučaju su dosadne, a u najgorem uvredljive.

– Takođe, ako pozoveš nekog u vreme večere, obično se podrazumeva da ćete se razići nakon jednog pića ili ćete preći na večeru. Kako se ispostavilo, ti si jeo pre dolaska. Ja sam potpuno izgladnela. To je nešto čega si bio sasvim svestan, i nisi se potrudio da predložiš da naručimo hranu, čak iako nisi gladan. Radila sam čitav dan, jedva da sam ručala, i na kraju sam za večeru pojela činiju kikirikija! I pre nego što počneš da optužuješ ljude za nevaspitanje, mogao bi da se pogledaš u ogledalo. Oh, i kad smo kod gledanja u ogledalo, pokušaj da staviš neku skorašnju fotografiju na sajt, a ne da upotrebljavaš onu iz godina koje smatraš zlatnim.

Zurio je u mene otvorenih usta, kao riba na suvom. Barmen je oprezno gurnuo aparat za kartice prema meni. Platila sam i nakratko ga pogledala u oči. Da li je to bio osmeh?

9.

Okrenula sam se, izašla iz bara, pravo u provalu oblaka. U roku od nekoliko sekundi, kosa mi je bila zalepljena za glavu, a haljina za telo. Ništa od toga nije izgledalo dobro. Brzo sam navukla tanak kaput preko sad natopljene haljine. Da nisam bila toliko ljuta, možda bih razmislila i obukla ga pre nego što sam izašla na ulicu. Mada je i kaput sad bio natopljen, izgledalo je kao ona situacija što ne platiš na mostu, platiš na ćupriji.

Krenula sam po pljusku prema stanici podzemne železnice. Kraj mene je prošao jedan kombi, primetno menjajući smer, da bi prošao kroz veliku baru koja se stvorila pored trotoara, zbog čega je savršen luk prljave vode poleteo kroz vazduh i pogodio metu... odnosno mene. Sjajno. Sad sam bila ne samo mokra nego i prljava i mokra. I gladna. I izgleda tupava, prema rečima mog večerašnjeg pratioca. Stvarno sam imala sjajan dan. Makar nije mogao da bude gori.

Osetila sam kako mi telefon vibrira u torbi. Idući ka nadstrešnici jedne prodavnice koja nije bila zauzeta te večeri, izvadila sam telefon. Bio je to Luka.

– Zdravo.

– Zdravo. Izvini, da li te prekidam?

– Jok.

– Dobro... da li si kod kuće?

– Nisam. Upravo idem ka stanici metroa.

– Tvoja linija ne radi. Zato sam te pozvao. Došlo je do neke nesreće.

Zastenjala sam. Postalo je gore.

– Da li su ubacili autobuse, šta kažu? – Pribila sam se uz vrata, kad je kamion za dostavu poslao još jedan mlaz vode uvis.

– Trenutno se ne zna, ali verovatno hoće.

Uzdahnula sam. – Dobro, hvala. U redu, idem do stanice da vidim šta se događa. Hvala ti na informacijama.

– Kakva je to buka?

– Koja buka?

Zaćutao je. – Da li ti to zubi cvokoću?

– Ovaj... možda. Samo zato što sam prestala da hodam. Dobro je kad hodam.

– Nije toliko hladno, Bi. Jesi li bolesna?

– Dobro sam. Samo sam malo mokra.

– Gde si?

Kazala sam mu.

– Ostani tu. Doći ću po tebe.

– Ne, Luka. Stvarno, u redu je. Već sam mokra. Ne mislim da je fizički moguće da budem više mokra. Ne izlazi po ovakvom vremenu.

– Već sam napolju. Imao sam neki sastanak u Devonu. Vraćam se kući i na deset minuta sam od tebe. Bog zna koliko dugo bi čekala ako nisu organizovali zamenske autobuse. Smrznućeš se nasmrt. Tvoja majka mi nikad ne bi oprostila.

– Moja majka ne zna i ne mari – odgovorila sam, iskreno.

– Onda mi moja majka nikad ne bi oprostila.

Verovatno je bio u pravu.

– Biću tu za nekoliko minuta. U redu?

– Ne smeta mi da odem do stanice. Sigurna sam da će sve biti u redu. – Nisam bila sigurna da će sve biti u redu. Probala sam to ranije, stajala sam tri sata i čekala fantomski autobus ili voz, ali nema veze.

– Bi. Čujem kako ti se misli roje. Već sam napolju. Nije mi teško i više bih voleo da ne umreš od hipotermije.

– U redu, hvala. To će biti divno.

– Makar ne dok ne pobedim u ovom nadmetanju i ne dokažem da grešiš. Ponovo.

– O, ha-ha. Samo dođi ovamo u svojim prokletim kolima, ili ću umreti samo da ti napakostim.

Dubok, melodičan smeh dopro je iz telefona i obavio me je toplim zagrljajem prijateljstva.

– Možda će ti biti potrebna neka folija za sedište. Bukvalno se cedim.

– Sedišta su kožna. Obrisaću ih.

– Ako ti tako kažeš. Ali nemoj da mi ispostaviš račun!

– Obećavam. Dobro, trudi se da ne umreš, kako smo se dogovorili. Vidimo se za nekoliko minuta.

– Zdravo.

Prekinuo je vezu i vratila sam telefon u torbu, pre nego što sam obavila ruke oko sebe u jadnom pokušaju da se zagrejem. Nije upalilo. Čkiljila sam u kola koja se približavaju, ali videla sam samo farove. Nisam razaznavala boje dok se ne približe, a tu se završavalo moje poznavanje kola. Lukina kola su bila crna. Korisno.

Deset minuta i jedan neprijatan predlog kasnije, otmena crna kola su ablendovala i stala kraj trotoara. Nisam videla unutrašnjost, ali osoba unutra ovlašno je podsećala na Luku i stvarno sam se nadala da je to on, inače je postojala mogućnost da je ovo još jedan sramotan trenutak za kraj večeri. Prozor se otvorio uz zujanje, Lukino lice se pojavilo i pohitala sam do kola. Nagnuo se i otvorio vrata.

– Jebote, Bi! Nisi baš samo malo mokra!

– Prilično mokra, onda.

– Zvučiš kao one igračke na navijanje, koje zveckaju.

– Hvala. Večeras sam dobila dosta komplimenata.

Luka se uključio u saobraćaj, a onda me pogledao postrance. – Nije bilo sjajno, ha?

Odmahnula sam glavom i nesvesno okupala Luku. – Ups. Izvini. Ali ne, nije bilo sjajno.

– Hoćeš li da pričaš o tome?

– Ne sad, ako ti ne smeta.

Namrštio se. – Šta je to bilo?

– Moj želudac.

– Nisi jela?

– Nisam. Moj pratilac je već jeo.

– Zašto te je to sprečilo?

– Ne znam. Samo mi je bilo čudno.

– Dobro. Evo kako ćemo. Prvo, moraš da se istuširaš i presvučeš, a onda ubrzo pojedeš dobru hranu.

– Mislim da više nisam gladna, iskreno.

– Mrzim da se raspravljam s tobom...

– Ne, ti voliš to.

– To je istina. Ipak... tvoj želudac se ne slaže sa onim što si rekla. Nisam mogla da mu protivrečim.

Luka je došao do svoje zgrade, pronašao prazno mesto u podzemnoj garaži ispod i odšljapkala sam s njim do lifta.

– Žao mi je što ti sastanak nije bio uspešan. Izgleda kao traćenje lepe haljine.

Pogledala sam sebe. – Izgledala je bolje kad nije bila natopljena.

Luka je napravio pokret glavom koji je značio „možda jeste, možda nije" i osmehnuo se. – Sad ne izgleda toliko loše koliko misliš.

– Da, možda bi trebalo da na sledećem sastanku od početka furam izgled mokrog pacova. Možda ću imati više sreće.

– Nisi ništa propustila. Nisam hteo da ti kažem ranije, kad si mi kazala gde ćete izaći večeras, ali to mesto ima grozne ocene za hranu.

– Stvarno? – pitala sam, prihvatajući njegov poziv da uđem u lift pre njega, kad su se vrata otvorila. Oklevala sam i pogledala sam ga. – Pokvasiću sve.

– Vožnja nije duga, a i koga briga za to?

I dalje sam oklevala. Luka me je, sa uzdahom, ugurao u lift, i nagnuo se da pritisne dugme za svoj sprat. Pogledala sam ga.

– Šta je bilo?

– Razmišljala sam!

– O nečemu o čemu nije trebalo razmišljati. I gladan sam, kao i ti. Nemam vremena da ti stojiš ovde i pitaš se da li ćeš ostaviti nekoliko kapi vode na podu. Pored toga, umrećeš ako se uskoro ne presvučeš.

– O, nisam znala da ti je stalo do toga – kazala sam, sa svom zrelošću dvanaestogodišnjakinje.

Brzo me je pogledao pre nego što je ponovo osmotrio brojeve koji su se menjali na displeju lifta. – Pitam se ponekad zašto se trudim.

– Hvala. – Osmehnula sam mu se, ali neki glasić u glavi mi nije dao mira. *Da li stvarno misli tako?*

Lift je učtivo usporio na pravom spratu i vrata su se otvorila gotovo bešumno. Luka mi je dao glavom znak da izađem, i krenula sam polako hodnikom prema njegovom stanu.

– Šta nije u redu? – pitao je dok je hodao kraj mene, nakon što je usporio svoj uobičajeni hod da bi pratio moj ritam u cipelama s besmisleno visokim potpeticama. Totalno su divne, ali i potpuno uništene ove večeri. Mislim da ih moj pratilac nije ni primetio.

– Ništa, zašto?

– Jer te poznajem i čujem okretanje zupčanika.

– Ništa.

– Dovoljno je da zaćutiš, pa znam da jeste nešto.

– Ne pričam tako mnogo!

– Pričaš sa mnom.

Bio je u pravu. Nisam baš bila sjajna u započinjanju razgovora, ali nikad nisam imala taj problem s Lukom, ili njegovom porodicom. Amaterski pristup psihologiji naveo me je da se zapitam da li je to imalo veze s tim što sam se s njima osećala opušteno.

– Ništa. Verovatno samo previše razmišljam jer mi je hladno i gladna sam.

– Poznata si po tome – odgovorio je, otključavajući vrata i pokazujući mi da uđem. Podigla sam jednu nogu, koristeći ruku da držim otvorena vrata, dok sam izuvala natopljene cipele.

– Lepe cipele. – Luka se osmehnuo sa odobravanjem.

– Ponovo, izgledale su bolje pre nego što su se pokvasile.

– Brineš se previše. Mogla si da uđeš u taj bar izgledajući kao sad i sigurno bi privukla pažnju u tim cipelama i haljini.

– Hvala. Nisam sigurna da ih je moj pratilac primetio, ako ćemo iskreno.

– Onda je idiot koji i ne zaslužuje tvoje društvo. Hajde, uđi u toplo.

Sagnula sam se i spustila cipele na otirač kad je Luka zatvorio vrata. Uzeo je moj kaput koji me nije previše zaštitio od nevremena i okačio ga je kraj svog, na toplo mesto u otmenom plakaru čija su se vrata uklapala u zid. Kad sam prvi put bila tu, zamolio me je da mu donesem jaknu kad budem išla po svoju, jer smo išli na večeru, i bilo mi je potrebno nekoliko minuta da je pronađem. Luka mi, očigledno, nije pomogao, i kad je shvatio da se nisam vratila, naslonio se na zid i zabavljao se gledajući me kako pokušavam da pronađem prokleta vrata.

– Mislim da se osećam pomalo... nevidljivo večeras.

Luka je odmahnuo glavom, nežno spuštajući ruke na moje obraze i ljubeći me u čelo.

– Ti nikad nisi nevidljiva, Bi. Šta god mislila. Neki ljudi jednostavno ne umeju da prepoznaju dobru stvar kad je vide.

Bledo sam se osmehnula i osetila kako se nesigurnost koju su izazvali poslednji sastanci polako kruni, kao krečnjačke litice pod dejstvom vode.

– Hoćeš li da se istuširaš da bi se zagrejala?

Lukino kupatilo bilo je kao iz hotela s pet zvezdica – suptilno i otmeno, s velikom ručicom tuša, mekim paperjastim peškirima i hektolitrima tople vode.

– Neće ti smetati? Očigledno si imao naporan dan, a već je kasno.

– Pa? Samo ostani ovde. Osim ako nemaš neke planove za sutra ujutro?

Odmahnula sam glavom i ponovo ga poprskala vodom. – Ups. Izvini.

Odmahnuo je rukom. – Idi i zagrej se. U gostinskoj sobi je ostalo nešto tvoje odeće. Znaš gde se sve nalazi.

Kako sam proteklih nekoliko godina više puta neplanirano prespavala kod njega, postepeno sam ostavila nekoliko stvari tu. Pitala sam ga da ih uzmem, ali Luka je rekao kako ima smisla da ostavim nešto odeće.

– Da li je ženama čudno kad vide to u tvom plakaru?

Slegnuo je ramenima dok je svlačio sako i prebacivao ga preko naslona stolice. Košulja mu je bila blistavobela, i dalje ispeglana uprkos celodnevnom nošenju, i sjajno je isticala njegovu kožu i tamne oči.

Pogledao me je mirno. – Većina žena, osim ako nisu moja sestra ili ti, ne ulaze u gostinsku sobu...

– O... tako je. Ne. Naravno.

Široko se osmehnuo, savršeno pokazujući zašto žene ne ostaju u gostinskoj sobi.

– Jesi li siguran da ti ne smeta?

– Nimalo. Hajde, spremiću nešto za jelo. Imaš li neke želje? – pitao je, zavrćući rukave skupe pamučne košulje iznad lakta, otkrivajući snažne, preplanule podlaktice koje bi mogle da odvedu žensku maštu na opasna mesta.

– Kuvaćeš u toj beloj košulji? – pitala sam, pomalo užasnuta. Zahvaljujući odrastanju u kući gde je hrana poštovana i cenjena, Luka je bio dobro obučen i vešt kuvar, ali opet...

Pogledao je dole, pa opet gore, sa opakim osmehom na zgodnom licu. – Da li bi radije da je skinem?

Zakolutala sam očima i onda se okrenula i pošla u kupatilo.

Sedela sam prekrštenih nogu na Lukinoj sofi, upravo dovršavajući drugu veliku čašu vina, i uzdahnula sam.

– To je bilo baš dobro. Neki poseban povod za to?

– Zašto sastanci ne mogu da budu takvi?

Premestio se malo da se okrene ka meni, i pogledao me ozbiljnim očima s gustim trepavicama. – Kako to misliš?

– Znaš, opušteno. Zanimljivo. Zabavno. Da osećaš kako je osobi s kojom si bar malo stalo do tebe.

– Da li su svi sastanci bili tako loši?

Pogledala sam ga. – Pretpostavljam da tvoji nisu bili. – Ponovo sam glasno uzdahnula. – Naravno da nisu.

– Da su bili sjajni, ne bih bio ovde s tobom, zar ne? – Pre nego što sam progovorila, Luka je već krenuo ka meni. – To je zazvučalo pogrešno.

Slegnula sam ramenima, pokušavajući da ignorišem osećanja koja lupaju na vrata mog mozga, zahtevajući da ih pustim. *Ljudi te primećuju samo kad im je zgodno...* – U redu je. To je istina.

– Nije tako kako je zvučalo.

Nisam bila sigurna da mogu to da shvatim na neki drugi način, ali Luka je bio rešen da pronađem neki, i nisam mogla da podnesem zabrinut izraz na njegovom licu, i zato sam se potrudila da pokažem kako sam razumela to i odmahnula sam rukom.

– Nisu prošli dobro, zar ne?

– Neki su bili u redu. Ali to je sve. Samo u redu. Neki su bili pomalo uvrnuti. Jedna žena je čitave večeri pričala samo o svojoj mački. Bukvalno, to je bila jedina tema. Kad god sam pokušao da pređem na nešto drugo, vratila bi se ponovo na to.

– Pretpostavljam da voli svoju mačku.

Podigao je ruke i slegnuo ramenima na vrlo italijanski način. – Volim životinje, ali ipak...

– To je bilo previše?

– Previše.

– A drugi loši sastanci?

– Jedna žena je bila toliko nervozna da je ćutala čitavo veče.

– Nije se opustila kad si počeo da pričaš?

– Razgovor je bio, da se blago izrazim, pomalo usiljen.

Podigla sam obrvu. – Ti si u stanju da pričaš nadugačko i naširoko!

– Hvala.

– Nema na čemu.

– Malo je nezgodno kad druga osoba ne odgovara.

– Da, shvatam kako je to moglo da ti predstavlja malo veći izazov.

– Bilo mi je krivo zbog nje. Izgledala je vrlo fino, i nadam se da će uspeti da bude manje napeta, ili da će naći nekog kraj koga će se osećati opušteno.

– Da. I ja. To je zastrašujuće u najboljem slučaju.

– Može da bude.

Prezrivo sam frknula. – Luka Donato, ti nikad nisi osetio strah zbog sastanka.

Malo se uspravio. – Ko to kaže?

– O, ne znam. Svi? Tebi ništa nije zastrašujuće. Ti jednostavno radiš stvari. Glavom kroz zid. Hvataš bika za rogove. I sve te metafore.

– A šta drugo mogu? To ne znači da se ne unervozim zbog nekih stvari.

– Nikad ne kažeš to. A sigurno ne izgledaš tako.

Slegnuo je ramenima. – Pretpostavljam da izgled ponekad može da vara.

Zaćutali smo na tren. Buka sa ulice ispod bila je prigušena skupim i efikasnim dvostrukim staklima. Muzika koju je ranije pustio preko pametnog zvučnika sad je bila završena. Sve je bilo tiho.

– Zašto mi nikad nisi rekao? – pitala sam.

– Jer bi želela to da središ za mene.

– Pa?

– Pa ne možeš. Kao što ja ne mogu da sredim to za žene s kojima izlazim. Neke stvari moraš da središ sâm.

– To ne znači da ne bih htela da znam.

Pogledao me je u oči. – Nisam hteo da se osećaš loše zbog mene ili da me sažaljevaš.

– Veruj mi, ne bih te sažaljevala! Suviše si zgodan i uspešan za to, nažalost.

– Da li je tako?

– A-ha.

– Kad sam počeo da budem takav, prema Biinim pravilima?

– O, kad si imao pet i po godina.

Nasmejao se i nagnuo se da me zagrli.

– I dalje želim da si mi rekao – kazala sam kad se odmakao, gledajući me u oči kad sam podigla glavu. Te duge, guste trepavice na kojima sam mu zavidela decenijama, bacale su mu senku na obraze na prigušenom svetlu.

– Žao mi je.

Slegnula sam ramenima. – Nema veze. Pretpostavljam da ponekad zaboravljam kako imaš porodicu s kojom možeš da razgovaraš. Pretpostavljam da oni znaju?

Zastao je, gledajući me u oči trenutak duže, pre nego što je skrenuo pogled. – Da, oni znaju sve.

10.

Luka je već bio ustao kad sam izašla iz spavaće sobe sutradan ujutro. Uvek je bio ranoranilac. To me je izluđivalo tokom zajedničkih putovanja, kad sam htela duže da spavam, ali, da budem iskrena, verovatno sam videla mnogo više u mestima koje smo posećivali nego što bih inače. Bila sam bolja u poslednje vreme, ali između pića u restoranu na prazan stomak i dve velike čaše jakog crnog vina uz Lukinu ukusnu večeru, spavala sam čvršće nego inače. Takođe, Lukina gostinska soba imala je isti šmek s pet zvezdica, kao kupatilo. Uvek sam dobro spavala tu. Nisam bila sigurna šta je čarobni sastojak, ali volela bih da znam, kako bih mogla da ga stavim u bočicu, ponesem kući i koristim tokom noći kad ležim budna u mraku, moleći san da dođe i odnese me.

– Dobro jutro. Sok?

– Dobro jutro. Da, molim.

– Neki poseban?

– Jok.

Klimnuo je glavom i dva minuta kasnije sedela sam uz njegov mermerni kuhinjski pult, prekriven crnom keramikom, s velikom čašom hladnog, svežeg soka od crvene pomorandže, dok su debeli komadi slanine cvrčali u tiganju, spremni da postanu idealan par s komadima svežeg hleba premazanog maslacem, koji su stajali na debeloj drvenoj dasci ispred mene.

– Iznenađena sam što ijedna žena koja ostane ovde poželi da ode – rekla sam, nekoliko minuta kasnije, dok sam blaženo gutala sendvič.

Luka mi je uputio kratak upitan pogled, dok je završavao pripremu svog sendviča. Mahnula sam sendvičem ka njemu.

– O. Mislio sam da govoriš o mojoj neodoljivoj ličnosti i šarmu.

– Izvini. Poznajem te predugo da bih mislila to.

Ukočeno se osmehnuo. – Smešno. A moja sklonost ka vikend sendvičima sa slaninom nije dobro prošla kod nekih devojaka.

– Stvarno? – pitala sam, uživajući u savršenstvu slanine ispržene do hrskavosti i mekog belog hleba koji je bio dovoljno žilav. – Udala bih se za tebe samo zbog ovoga.

Lukin sendvič zastao je na putu do usta.

Zakolutala sam očima. – Ne brini. Nisam te zaprosila. Možeš da se opustiš. Samo sam to rekla. Ne moraš da izgledaš tako uspaničeno.

– Nisam uspaničen. Već sam ti rekao da tražim nešto ozbiljnije. Zar ovaj prokleti izazov nema veze s tim?

Progutala sam zalogaj. – Dobro. – Namrštila sam se. – Šta se događa? Ako ne želiš da nastavimo sa izazovom, samo reci, jer ni ja nisam nešto oduševljena i rado bih prestala. Mislila sam da si želeo to... da pronađeš Pravu. – Dala sam sve od sebe da ne zvučim sarkastično dok sam uzimala naredni zalogaj. Na osnovu izraza na Lukinom licu, nisam sasvim uspela u tome.

– Želim – rekao je.

Čekala sam da kaže još nešto, ali ispostavilo se da je to sve. Sedeli smo ćutke nekoliko minuta, uživajući u hrani. Luka je i dalje bio pomalo namršten.

– I dalje se mrštiš.

– Ne mrštim se.

– Mrštiš. Vidim ti lice.

– Onda grešiš. Da li je sendvič dobar?

– Savršen je, kao i uvek. Hvala.

– Nema na čemu.

– Nešto nije u redu?

– Sve je u redu. – Pogledao me je dok je stavljao sudove u mašinu i mrštenje je nestalo. Uglavnom. Možda je bio samo umoran nakon napornog dana. Šta god da je bilo, znala sam iz iskustva da od Luke neću ništa saznati. Ako je želeo nešto da mi kaže, uradiće to. Ali samo kad bude spreman.

– Dobro, na šta si mislio kad si rekao da ova hrana odbija neke žene? – Izgledao je kao filmska zvezda, bio je ljubazan, duhovit i sjajan kuvar. Nisam bila sigurna šta bi neko još mogao da želi. Možda da bude pozlaćen?

– O, neke su bile na prilično strogim dijetama, pa im se nije svidela količina parmezana koju stavljam na testeninu.

– Sigurno ih se ne tiče šta ti jedeš. Nisi tražio od njih da jedu to. Slegnuo je jednim ramenom. – Jedna je bila vegetarijanka i zahtevala je da ne naručujem meso kad je izvodim na večeru.

– O. Kako je to prošlo?

– Pa, nisam ga naručio, ali ne volim da mi govore šta smem da radim, posebno u vezi s hranom koju volim, tako da to nije imalo perspektivu. I, naravno, postoji ta neprijatnost s veganima. Da budem iskren, kad sam joj ponudio sendvič sa slaninom, nisam znao da je veganka. Nismo pričali o tome.

– Ups.

– Upoznali smo se jedne večeri u baru. I... – uradio je ono rukama – ... jedna stvar je vodila drugoj.

– A to je dovelo do toga da joj ponudiš sendvič sa slaninom.

– Što je dovelo do predavanja o tome kako sam neuviđavan i sebičan, pre nego što je izjurila iz stana.

– O.

– Čudno, jer se ranije prilično pohvalno izjašnjavala o mojoj velikodušnosti. – Široko se osmehnuo i počeo je da podiže i spušta tamne obrve.

Na trenutak sam ga pogledala sa odgovarajućom količinom napaćenog strpljenja. – Pretpostavljam da ljudi mogu da ozbiljno shvataju svoja uverenja.

– Kao što i treba. Iznerviralo me je što je htela da mi nametne to ili što se ponašala kao da sam namerno zloban, iako nisam znao sve činjenice.

– Da, shvatam. Pa, ako ikad budeš imao hranu koju neko ne zna da ceni, znaš gde da je pošalješ. A da se zna, da su odvojile malo vremena da te upoznaju, shvatile bi da nikad ne bi olako shvatio nečija osećanja ili uverenja.

Ublažena verzija njegovog ubitačnog osmeha počela je da se pojavljuje. – Hvala, Bi.

Slegnula sam ramenima. – To je istina.

– Šta radiš danas? – pitao je dok sam vraćala obe naše barske stolice ispod kuhinjskog pulta.

– O, ne znam. Verovatno ću malo da počistim stan i onda možda uradim nešto vredno i korisno za razvoj uma, kao što je gledanje neke serije na *Netfliksu*.

Osmehnuo se. – Hoćeš li da dođeš na večeru kod mojih? Mama i tata jedva čekaju da te vide.

– O, Luka, to bi bilo divno. Ali ne mogu da dođem u poslednjem trenutku, a da se ne najavim tvojoj mami.

– Sad ću joj javiti.

– Znaš na šta sam mislila. Već sprema večeru za određeni broj ljudi.

Namrštio se. – Bi. Dolaziš kod mojih roditelja od pete godine. Kad si videla da nema previše hrane?

To je bila istina.

– Jesi li siguran da im neće smetati?

Luka je ponovo pogledao svoj telefon. Baš kad sam zaćutala, začuo se drugi glas. – Zdravo, dušo. Da li dolaziš na večeru? – Lukina mama je bila rođena u Engleskoj, ali glas joj je i dalje imao italijansku melodiju.

– A-ha. Može li i Bi da dođe?

– Naravno! O, to bi bilo divno! Znaš da ne moraš da pitaš.

– Znam. Ali Bi je bila zabrinuta.

– Da li je sad s tobom?

– A-ha. Imala je jadan sastanak sinoć i na kraju je prenoćila ovde.

– Oh... Dobro, nadam se da je sad sve u redu. Jedva čekam da je vidim. Jeste li oboje doručkovali?

– Da, mama. – Luka se nasmejao. – Videćemo se uskoro.

– Dobro, dušo. Vozi pažljivo. Pozdravi Bi. Jedva čekamo da je ponovo vidimo. Dugo nije dolazila.

Pozdravili su se i prekinuli vezu.

– Zadovoljna?

– Da. Hvala.

– Znaš da si uvek dobrodošla, Bi. Ovde ili tamo.

– Znam – rekla sam, naslanjajući se na prozor do kojeg sam otišla, i gledajući London u subotnje jutro.

– Ne zvučiš kao da si znala. – Prišao je kraj mene. Podigla sam glavu. Kad smo imali sedam godina, naglo sam porasla i postojao je jedan trenutak – možda nedelju i po – kad sam bila viša od Luke. To nije potrajalo, i sad, sa sto devedeset, bio je gotovo trideset centimetara viši od mene.

Pogledala sam ga. – Ne, iskreno. Znam.

– Zašto ti onda ne verujem?

Ponovo sam pogledala ulicu.

– Bi, znam da su ti roditelji uvek govorili da ne treba da nam smetaš, ali nikad nam nisi smetala. Nikad nećeš smetati. Ne tamo. – Nagnuo je glavu, terajući me da ga pogledam u oči. – I ne ovde.

Nakratko sam se nasmejala. – Hvala. Mada bi tvoja sledeća pratilja mogla da ima nešto protiv toga.

– Onda neće biti sledeće. Ti si deo mog života. Uvek ćeš biti.

– A-ha.

Uzdahnuo je. – Zašto mi se čini da nisi uverena?

– Stvari se menjaju, Luka. Ne znamo šta budućnost nosi niti šta će se dogoditi. Ili šta će nam postati važno.

Udaljio se od prozora. – Uvek ćeš mi biti važna, iako ti ne osećaš isto. – Počeo je da se udaljava.

– Luka, nisam to mislila.

– U redu je, Bi.

– Nije u redu. Ne želim da misliš tako. Nisam tako mislila.

– Kako si mislila?

– Da ljudi... postanu zauzeti. Zainteresuje ih nešto. Bez obzira na to šta kažu, stvari mogu da se promene.

– Nisam tvoja majka, Bi. – Pogledao me je. – Nikad neću biti previše zauzet za tebe.

Progutala sam knedlu i skrenula pogled, ponovo kroz prozor.

– Pretpostavljam da ti se javila?

– Juče.

– Ne dolazi za Božić, zar ne?

– Ne.

– Da li je rekla zašto?

– Ide da poseti porodicu svog muža. – Nikad nisam mogla da mislim o drugom mužu svoje majke kao o svom očuhu. Videla sam ga samo dvaput i nije pokazao nikakvo interesovanje da mi zameni oca. Imao je porodicu iz prethodnog braka, i to je očigledno bilo sve što mu je potrebno, i što je mojoj majci izgleda bilo potrebno. Čak i za Božić.

Luka se vratio na mesto kraj prozora. – Žao mi je, dušo. Ona te ne zaslužuje. – Stao je iza mene i zagrlio me je.

– Ne. Verovatno si u pravu. – Naterala sam sebe da zvučim uverljivo. Bio je u pravu. Nije me zasluživala. Ali i dalje me je bolelo, čak i nakon svih ovih godina.

– Očigledno je da ćeš doći kod nas.

– Ne, Luka. U redu je. To je samo jedan dan. – Spustila sam nakratko glavu na njegova široka prsa. – Ali hvala ti.

– To nije bio predlog, ali možemo reda radi ponovo da razgovaramo o tome kad se približi taj trenutak.

Nasmejala sam se i udarila ga nežno glavom u čvrste grudi. – Ti si takav alfa mužjak.

Čula sam i osetila njegov smeh u grudima, kad me je nakratko zagrlio, pre nego što sam se okrenula i Luka me pustio. – U svakom slučaju, ako ovo sa izlascima upali, možda ćeš upoznati Gospođicu Pravu s roditeljima. – Tija je rekla da je Božić krajnji rok.

Luka je nastavio da ćuti. Nakratko sam podigla obrve.

– I ko zna? Možda ću ja dotad upoznati Gospodina Pravog.

Nakratko me je pogledao pre nego što se udaljio. – A-ha, možda hoćeš. Dobro, želiš li da odeš do svog stana da se presvučeš ili imaš nešto ovde?

– Radije bih obukla nešto malo lepše od stvari koje imam ovde. Da li je to problem?

– Nipošto. Hoćeš li da se istuširaš pre nego što odeš ili ćeš u svom stanu?

I dalje sam bila odevena u majicu koju mi je pozajmio za spavanje, što je postala neka vrsta navike, a za razliku od mog stana,

Lukin moderni ekološki stan bio je prijatno udoban i topao. Razlika u visini i težini između nas dvoje značila je da nema šanse da majica otkriva išta, tako da sam rado ostala u njoj. Kod kuće bih bila umotana u svoju ogromnu, čupavu kućnu haljinu. Razmotrila sam mogućnosti. Mnogo tople vode i gel za tuširanje predivnog mirisa, ispod sjajnog tuša ovde ili topla, pre mlaka voda, iz uobičajene, delimično zakrečene ručice tuša kod kuće.

– Smem li to da uradim ovde?

Osmehnuo se. – I dalje nisi popravila bojler?

– To je na spisku.

– Na spisku je otkako si se uselila.

– Znam. Trebalo je da uradim to kad dobijem novogodišnji bonus.

– One godine kad su prestali da isplaćuju bonuse.

Namrštila sam se. Odmahnuo je glavom. – Zašto si ostala? Možeš da imaš mnogo bolji stan od tog. Ti si žestoko potcenjena – da ne pominjem nedovoljno plaćena – tamo.

– Nije sve u novcu.

– To je istina. I znaš da ne mislim tako.

Znala sam da ne misli. Iako je imao dovoljno da mu bude „udobno" – kako su ljudi često govorili, prilično eufemistički, kao kad kažu da pirka vetar usred uragana najviše kategorije. I naravno, ljudi s novcem uvek govore kako novac nije najvažniji. Ali ako bi im ga neko oduzeo...

– Da je to bio tvoj poziv, ili pozicija koja ti odgovara, razumeo bih zašto si ostala, ali pošto nije, onda ne razumem.

– Volim kompjutere i verujem da smo već razgovarali o ovome – kazala sam, ispravljajući se nakon što sam bila naslonjena na barsku stolicu i idući ka kupatilu.

– Jesmo. A ti mi nikad nisi dala pristojan razlog zašto ostaješ tamo gde te ne cene i ne plaćaju dovoljno.

– Idem da se istuširam.

– Bi...

– Šta je? – pitala sam, okrećući se, ali se i udaljavajući.

Luka nije ništa rekao, ali njegov pogled je mnogo govorio.

11.

Dok sam uživala u tuširanju, vrtela sam to pitanje u mislima. Luka je bio u pravu. Znao je to, a i ja sam znala. Bilo je tako kako je rekao, i više od toga. Zašto sam ostala? *Jer je lakše...* šapnuo je neki glas u mojoj glavi.

– Nije tako – glasno sam se pobunila, pritom se nagutavši vode, zbog čega sam se zagrcnula i zakašljala.

– Jesi li dobro? – Lukin glas dopro je kroz vrata, iz daljine.

– A-ha! – viknula sam kad sam se oporavila.

– S kim razgovaraš?

Čula sam veselje i gotovo smeh u njegovom glasu.

– Sa sobom. To je jedini način da ovde vodim pristojan razgovor.

– Stvarno mi nije teško da uđem i pustim vodu u klozetskoj šolji, znaš...

– Ne bi se usudio.

Apsolutno bi se usudio, ali znala sam da ima otmene sanitarije, tako da puštanje vode ili otvaranje slavine na ovom mestu ne uplaši nasmrt osobu koja se tušira – za razliku od mojih vodoinstalacija. Želudac mi se zgrčio na pomisao da će se sve to promeniti, možda uskoro, koliko god da je Luka govorio kako će imati vremena za mene. Stvari se menjaju. Život je takav. Samo sam ponekad imala osećaj da zaostajem. Okrećući lice ka tušu, pustila sam da voda teče preko mene, kako bi odnela te misli i skrivene strahove.

Kad sam izašla iz kupatila, odevena u stare farmerke i majicu koje sam imala tu u stanu, Luka je čekao ispred. Krenuli smo prema liftovima i onda se spustili do prizemlja u luksuznoj, prigušenoj tišini.

– Dobro je što sam imala ovo ovde. – Pokazala sam na čistu odeću dok smo išli ka kolima, a Luka je zastao kraj recepcije da proveri ima li pošte. – Mada mislim da tvoj recepcionar ne bi bio previše iznenađen što još jedna žena napušta tvoj stan u istoj odeći u kojoj je juče došla.

Luka me je strpljivo pogledao. – Duhovito.

– Šta je?

Pritisnuo je dugme na daljinskom upravljaču, i svetla na njegovom BMW-u su dvaput blesnula dok smo išli ka njemu.

– Ti.

– Šta ja? – Čekala sam, ali Luka se samo nagnuo da otvori vrata. Stajala sam u mestu.

– Hoćeš li da uđeš?

– Hoćeš li da odgovoriš na moje pitanje?

Uzdahnuo je. – Samo sam prilično siguran da misliš kako sam mnogo veći zavodnik nego što jesam.

– Ne bih rekla. Prilično sam oštroumna.

Luka nije odgovorio, ali način na koji je izbegavao moj pogled govorio mi je da se ne slaže. Stajao je, s jednom rukom na vratima kola, čekajući da uđem u vozilo. Oklevala sam na tren, a onda ušla.

Nije bilo gužve, i putovanje do mog stana bilo je iznenađujuće kratko za London. Luka je ćutao.

– Da li je sve u redu? – upitala sam kad je parkirao kola na mesto za posetioce, napravljeno za kola od pre nekoliko decenija i stoga znatno manje. Srećom, jedan od mojih komšija je otišao, što je olakšalo stvari.

– A-ha. Čekaću te ovde za slučaj da se komšija vrati i da moram da se preparkiram.

– Dobro – rekla sam neuverljivo. – Neću dugo.

Klimnuo je glavom, ne gledajući me, i izvadio je telefon iz jakne, već se usredsređujući na sledeći zadatak.

Manje od deset minuta kasnije, izašla sam u opuštenoj ali ženstvenoj haljini i još uvek sam imala osećaj da je Luka ljut na mene. Sela sam na kožno sedište i počela da vezujem pojas.

– Možemo li da stanemo negde da kupim cveće za tvoju mamu?

– Ne moraš da radiš to.

– Znam da ne moram, ali želim. Ako je moguće.

Luka je pritisnuo dugme za paljenje motora i začulo se glasno brujanje.

– Dobro. Znam jednu cvećaru usput, koja ima dobar izbor.

– Uvek me vodiš na najbolja mesta.

Lice mu je bilo delimično okrenuto ka putu, dok je čekao da se uključi, ali videla sam osmeh.

– Samo ne zaboravi to.

Bio je u pravu u vezi sa cvećarom, i kad smo stali ispred kuće njegovih roditelja, i parkirali se iza kola jedne od njegovih sestara, pomirisala sam buket koji sam izabrala. Miris frezija, omiljenog cveća mame Donato, probudio mi je čula. Ostatak putovanja bio je podjednako ćutljiv, a kad je Luka ugasio motor, pogledala sam ga.

– Jesi li siguran da je sve u redu?

Zastao je, s rukom na ručici za otvaranje vrata.

– Jesam.

– Zašto si ćutao dok smo dolazili?

– Nisam imao šta da kažem. – Slegnuo je ramenima i ponovo se pokrenuo. Spustila sam mu ruku na rame.

– Predugo te poznajem da bih prihvatila taj izgovor, Luka Donato. Uvek imaš šta da kažeš.

Polako je okrenuo svoju tamnokosu glavu; oči boje istopljene čokolade pogledale su u moje. Veselje je igralo u njima, ali i još nešto. Nešto što nisam prepoznala. I izgleda nešto što nije hteo da podeli sa mnom. Ponovo sam osetila grčenje u želucu. Izgleda da je promena koje sam se bojala već počela.

Otišli smo do ulaznih vrata i Luka me je pogledao dok je uzimao pravi ključ sa svežnja.

– Prekini da razmišljaš. Zapaliće ti se mozak. Sve je u redu.

– Ne razmišljam.

– Razmišljaš. Imaš izraz „mozak mi je trenutno uključen na centrifugu".

Zaustavila sam se. – Dobro, u redu. Samo... jesi li siguran da je sve dobro između nas? Izgledaš pomalo... uzdržano jutros, otkako smo napustili tvoj stan.

Pogledao me je na tren, pre nego što je prebacio jednu mišićavu ruku preko mog ramena, privlačeći me i ljubeći me u čelo.

– Nisam uzdržan. Samo sam juče imao naporan dan. Mislim da me je to malo sustiglo, to je sve.

– Jesi li siguran?

– Jesam! – rekao je, hvatajući mi lice ogromnim šakama, gledajući me tamnim očima. – Kunem se. Kako bih mogao da budem uzdržan s tobom? Ko bi me nervirao i držao na zemlji?

– Dobro. Tako je. – Pokušala sam da se osmehnem.

– Da se malo više potrudiš oko tog osmeha?

– Izvini, samo se osećam malo... čudno. Sigurna sam da je to zbog katastrofalnih izlazaka. Ne doprinose mom samopouzdanju.

– Prava osoba će to promeniti. To je ona koja će uvek biti tu za tebe. Ona zbog koje ćeš se osećati kako možeš sve da uradiš.

– Kao što je tvoja porodica uvek radila za tebe.

Osmehnuo se, klimajući glavom, ali videla sam da je tužan.

– Ne gledaj me tako. Ne treba mi sažaljenje. Dobro sam.

– Znam da jesi. A ti znaš da ćeš uvek biti deo ove porodice, htela ti to ili ne.

– Zašto ne bih htela? – pitala sam ga, iskreno zbunjena.

Slegnuo je ramenima. – Ne znam. Ti stalno govoriš da se stvari menjaju.

– Ali šta ako ne želim da se promene?

Dugo me je gledao, pre nego što je napravio korak ka meni, a tela su nam se praktično dodirivala. – Slušaj, Bi, moram da...

– Eto vas! – Ozareno lice Lukine mame pojavilo se na masivnim ulaznim vratima koja su se iznenada otvorila. – Učinilo mi se da sam videla tvoja kola. Zašto stojite tu? Uđite, uđite! – Uvela nas je oboje i usledio je niz zagrljaja i poljubaca kako su ostali članovi porodice izlazili u hodnik da nas pozdrave. Kad smo svukli kapute, poveli su nas sa sobom, a Luka nije stigao da završio ono što je krenuo da mi kaže. Neobična ozbiljnost na njegovom licu navela me je da pomislim da je u pitanju nešto loše.

* * *

Ozbiljan izraz koji je zamračio Lukino lice pre nego što smo ušli u kuću njegovih roditelja nestao je, makar na tren, i zamenio ga je očaravajući osmeh kojim je bio blagoslovljen, uz obilje smeha. To je bilo uobičajeno za večeru u ovoj kući, i sviđalo mi se. Uvek sam volela to. Ljudi su se obraćali jedni drugima, razgovarali i razigrano raspravljali uživajući u sjajnoj hrani i društvu tako opušteno i prirodno. Mislila sam da je Lukina porodica savršena otkad sam prvi put bila pozvana, uprkos tome što sam tad ćutke sedela, zadivljena njihovim ponašanjem, toliko različitim od obroka kakve sam ja povremeno imala s roditeljima. Tamo je sve bilo uredno i tiho i strogo. Ovde je bilo bučno i haotično, i potpuno divno.

Sita predivne hrane, izašla sam napolje nakon večere s Lukinim tatom, koji mi je pričao o povrću koje je gajio tokom leta i onom koje gaji u stakleniku. Vreme se promenilo, i letnja toplota u kojoj smo uživali sad se opraštala s nama, ostavljajući za sobom hladan vetar i svež vazduh.

– Vrati se u kuću da se zagreješ – kazao je Lukin tata, gurajući me iz staklenika. – Moraću da porazgovaram s nekim biljkama ovde. Pobrinuću se da znaju šta očekujem od njih. – Namignuo je. – Onda ću i ja ući. Idi, idi. Popij nešto toplo. Marija je verovatno skuvala kafu. Kaži joj da mi ostavi šolju.

Obećala sam da hoću i brzo sam hodala baštenskom stazom, ruku obavijenih oko tela zbog toplote, i kroz sporedna vrata u vešernicu, odakle se ulazilo u kuhinju. Kad sam se sagnula da izujem čizme, čula sam viku u kuhinji. Kad sam bila dete to me je brinulo, ali uskoro sam naučila da povišeni glasovi ne znače svađu, kao u mojoj kući. Izula sam drugu čizmu i zastala, osluškujući. Nešto nije bilo u redu. Ovo je bilo previše živahno. I mada sam znala desetak reči italijanskog, dovoljno dugo sam poznavala Luku da bih prepoznala njegov ton. Ovo nije bio uobičajeni opušteni, veseli ton. Oklevala sam na tren, ne znajući šta da radim. Ali nisam mogla da stojim tu čitavo popodne, i zato sam izašla iz vešernice u veliku, toplu kuhinju, i dalje ispunjenu divnim mirisima kuvanja.

Luka i njegova mama su gestikulirali dok su brzo razgovarali na italijanskom, upadajući jedno drugom u reč dok su iznosili svoje stavove. Nije bilo osmeha, a kad su me primetili, zaćutali su usred rečenice, zajapurenih i uznemirenih lica. Na trenutak smo svi stajali ćutke.

– Da li je sve u redu? – pitala sam, prekorevajući se u sebi zbog tog jadnog pitanja. Čak i na drugom jeziku, bilo je sasvim jasno da nipošto nije sve u redu.

Marija je sklonila kosu s lica nadlanicom, upućujući mi širok osmeh. – Savršeno u redu – kazala je, hvatajući me za ruku. – Zaboga, smrzla si se. Gde je Frenku bila pamet da te izvede po ovakvom vremenu? – Protrljala mi je šake svojim toplijim. Luka je ćutao i izbegavao moj pogled.

Da sam sumnjičava, možda bih pomislila da me je Frenk sklonio s puta dok se njih dvoje svađaju... Ta pomisao mi se pojavila u glavi pre nego što sam stigla da je odbacim. Neprijatnost koju se njegova majka svojski trudila da ublaži nije imala veze sa mnom. Samo sam naletela dok su se svađali, i uprkos činjenici da su se uvek prema meni ponašali kao prema članu porodice, prava istina je bila da nisam to i da sam očigledno prekinula porodičnu svađu.

– Frenk je rekao da mu ostavite malo kafe, molim vas, i da će se vratiti kad bude porazgovarao s biljkama. – Počela sam nervozno da brbljam. To bi možda pomoglo da me je Luka pogledao, ali nije. Umesto toga, okrenuo se u stranu i počeo da vadi posuđe iz kredenca, za kafu, kolače i keks.

– Naravno. Dobro, zašto ne bi otišla i pronašla ostale? Mislim da je Entoni hteo da te pita nešto o novom laptopu koji namerava da kupi. Da li bi mogla?

Osmehnula sam se i klimnula glavom, ponovo obuzeta onim neobičnim osećanjem da me teraju iz sobe. Kao naručen, Entoni se pojavio i počeo da me ispituje o kapacitetu memorije, video mogućnostima i rezoluciji ekrana. Slušala sam ga dok smo se udaljavali od kuhinje. Luka mi je često govorio da previše razmišljam o situacijama. Možda je bio u pravu. Ali kad sam se osvrnula, i dalje slušajući Lukinog brata, videla sam Luku i njegovu majku, jedno blizu drugog, kako govore brzo, mašu rukama, ozbiljnih lica. Ako sad pokuša da mi kaže to, znaću da laže.

– Da li je sve u redu? – pitala sam dok smo se vraćali kući. Sedeli smo ćutke dotad, što je bilo prilično neobično. Da budem poštena, dani s porodicom Donato mogu da budu prilično iscrpljujući na prijatan način, pa je i to uticalo. Ali ipak, moje šesto čulo nije bilo mirno.

– A-ha.

Ponovo sam pokušala.

– Da li je sve u redu između tebe i tvoje mame?

– Jašta. – Nastavio je da gleda put.

Očigledno nije hteo da priča o tome... ali ja jesam, tako da sam nastavila.

– Izgledalo mi je da ste usred svađe kad sam se vratila iz bašte. – Pogledao me je na tren pre nego što je nastavio da gleda put. Nastavila sam. – To je prilično neobično za vas dvoje. A sad si ćudljiv i ćutljiv, što takođe ne liči na tebe, tako da izgleda da se nešto dogodilo, a obično bi mi već pričao o tome...

Luka se zaustavio ispred semafora i pogledao me.

– Nemam šta da ti kažem.

– Ljudi to uvek kažu kad imaju da kažu nešto važno, ali ne žele.

– Pa, možda ne želim. – Ton mu je bio mešavina umora, uz trunčicu neočekivane oštrine.

– O. – Progutala sam knedlu, trudeći se da ne budem povređena.

Pružio je ruku i nakratko mi je dodirnuo nogu. – Izvini, Bi. Nisam hteo da se brecnem. Samo sam umoran. U redu? A nemam o čemu da pričam. Mama povremeno pogrešno shvati nešto, i to ume da iznervira.

– Dobro. – Klimnula sam glavom. Osetila sam kako me gleda malo duže, kao da čeka nešto pre nego što se svetlo na semaforu promenilo, i on morao ponovo da gleda put. Nisam mu poverovala. Lukina mama je bila pametna kao pčelica. Ništa joj nije promicalo i sigurno nije bila osoba koja bi nešto shvatila pogrešno. Ali Luka očigledno nije želeo da priča o tome, pa sam okrenula lice ka prozoru i zagledala se u tamu, vozeći se ostatak puta ćutke.

12.

– Zdravo! – Tija mi je mahnula kad sam se javila na video-poziv dok sam jela *frostis* pahuljice narednog ponedeljka. Jedno oko joj je bilo zatvoreno jer je stavljala veštačke trepavice, zbog čega su joj zelene oči izgledale još lepše. Nikad nisam kapirala veštačke trepavice. Jednom sam pokušala da ih stavim zbog sastanka s nekim tipom koga sam želela da zadivim. Stavila sam ih i, čak sam i ja to morala da priznam, izgledale su đavolski dobro. On je bio zadovoljan i svideo mi se način na koji me je stalno gledao dok smo sedeli u tom otmenom restoranu u koji me je odveo.

Stvari su počele da zakuvavaju kad je stigla supa. Pojela sam nekoliko kašika ukusne supe od potočarke, kad sam uočila da nešto pliva u njoj. Gusenica! Makar sam to mislila pre nego što je ponovo zaronila ispod površine. Užasnuta, pozvala sam konobara i objasnila, tiho, da imam nekog insekta koji pliva leđno u mojoj supi. Moj pratilac, koji me je prethodno obasipao komplimentima, sad je sumnjivo zaćutao i izgledalo je da gleda svud osim u mene. Konobar se izvinio i odneo tanjir, nudeći mi nešto drugo. U tom trenutku, moj pratilac je odlučio da progovori i zatražio je račun. Mislila sam da je to pomalo grubo, ali bilo je nečeg pomalo seksi u načinu na koji je to uradio. Očigledno je mislio da ovaj restoran nije dovoljno dobar, ako im je usluga takva, i odlučio je da pokaže to.

Ipak, nije bilo ničeg seksi u načinu na koji me je ostavio na trotoaru ispred čim smo napustili restoran, tvrdeći kako nema svrhe da ostanemo na sastanku jer misli da nismo kompatibilni, ili takvo nekakvo sranje. Zaboravila sam tačne reči, ali nije važno. Ishod je bio isti, šta god da je rekao. A onda je otišao, čak se i ne pretvarajući da mari hoću li se bezbedno vratiti kući. Tek kad sam stigla kući, i spustila ključeve u posudicu kod ulaznih vrata i pogledala se u ogledalo iznad, primetila sam da mi je samo jedno oko ukrašeno veštačkom trepavicom. Veče mi se odmotalo pred očima. Iznenadni gubitak zanimanja tog momka za mene, koji je u stvari bio posramljenost, konobarova preterana ljubaznost, gusenica... koja očigledno nije bila gusenica. Sve vreme su za to bile krive moje proklete, skupe veštačke trepavice! Da sam shvatila to, izvadila bih ih iz supe, makar samo da imam zadovoljstvo da ih dramatično bacim u kantu.

Naravno, Luka je mislio da je to urnebesno smešno. Makar to s trepavicama. Bio je manje zadivljen tipom koji me je ostavio usred Londona, a nije se pobrinuo da se bezbedno vratim kući.

Zbog toga sam sad čkiljila u Tiju.

– Moraš li to da radiš preda mnom? Znaš da mi to budi traumatična sećanja.

Tija je završila lepljenje trepavica i osmehnula se. – Ne budi tako dramatična. Ionako te nije zasluživao. Da li bi stvarno želela da budeš s tipom kome nije smešno to što su ti lažne trepavice otpale i plutale ti u supi?

Bila je u pravu, naravno. – Nije stvar u tome.

– Naravno da jeste. Kako si provela vikend?

– Dobro, valjda. Išla sam kod Lukinih roditelja na subotnju večeru.

– O, kul. Sad ne moraš da jedeš do kraja nedelje.

Osmehnula sam se, igrajući se kašikom. – Jesi li razgovarala s njim?

– Danas? Jok. Zašto?

Slegnula sam ramenima. – Samo mi je izgledao neobično.

– Jesi li ga pitala?

– A-ha. Nije hteo da priča o tome.

Tija je zastala. – Stvarno?

– Da. Znam. Čudno, zar ne?

Naslonila je bradu na šaku. – Možda ga nešto muči.

– Ali... opet... Obično mi priča o tome. – Slegnula sam ramenima, osećajući se neobično. – Samo mi je bilo čudno.

Tija je nagnula glavu. – Pretpostavljam da stvari mogu da se promene.

Evo ga opet. Sve se menja.

– Šta ako to ne želimo? – pitala sam, trudeći se da ne zvučim nadureno ili prestrašeno.

– Nisam sigurna da uvek imamo izbor. Ali iskreno, to ste ti i Luka. Sigurna sam da ste vas dvoje zauvek povezani. Ne brini o tome. Sigurna sam da će danas biti sve u redu.

Usiljeno sam se osmehnula uz čudan osećaj na licu, i iznenada mi je bilo neprijatno što zvučim kao cmizdravo dete.

– Da, sigurna sam da si u pravu. I, šta te čeka danas?

– Pa, imam sastanak u deset, i zato moram da izgledam totalno fantastično. – Pokazala je rukom na svoje lice.

– A uvek izgledaš tako, očigledno.

Namignula mi je. – Hvala, dušo. A šta tebe čeka danas?

Slegnula sam neodređeno ramenima, kao da kažem „uobičaje-no“. – Prosečne stvari, pretpostavljam – rekla sam dok sam uzimala telefon, jaknu i torbu.

– Jesi li razmišljala da napustiš taj posao?

– Ne stvarno.

– Zašto?

Godinama sam slušala istu pesmu od svih iz grupe, uz dodatne doze od Luke.

– Hoću kad nađem nešto zbog čega vredi otići. Nije tako loše kao što svi mislite.

– Da, jeste.

Tija je bila u pravu, ali to nije bilo važno.

– Razgovarale smo o ovome.

– A-ha. I nastavićemo da razgovaramo dok se ne opametiš i ne prihvatiš Lukinu ponudu i počneš da radiš s ljudima koji te cene.

– Moram da krenem! – viknula sam, uputivši joj širok osmeh i mašući prema ekranu.

– Ovo nije završeno! – kazala je, okrenuvši jedan otmen i savr-šeno manikiran prst prema meni.

Nažalost, imala sam osećaj da je ponovo u pravu.

* * *

– Dakle, da zaključim, siguran sam da razumete zašto, na vašu i našu žalost, ove godine ne možemo da vam ponudimo bonus, što bismo i te kako voleli.

– A povišica koju ste obećali da ću dobiti, jer je nisam dobila prošle godine?

Moj šef je počeo ponovo da trlja ruke, gledajući me s mešavinom sažaljenja i potcenjivanja. – Kao što sam objasnio, firma... – Isključila sam se. Ovo je bila treća godina zaredom da nisam dobila povišicu niti bonus, uprkos tome što su ih moje kolege dobijale. Kolege za koje sam znala da su radile znatno manje od mene. – Nadam se da razumete? – Ponovo sam se uključila kad je moj šef završio.

U stvari ne. Nisam razumela. Spadala sam s nogu radeći svakog dana za ovu kompaniju, i uvek sam radila, i gledala sam kako drugi, manje kvalifikovani i manje posvećeni dobijaju unapređenja, bonuse i povišice, dok sam ja ostajala tamo gde sam bila. To nije bilo pošteno.

Kad nisam odgovorila, videla sam da moj šef krajičkom oka gleda sat i meškolji se. – Ako biste mogli da pošaljete Kolin kad budete izlazili...

Pogledala sam ga u male, svinjske oči. Izraz lica bio mu je mešavina dosade i samozadovoljstva. Nešto u meni počelo je da vri, i pre nego što sam primetila stajala sam, reči su mi ispadale iz usta, a moj šef je zurio u mene, otvarajući i zatvarajući usta kao riba na suvom.

– Hoće li Kolin dobiti povišicu? – upitala sam. Kolin se zaposlila ovde pre nešto više od šest meseci, dobila je povišicu mesec dana kasnije, i po tome kako je moj šef sad pocrveneo kao cvekla, petljajući oko kravate, pretpostavila sam da će dobiti još jednu. Kolin je bila lepa i visoka, s dugim nogama koje je rado pokazivala i, iskreno, da imam takve i ja bih bila ponosna na njih. Ali užasno je radila svoj posao. Zbog toga sam trošila deo svog vremena radeći stvari koje je ona trebalo da uradi, ili popravljajući ono što je pokušala da uradi. A opet sam stalno preskakana. Sve dosad sam sedela i prihvatala to. Nisam rekla ni reč. Smišljala sam izgovore za kompaniju kad bi, neizbežno, Luka i ostali govorili kako sam stalno potcenjena. Izgleda da sam sad odlučila da nadoknadim to. U velikoj meri.

Luka se nije javljao na telefon. Obično se ne bih brinula. Možda je na sastanku ili tako nešto. Ali od subote me je nešto mučilo, a jutros mi prvi put, nakon sto godina, nije poželeo dobro jutro, pozivom ili porukom. Danas se nije javljao. A onda je moj šef odabrao današnji dan da mi pokaže, ponovo, kakav je kreten.

Mada to izgleda nije bilo nešto oko čega ću više morati da se brinem, jer sam dala otkaz. I to ne diskretno. Uradila sam to na dramatičan, gurni svoj posao u dupe, potpuno neuobičajen način. Gde mi je bila pamet? I sad nisam mogla da razgovaram s jedinom osobom koja mi je važna. Da ne pominjem to što više nisam imala prihode. O, bože! Osetila sam mučninu. Možda mogu da vratim posao? Da im kažem da sam imala alergijsku reakciju na sendvič s račićima i da je to uticalo na moj razum. To je moguće, zar ne? Sela sam na jedan kraj stare kožne sofe u kafiću u koji sam često išla i uhvatila se za glavu. Nikad me neće primiti i, negde duboko, ako se probiješ kroza sav strah, paniku i mučninu, postoji mali deo mene koji je oduševljen time što sam konačno napustila posao koji sam mrzela godinama. Ali drugih devedeset sedam odsto mene samo je želelo da se ispovraća.

– Jesi li dobro? – Taj dubok, brižan glas naterao me je da poskočim. Naglo sam se okrenula i videla kako Luka spušta svoju torbu za laptop pored sofe i seda kraj mene, gledajući mi lice. – Imao sam sastanak ranije. Ko god da je izmislio jutarnje sastanke, treba da ide na lobotomiju. Pokušao sam da te pozovem kad sam završio, ali telefon ti je isključen satima. – Seo je kraj mene. – To ne liči na tebe.

Kad sam pozvala Luku i nije se javio, isključila sam telefon čim sam napustila zgradu. Nisam bila dovoljno pribrana da razgovaram smisleno s nekim o onom što sam upravo uradila i znala sam da će ljudi koji me zovu postavljati pitanje koje sam postavila sebi čim sam izašla. Šta ćeš sad da radiš? I iskreno, nisam imala nikakvu predstavu! Jezik mi je radio šta je hteo, a mozak i zdrav razum su pokušavali da ga spreče u tome. Nažalost, bili su prespori i moj jezik je ostvario pobedu. Pobedu koja mi je jedva pomogla da sačuvam dostojanstvo, ali verovatno mi neće obezbediti preporuku za novi posao.

Neodređeno sam odgovorila Luki kako sam dobro i okrenula se prema zamalo kafi koja se nalazila ispred mene. Luka je pogledao kafu, pa mene. Obično je prezrivo gledao moju „belu kafu" – volela sam ispijanje kafe, ali nisam mogla da podnesem njen ukus, tako da su mi sipali samo kapljicu kafe u vruće mleko. Ali danas nije ništa rekao o tome i ostavio me je da pijem na miru. Topla utešna tečnost me je umirila iznutra. Nije poboljšala situaciju, ali to je bio samo početak.

– I, šta se događa? Mobilni ti je isključen. Poslovni telefon se odmah prebacio na govornu poštu, a ti sediš u kafiću u radno vreme.
– Nakrenuo je glavu pre nego što je nakratko pogledao konobaricu koja mu je donela njegovu uobičajenu porudžbinu. Posmatrala sam je. Bilo je očigledno da bi volela malo više – ili mnogo više – Lukine pažnje, i nakratko me je pogledala pre nego što je zagladila svoju savršeno ravnu suknju preko savršeno oblikovanih butina i udaljila se. Ranije su mi ovakve situacije bile zabavne – kad sam sedela s Lukom, a žene koje se zanimaju za njega me ćutke ali očigledno potcenjuju. Luka bi odmahnuo rukom, a ostali iz grupe bili bi puni podrške i ljubazno govorili kako takve žene potcenjuju sve osim sebe i da se ne bavim time. I nisam. Sve dosad. Ne stvarno. Ali sad, kad sam bila u krizi, to mi je zasmetalo, pojačalo je moje nesigurnosti do maksimuma.

– Mislim da imaš obožavateljku. Trebalo bi da odeš i razgovaraš s njom. – Ponovo sam podigla šolju, ne gledajući Luku u oči.
– Ha?
Nakratko sam pokazala bradom prema šanku, gde se ta žena smejala s drugom mušterijom, ali je gledala prema Luki, kao da želi da ga nekako navede da je primeti. Kad je ispratio moj pogled, ona ga je pogledala u oči i širok, veoma beo osmeh ozario joj je lice. Luka me je pogledao. Krajičkom oka sam videla kako joj osmeh bledi i počinje da gleda mene. Na osnovu tog pogleda, zaključila sam da bi bilo sigurnije da ne naručujem ništa dok traje njena smena.

– Nisam zainteresovan – rekao je Luka.

– Zašto nisi?

– Suviše je mlada, suviše koketna i suviše napadna. I pretpostavljam da nije korektno reći te stvari, ali pitala si me i odgovorio sam ti.

Okrenula sam se ka njemu. – Kad smo kod pitanja i odgovora, kako to da nećeš da mi kažeš oko čega ste se ti i mama svađali za vikend?

Napravio je grimasu, a tamne obrve su mu se namrštile. – Jer to nije važno.

– To te obično ne sprečava da mi kažeš. – Njegovo neprestano izbegavanje pitanja, pored današnjih događaja, činilo me je sve ratobornijom i svadljivijom. Trebalo je da zaboravim na to. Da prihvatim promenu u našem prijateljstvu. Da krenem dalje. Roditelji su me uglavnom zanemarivali, a kad mi je otac umro, stvari su postale još gore. Preživela sam tad, a preživeću i to što je Luka počeo da se udaljava od mene, ako je to ono što želi. Bilo bi mnogo gore da počne da gleda na viđanje sa mnom kao na obavezu. Možda su današnji događaji prilika. Da uradim nešto drugačije. Da se odselim iz Londona. Sve je bilo tako đavolski skupo, a ja sam živela u predgrađu. Mogu da živim bolje s novcem koji zarađujem na nekom drugom mestu, a praktično svi imaju kompjutere. Poslovi u mojoj struci sigurno nisu ograničeni na London – sve dok ne budu insistirali na preporukama. Duboko sam udahnula. Mogu ja ovo. Moram da uradim ovo. I možda će ponuda udvarača biti malo drugačija na nekom drugom mestu i ipak ću pronaći savršenu osobu pre Božića.

Da je moj um imao obrve, podigao bi ih u tom trenutku. Ništa od toga nije ličilo na mene. Ali opet, nije mi pomoglo to što sam bila „ja". Mogu da se snađem dok ne pronađem nešto, i negde gde želim da se preselim, a u međuvremenu ću ozbiljnije shvatiti sve to s nalaženjem partnera. To što me roditelji, bivši šef i razni ljudi s kojima sam izlazila na sastanke i bila u kratkim vezama nisu cenili ne znači da sam bezvredna. Taj glasić koji se radovao zbog toga što sam konačno napustila posao bez perspektive postao je malo glasniji i osetila sam uzbuđenje, iako i dalje pomešano s mučninom.

– Dakle? Hoćeš li mi reći šta se događa? – ponovio je Luka.

– Jok. To nije važno. – Upotrebila sam njegove reči protiv njega. Znala sam da ne mogu – da ne treba – da verujem da će Luka biti uvek tu za mene. Nisam mogla da očekujem, niti tražim od njega da bude tu svaki put kad imam neku krizu ili nešto što želim da kažem, a očigledno je da su postojale stvari koje sad nije hteo da podeli sa mnom. Morala sam da prihvatim to umesto da se sekiram zbog toga. Morala sam da se zapitam da li su stvari mogle da se odvijaju drugačije tokom vikenda, i da li bih se danas ponašala drugačije da se nisam previše uplela u to. Nisam se osećala kao inače, i sigurno se nisam ponašala kao inače. O, dođavola. Nemam posao, a za to je kriv Luka Donato!

Skupila sam stvari i ustala. Luka me je nežno uhvatio za mišicu. – Bi. Šta se događa? Znam da se nešto događa. Zašto nećeš da mi kažeš? – Te tamne, guste obrve sad su se praktično dodirivale zbog jakog mrštenja, a tamnosmeđe oči su gledale moje, tražeći odgovor.

Zato što znam da nećeš uvek biti tu da ti kažem...

– Bi, hajde. Samo...

– Mogu li da vam donesem još nešto? – Konobarica se ponovo pojavila, napućenih usana i izraženih oblina. Verovatno smo imale isti obim struka, ali njen je bio okružen naglašenijim oblinama nego što ih je imala moja „sportska figura“, kako je moja majka to opisivala. Drugi ljudi su bili manje ljubazni tokom godina – uključujući i jednog tipa s kojim sam nedavno izašla na sastanak, koji mi je neuviđavno rekao kako se na profilnoj slici nije videlo da sam ravna kao daska. Nakon toga veče više nije bilo isto. Ali danas sam dosta razmišljala tokom besciljne šetnje nakon što sam napustila kancelariju. Misli su mi letele kroz glavu – misli o svemu. I svakom. A glavni zaključak je bio da sam, sve u svemu, ostala sama. Dakle, bolje da iskoristim to što više mogu.

– Ne – odsutno se brecnuo Luka, pre nego što se odmah okrenuo ka toj devojci i ublažio svoje reč. – Hvala vam.

Ona je klimnula glavom, očigledno još uvređena, pre nego što je odnela moju praznu šolju i otišla.

– Mislim da si izgubio obožavateljku – kazala sam, prebacujući torbu preko ramena.

Odmahnuo je glavom. – To nije nešto što me sad brine.

– Ne. Pa, pretpostavljam da uvek ima novih tamo odakle je ova došla. – To je trebalo da bude duhovito, ali je čak i meni zazvučalo pogrešno. Luka se smrknuo.

– Šta ti je danas, kog đavola? Isključila si telefon. Nećeš da razgovaraš sa mnom, a sad si i zlobna.

– Nisam htela da budem zlobna – brecnula sam se, povređena i postiđena. – Ne može se reći da ti nedostaju ponude. To sam mislila.

– A to ti ranije nije smetalo.

– Sad mi smeta! – kazala sam, podižući ruke, s dlanovima gore. – To je samo zapažanje koje je zvučalo pogrešno. To je sve. Zaboravi da sam išta rekla.

– To nije teško. Nisi rekla ni dve reči.

– Možda sam se ugledala na tebe.

– Šta to znači?

– Nisi razgovarao sa mnom kad smo se vraćali kući u subotu, i ne mogu da se setim kad ti „nisi hteo da razgovaraš o tome".

– Sve ovo je zbog toga? Ljuta si jer nisam razgovarao s tobom u subotu?

– Ne. To nije sve. Ali da, ako te zanima istina, uznemirena sam zbog toga. Prvi put sam se osećala kao da mi nije mesto u kući tvojih roditelja. Kao neki uljez.

– Ne budi smešna.

– Nisam! I ne nazivaj me smešnom!

– Nisam. Rekao sam da je smešno to što si rekla. To je nešto drugo.

– Ne, nije, Luka. Baš me briga o čemu ste razgovarali. Videla sam da si bio uznemiren i htela sam da ti pomognem, a ti si me isključio.

– Nisam te isključio! To je... komplikovano.

– Kad nas je to sprečavalo?

Ništa nije rekao.

– Bog zna da sam imala dovoljno komplikacija s roditeljima, i uvek smo razgovarali o tome. Problemi s muškarcima. Problemi sa ženama. Porodični problemi. Svetski problemi. Uvek smo razgovarali. Šta god da se desilo, uvek smo razgovarali o tome. Dosad.

– To je bila porodična stvar.

Progutala sam knedlu, trudeći se da odagnam suze koje su mi navirale na oči.

– Onda pretpostavljam da je ona priča o tome kako sam deo tvoje porodice, kao bilo koji od tvojih braće i sestara, bila samo prazna priča. – Podigla sam bradu još malo. – Hvala na pojašnjenju. – Nakon toga sam se okrenula i krenula napolje, iznenada svesna da nas svi otvoreno, ili potajno, gledaju. Očigledno, više ne mogu da se vratim u ovaj kafić.

Hladan vetar je duvao kroz tunel napravljen od visokih staklenih i betonskih višespratnica, koje su dominirale ovim delom grada; jak i hladan vetar oduzeo mi je dah kad sam izašla na ulicu, iz toplog kafića. Oklevala sam na tren, smirujući disanje, pre nego što sam otišla ka najbližoj stanici metroa, da sednem u voz do kuće. Kad budem bila u relativnoj tišini svog stana, možda ću moći da počnem da tumačim kako se, za svega nekoliko kratkih sati, moj život raspao. Nisam imala posao, a prijateljstvo za koje sam mislila da će trajati večno iznenada nije izgledalo kao nešto na šta sam uvek mogla da se oslonim.

13.

Nekoliko minuta sam se borila protiv vetra, pognute glave, čkiljeći gotovo zatvorenim očima, dok se nisam naglo zaustavila i udarila u nešto. Pogledala sam, spremna da se izvinim, ali onda sam videla da je taj predmet Luka, i nisam se izvinila. Njegov komentar o „porodici" i dalje mi je bio u glavi.

– Nisam završio.

– Ja jesam. – Počela sam da ga obilazim. Pomerio se da mi prepreči put.

– Očigledno moramo da razgovaramo.

– O, sad želiš da razgovaraš? – prasnula sam.

– O ovom? – Luka je stavio jednu veliku šaku između nas. – Da.

– Mislim da si rekao sve što si hteo.

Namrštio se, pokušavajući da se seti svojih reči. Nisam imala strpljenja da čekam.

– Slušaj. Stvari među nama nikad nisu mogle da ostanu iste. To je bilo očekivano. Posebno kad pronađeš Gospođicu Pravu i odvedeš je kući da upozna tvoju porodicu. – Zaustio je da kaže nešto, ali nastavila sam da govorim. – I tako i treba da bude. Želiš nekog s kim ćeš izgraditi život, Luka. Zaslužuješ to. I mislim da zaslužujem i ja.

– Naravno da zaslužuješ! – ubacio se, ne mogavši da sačeka, hvatajući me za ruku. Nežno sam je odgurnula.

– Onda bi možda trebalo da se usredsredimo na to. Već znamo da ti je najbolja prijateljica bila smetnja u prošlim vezama. Ne želim više da ti budem prepreka, Luka. Ne sad. Ne kad ti je to toliko važno.

– Ti si mi važna! – rekao je, prolazeći rukom kroz kratku, kao gar crnu kosu.

– Znam. I ti si meni. Ali nešto se promenilo.

– Ne, nije! – Ponovo je pokušao. – Subota je bila... komplikovana. To je izuzetak.

Nežno sam odmahnula glavom, videvši sad jasnije. – Ne, Luka. To je bio samo početak nečeg što se dugo kuvalo. – Mislila sam da mu kažem kako sam konačno napustila posao koji je želeo da napustim otprilike nedelju dana nakon što sam se zaposlila. I nekog drugog dana bih mu rekla, ali sad mi to nije izgledalo ispravno.

Udaljio se jedan korak i pogledao me je, i videla sam prepoznavanje na njegovom licu. Luka me je poznavao oduvek, i znao je izraze mog lica. Neću se predomisliti.

– I šta to znači za nas? – upitao je. Lice mu je izgledalo bezizrazno, ali znala sam da skriva bol. I ja sam se tako osećala.

– Da nema promena.

– Pa, očigledno nije tako – brecnuo se. – Juče si mi bila najbolja prijateljica, a danas odlaziš.

– Ne odlazim. Samo ti dajem prostor koji ti je potreban.

– Ne želim đavolji prostor! Želim tebe!

Dvoje prolaznika nas je pogledalo, čudeći se našem razgovoru. Luka me je uhvatio za ruku i odveo me je do jednog ulaza, da nam omogući malo privatnosti od onih što su zijali u nas. U stvari, ja sam bila ta koja je zijala. Hitro sam zatvorila usta.

– Sudeći po užasnutom izrazu tvog lica, ovo je očito zazvučalo pogrešno, pa me podseti da te nikad ne zaprosim.

– Izvini. Nisam htela... Nisam užasnuta. Samo sam...

– Nije važno.

Po izgledu njegovog lica, jeste bilo važno, ali je ono ujedno izražavalo da neće biti dalje priče o tome. Osetila sam kako mi se želudac zgrčio.

– Luka...

– Bi, u redu je. Samo sam hteo da ti kažem da nisam tražio prostor, ali to možda nije tako loša ideja.

Progutala sam knedlu i videla da mu se lice opušta. – Žao mi je što nisam mogao ranije da razgovaram s tobom. Sve to s mamom... To je nešto što moram da raspravim u svojoj glavi pre nego što budem mogao da pričam o tome. S bilo kim. Žao mi je što dosad nisam shvatio kako si se osećala zbog toga.

– U redu je. – Pokušala sam da zvučim velikodušno. – Možda sam preterala, kao što si rekao. Mislim da mi je to što moja mama ne dolazi za Božić zasmetalo više nego što sam mislila i da sam zbog toga osetljivija.

– Mislim da imaš pravo da budeš osetljiva zbog toga.

Slegnula sam ramenima pre nego što sam čvršće zamotala kaput oko sebe. – Vreme je za nova pravila, rekla bih. Prvo je da ne dozvolim da me odsustvo interesovanja roditelja pogodi.

– Zvuči kao dobar početak.

– Hvala. – Naježila sam se. – Bolje da odem kući pre nego što se smrznem. Moram da uradim neke stvari. – *Kao da pronađem novi posao...*

– Da. Naravno. – Ostao je tamo, gledajući me.

– Šta je?

– Ne znam. Iznenada je postalo neobično.

– Šta?

– Sve.

Znala sam na šta je mislio.

– U redu je. – Pokušala sam da okrenem na šalu. – Pored toga, bićeš dovoljno zauzet pokušavajući da osvojiš ovu prokletu opkladu da bi se bavio time.

– Veruj mi, baviću se.

Odmahnula sam glavom. – Moram da idem. – Brzo sam se propela na prste i zagrlila ga. Na trenutak sam htela da ostanem tako. Bezbedna u naručju prijatelja, dok pričam sve što mi leži na srcu. Ali nisam mogla. Morala sam to da uradim sama. Kratko sam ga poljubila u obraz, zagrlila još jednom i onda okrenula leđa vetru i krenula prema stanici metroa.

– Zašto si u pidžami? – Tija je čkiljila u mene s ekrana. – Jesi li bolesna?

– Nisam.

– Šta je, onda? Zašto mi nisi rekla da si na godišnjem odmoru? Mogle smo da odemo na kafu.

– Nisam na odmoru. Ja sam...

– Šta? – Tija je pitala kad nisam dovršila rečenicu.

– Nezaposlena.

Razrogačila je oči i njene pune usne s ružom u boji ciklame počele su da prave „O" koje je postajalo sve veće.

– Nije to previše bitno.

– *I te kako* je bitno!

– Ne. Nije. I nemoj da kažeš Luki, zaboga.

„O" i njene oči postajali su sve veći. – Nisi rekla Luki?

– Nisam.

Stisnula je usne. – Dobro. Šta se događa s vas dvoje? On se ponaša čudno i uzdržano, a sad mu ti nisi ispričala o značajnom životnom događaju. Kao da se ceo svemir poremetio.

– Ne budi dramatična.

– To jeste dramatično. Vas dvoje ste kao... Zemlja i Mesec. Postojite. Zajedno. A sad će sve implodirati kao umiruća zvezda. – Zaćutala je. – Umiruće zvezde implodiraju, zar ne?

– Da.

– U redu, da, biće tako.

– Ne, neće.

– Ako vas dvoje implodirate, mi ostali smo kao druge planete oko vas, i svi ćemo biti odbačeni u najdalje delove svemira, i nikad se više nećemo videti. Ili ćemo upasti u neku crnu rupu. Šta god da se dogodi, znam da će biti loše.

– Mislim da si preterala s metaforama.

Tija se ponovo uključila. – Možda. Ali suština je i dalje ista.

– Ne možemo zauvek da budemo nerazdvojni.

– Zašto ne?

Oštro sam je pogledala, ali ona nije reagovala.

– Većina nas ionako misli da je dosad trebalo da se smuvate. Već si me koštala dvadeset funti što to niste uradili za prošlu Novu godinu.

– Kladili ste se na nas?

Nije se zbunila. – Imate toliko toga zajedničkog.

– Stalno se svađamo.

– Ne. Ne slažete se. To je nešto drugo.

– Ne, nije.

– Jeste. Ali i da se svađate, pomisli na seks pomirenja...

– Tija!

– Šta? Ma, daj. Čak i kad si mu najbolja prijateljica, ne možeš da ignorišeš koliko je seksi... – Pogledala je preko ramena, gde je jedna koleginica upravo ulazila u sobu za pauzu. – Ne mogu sad da opisujem.

– Neću te udostojiti odgovora.

– Da. To sam i mislila.

– Ne razmišljam o tome. To je Luka. To je... uvrnuto.

– Ne mislim da bi bilo uvrnuto, ali kako god želiš.

– U svakom slučaju, nikad nije bilo tako. Videla si s kakvim ženama izlazi.

– Da, i to nikad ne potraje. A ti, s druge strane, traješ decenijama.

– To je nešto drugo. A pored toga, stvari se menjaju.

– Ne kod vas dvoje. Ti i Luka ste... ti i Luka.

– Znam.

– Želiš li da se stvari promene? – upitala je, tihim glasom. Pomerila je dugačke, prave ekstenzije kose napred, kao neku zavesu između sebe i ostatka prostorije.

– Kao što si rekla, nisam sigurna da uvek možemo da utičemo na to. Ponekad jednostavno moramo da se vozimo rolerkosterom i vidimo gde ćemo završiti.

– To je totalno izbegavanje teme.

– Ali je iskreno.

Tija je uzdahnula. – Dobro, šta ćeš da radiš za posao? I takođe, kako to da sam tek sad saznala za to? Da li si dobila otkaz?

Nakostrešila sam se. – Ne, nisam dobila otkaz!

– Dobro! – Podigla je slobodnu ruku. – Samo sam pitala. Samo... pa, gnjavili smo te tako dugo da napustiš posao i nikad to nisi uradila, i samo sam se pitala da li si, nekako, bila naterana.

– Jok. Sama sam uradila to, nažalost.

– Kako je došlo do toga?

Dobro pitanje!

– Pretpostavljam da svačije strpljenje ima granice. Čak i kod sla-bića kao što sam ja.

– Ti nisi slabić.

– Pa, to verovatno nije važno. Suština je da sam nezaposlena.

– A po čemu se ova nedelja razlikovala od svih drugih?

– Ne znam. Osećala sam se neobično, i onda sam otišla kod šefa da razgovaram o bonusu i povišici. Ispostavilo se, opet, da nema bonusa i povišice zbog brojnih faktora koji izgleda nisu važni ako si brbljivi tip ili dugonoga plavuša, i samo sam... malo pukla.

Tijin zabrinut izraz pretvorio se u osmeh. – Nisam sigurna kako „malo" pucaš. Pucanje je obično prilično glasna stvar.

Ugrizla sam se za unutrašnjost usne.

Tijin osmeh je postao širi. – Moram da ti kažem, a znam da se verovatno sekiraš što nemaš posao i sve to, ali, devojko, ponosna sam na tebe!

14.

Morala sam da se nasmejem, dok sam osećala kako me obavija toplina.

– Jesi?

– Naravno, da jesam, jebote! Svi znamo da su te tamo uzimali zdravo za gotovo godinama, i da bi mogla da zarađuješ dvostruko više nego što su te plaćali.

Sad kad sam ozbiljnije pogledala kakvih sve poslova ima, otkrila sam da su svi bili u pravu i da, mada je to nešto što sam znala, nisam imala petlje da išta uradim. Što je izgleda znao i moj šef, inače bi bio manje sklon da me zaobiđe kad se govori o bonusima i unapređenjima. Nisam bila osoba koja voli da se hvali... ali u ovom slučaju, povremena lepa reč ne bi bila loša, samo da mu pokažem kako sam svesna svoje vrednosti.

– Bi?

– Da?

– Znaš da Luka godinama pokušava da te zaposli kao menadžera informatičkog odeljenja.

– Znam.

– Uslovi koje daje zaposlenima su stvarno dobri.

– Znam i to.

– I?

– Rekla sam ti ranije. To bi bilo čudno.

– Izgleda da je mnogo stvari čudno među vama u ovom trenutku.

– Nije. Samo je drugačije. Postajemo... zreliji.

– A-ha. – Tija me je pogledala tako da je bilo jasno kako ne veruje ni reč od onog što sam rekla. – Ne znam šta je. Ali znam da mi se ne sviđa.

– Nećeš ni primetiti. Moraš da planiraš venčanje.

– Naravno da ću primetiti. Da li sva ta... – mahnula je rukama – neobičnost znači da izazov otpada?

– Nipošto!

– I dalje misliš da ćeš pobediti?

Nervozno sam čupkala jedan končić na donjem delu pidžame. I da, kao što je Tija istakla, i dalje sam bila u pidžami i znala sam da bi nekim ljudima to smetalo, ali imala sam veće brige.

– Bi?

– Da? – Nisam htela da gledam u ekran.

– Šta je bilo?

– Ništa zaista.

– Predugo te poznajem da bi mi prodavala ta sranja, Bi. Hajde, reci.

– Da li je čudno što želim da dobijem opkladu?

– Nije. Nipošto. Ne mogu da se setim nekog nadmetanja s Lukom u kome nisi htela da pobediš.

– Istina. Ali... jedini način da pobedim je da ostanem sama. Nešto nije u redu s tim, zar ne?

Tija se raznežila. – O, dušo.

– Mislim, kad smo počeli, nisam mislila na taj način. Pretpostavljam da sam sad imala malo više vremena za analizu i... – Slegnula sam ramenima, nesigurna kako da završim rečenicu. Nisam dobro razmislila o tome, tako da mi nije bilo lako da to objasnim nekom.

– Možda onda treba da zaboraviš na sve. Zaboravi jednom na to kako da pobediš Luku. Usredsredi se na sebe, za promenu. Sigurno je da si ove nedelje napravila veliki korak kad je posao u pitanju. Možda je vreme da razmisliš i o tome. Znam da ne voliš onlajn pronalaženje partnera i, priznajem, često tu nema mnogo stvari koje možeš da voliš.

– Znam to dobro.

– Ali ponekad se dogodi neka dobra stvar. Nije nemoguće da dobre stvari mogu da se dogode i tebi.

– Možda.

Široko se osmehnula. – „Možda" je pozitivnije od onog što si govorila pre nekoliko nedelja, i drago mi je.

– Mislim da je Luka i dalje u prednosti, čak i ako se potrudim oko toga.

– Zašto to kažeš?

– Ma daj, Tija. Server im verovatno stalno pada od poruka koje njemu pristižu u inboks.

– Pa šta s tim? Treba da pronađeš samo jednog.

– Da. Pravog. Ponekad to nije tako lako.

– Ali potreban je samo jedan.

– A izgledi za to su veći ako imaš veći izbor.

– Ili je tako možda teže. Preveliki izbor nije uvek dobra stvar.

– Valjda je tako. – Prešla sam rukom preko lica. – Ne znam, Tija. Izvini. Samo se ne osećam dobro. Nikad u životu nisam bila nezaposlena.

– Jesi li videla nešto što ti se sviđa?

– Imala sam pet razgovora u poslednja dva dana.

Tija se grohotom nasmejala.

– Šta je?

– Ti! Nerviraš sebe i brineš mene, a zatrpana si ponudama za posao.

– To nisu ponude. Samo razgovori.

Tija je dodirnula jarko obojene usne dugačkim lakiranim noktom. – Znaš da će se Luka naljutiti ako prihvatiš posao negde drugde, kad ti on godinama nudi zaposlenje.

– Biće on dobro. To je samo Luka. Niko od vas nije voleo dok sam radila tamo, ali on je bio sposoban da uzme stvar u svoje ruke i reši to.

– Znaš da se ne radi o tome.

Sad je bio red na mene da je oštro pogledam.

– Dobro, možda se malo radi o tome, ali uglavnom je to jer Luka želi najbolju osobu za svaki posao, a za informatiku si to ti. Zato ti stalno nudi posao. – Namrštila se. – To bi moglo da ga povredi.

– I upravo zato nikad ne bih mogla da radim za njega. Jer bih samo zamenila mesto koje nisam mogla da napustim zbog nedostatka samopouzdanja mestom koje ne bih mogla da napustim jer bih se brinula da ne povredim Luku! Ne treba mešati posao i zadovoljstvo.

Tija se nestašno osmehnula. – Znam jednu ostavu za kancelarijski materijal, tri posla unazad, koja se ne bi složila s tobom.

Odmahnula sam glavom i nasmejala se. – Hvala bogu što si konačno pronašla Džonu, a ostave za kancelarijski materijal širom zemlje sad su bezbedne.

– Ma daj, ne govori mi da nikad nisi provela koji minut u nekoj od njih.

– Nisam! Ali ja nisam tako privlačna kao ti.

– Pa, to je prava šteta, a ti nisi manje privlačna od mene, ili bilo kog drugog. Samo si probirljivija. – Široko mi se osmehnula i namignula.

– Nemoj da te Džono čuje.

Zabacila je glavu, glasno se nasmejala, jasno i srećno. – Njemu ne smeta. Postala sam probirljivija kad sam sazrela. Izbacila sam sve te veze za jednu noć iz sistema. I da budem iskrena, ostave nisu najudobnija mesta za romantiku.

Tija me je nestašno pogledala pre nego što je pogledala telefon. – Oh, sranje, zar je toliko sati? Imam sastanak. Jesi li sigurna da ćeš biti dobro?

– Da. Dobro sam.

– I, Bi...

– Da?

– Moraš da kažeš Luki. Šta god da se događa između vas dvoje, zanimaće ga to, i bolje da ne sazna od nekog drugog. Nisam sigurna da zaslužuje to.

Bila je u pravu. – Da. Znam. Reći ću mu, obećavam. – Sad sam samo morala da smislim kad i kako ću mu to reći.

– U redu. Dobro. Moram da idem. Volim te! Razgovaraćemo kasnije. – Poslala mi je veliki poljubac preko ekrana i nestala.

Sedela sam i nekoliko minuta zurila u ekran, razmišljajući o njenim rečima. Tija je bila u pravu. Uradila sam prilično veliku stvar. Neki ljudi su menjali poslove kao donji veš, ali ja nisam bila takva. Ako bih nastavila metaforu, to bi bilo kao da sam s viktorijanskih dugih gaća prešla na tange. (A iskreno, ko je to izmislio? Ako mogu da biram, radije bih dugačke gaće.) Morala sam da kažem Luki pre nego što sazna od nekog drugog. Tija je bila divna prijateljica, ali nije mogla da čuva tajnu ni za živu glavu. Ako mu ja ne kažem uskoro, Tija hoće, ovako ili onako. Sad samo moram da nađem najbolji način za to.

Uzela sam telefon, držala ga u ruci, skrolovala kroz kontakte, sasvim besciljno. Kad sam duboko udahnula, nameravajući da pritisnem Lukino ime, telefon je zazvonio, zbog čega sam poskočila i ispustila ga na pod. Srećom, pao je na tepih i nastavio da zvoni. Sad mi nije bio potreban razbijen telefon. Nagnula sam se i podigla ga, ponovo duboko udahnula i uključila video-poziv.

– Baš sam htela da te pozovem.

– Veliki umovi slično razmišljaju. – Osmehnuo mi se iz telefona, više ličeći na starog sebe. Ali bilo je i malo oklevanja. – Bi, moram da se izvinim.

– Zbog čega?

– Zbog onog od pre nekoliko dana. Kod mojih roditelja, i posle.

– Ne, u redu je. Stvarno...

– Moram. Shvatam da si se zbog toga možda osetila isključeno. Mada, veruj mi, to nije bila namera. Možda imaš drugo prezime, ali si sigurno deo ove porodice i nikad nemoj da misliš drugačije. U redu?

– U redu.

– I ne radi se o tome da ne želim da razgovaram o nekim stvarima. To je samo nešto što samo ja mogu da rešim. Uprkos onom što moja majka misli. – Namrštio se i spojio tamne obrve.

– Sigurna sam da ti želi samo najbolje.

Luka je uzdahnuo. – Želi. Ali ponekad želi ono što ona misli da je najbolje, a život nije uvek crno-beo, niti jednostavan.

Saosećajno sam mu se osmehnula, nesigurna šta da kažem.

– Kako si ti? Da li si išla na sastanke?

– Ne, ali imam jedan sutra uveče.

Malo se oraspoložio. – Ne izgledaš baš oduševljeno.

– Deluje mi fino, ali teško je izbeći da moje dosadašnje iskustvo utiče na moja očekivanja.

– To je razumljivo.

– Da li još misliš da je to dobra ideja?

– Šta?

– Ovaj izazov.

– Da. – Odgovor mu je bio brz i konačan.

– O.

– Izgledaš razočarano.

Slegnula sam ramenima.

– Makar imaš priliku da upoznaš ljude. Vidiš šta si propuštala.

– Vrlo malo, ako je suditi po mojim sastancima.

– Neko bi mogao da te iznenadi. Moraš ponekad da zabasaš u nepoznato, Bi.

– Volim poznate stvari. To je suština. Ime samo govori.

Osmehnuo se, odmahujući glavom, pun saosećanja. Bilo mi je drago što me je pozvao. Mrzela sam tu napetost među nama, koja nam je bila nepoznata. Naravno, i dalje sam morala da mu kažem da sam, kad govorimo o poslu, zabasala u nepoznato, toliko daleko da bi bio potreban NASA-in teleskop da vidim odakle sam pošla.

– U stvari, moram nešto da ti... – prekinuo me je običan poziv na telefonu. Ime agencije za zapošljavanje u koju sam se prijavila pojavilo se na ekranu.

– Da te pozovem kasnije? – rekla sam, pokazujući malim prstom i palcem oblik telefonske slušalice i prinoseći ih uvu. Luka je klimnuo glavom i prekinula sam video-poziv i ubacila se u profesionalni mod pre nego što sam se javila.

– O, Beatris. Odlično. Našla sam vas. Ja sam Kamila iz *Top pipla*. – Pokušala sam da se ne zgrozim što koristi moje puno ime, uprkos tome što sam je zamolila da to ne radi. Nikad ga nisam volela, ali izgleda da sam začeta nakon što su moji pijani roditelji išli da pogledaju jednu od majčinih omiljenih Šekspirovih predstava, i dobila sam ime po jednoj od junakinja. Mislim, da im odam priznanje, da su na početku bili oduševljeni zbog mog dolaska na svet, dok nije postalo jasno kako im oduzimam mnogo više vremena i energije nego što su očekivali ili bili spremni da ulože. Bilo kako bilo, ostalo mi je to ime.

– Molim vas, zovite me Bi – podsetila sam je.

– O, da. Naravno. – Da sam bila ispred nje, prilično sam sigurna da bih videla kako joj je taj zahtev ušao na jedno uvo, a izašao na drugo. Radila je s gomilom ljudi svakog dana, pretpostavljam, i logično je bilo da ne pamti svačiji nadimak.

– Savršen posao za vas. Na određeno vreme, ali ako ste prava osoba, a uverena sam da jeste, bićete primljeni za stalno. Rekla sam im da ste savršeni. Nadam se da vam ne smeta. Znam da ne biste odbili ovo. Tako pametna devojka. Razumna. Sjajni uslovi, odlična plata i divne prostorije. Gotovo da se nikad ne otvaraju slobodna mesta jer ljudi ne žele da idu. Neko je izgleda otišao u penziju, tako da ću vas ubaciti dok se može. Počinjete od ponedeljka. Ne bi vam smetalo da radite tokom otkaznog roka, zar ne? Nisam mislila da hoće.

– Ne, nipošto. Zvuči divno, Kamila. – Bilo bi lepo da sam stvarno mogla da se odmaram nedelju ili dve, ali s druge strane, dodatni novac će mi ublažiti brige.

– Upravo sam vam poslala pojedinosti. Trebalo bi da ste ih dobili. U redu?

Otvorila sam imejl i videla onaj iz agencije. – Dobila sam ga – odgovorila sam dok sam gledala pojedinosti. – O!

– Nešto nije u redu? – Zvučala je odsutno, kao da se već bavila nečim drugim.

– Ta kompanija je *Donato rešenja*?

– Da. Uvek imam gomilu ljudi koji me preklinju da ih ubacim tamo, ali znala sam, čim sam videla oglas, da ste vi prava osoba za taj posao. Svidećete im se! Moram da idem. Ubrzo ćemo se čuti. – I prekinula je vezu.

– Ne mogu da prihvatim to... – Kazala sam, nevoljno, u tišinu.

15.

– Moraš da prihvatiš! – kazala je Tija, kad sam je pozvala. – U čemu je problem?

– Znaš u čemu je problem. To je Lukina kompanija.

– I? Znam kako se brineš, ako se dobro sećam, da si dobila taj posao samo jer poznaješ gazdu.

– Upravo tako.

– Pa, podsećam te da on još ne zna da si naglo napustila prošli posao i da si na spisku agencije, i možeš taj razlog da odbaciš, zar ne?

– Nisam naglo napustila posao. – U stvari, totalno jesam. Bio je to jedini put u životu da sam naglo otišla odnekud, ali nije bila stvar u tome.

– Naravno da jesi. I čak i da nisi, trebalo je. Dobro. Makar probaj, Bi. Zaslužuješ nešto dobro nakon tavorenja na tom mrtvom mestu godinama.

– Hvala ti na tome.

– Nema na čemu.

Namrštila sam se, ali Tija je odmahnula rukom.

– Sad ćeš reći Luki?

– Izgleda da moram. – Ponovo sam slegnula ramenima. – Razgovarala sam s njim kad su me pozvali iz agencije i moram inače da ga pozovem.

Telefon je zvonio neko vreme pre nego što se Luka javio. Nakratko sam mu videla lice pre nego što je odjurio, a telefon mu je stajao oslonjen na lampu kraj kreveta, pa sam ga videla kako jurca po sobi i ubacuje razne stvari u putnu torbu.

– Da li prekidam nešto? – pitala sam. – Nisam znala da putuješ.

– Nešto je iskrslo u poslednjem trenutku – viknuo je s drugog kraja sobe. – Dva tipa su organizovala planinarenje u nacionalnom parku *Pik Distrikt*.

– Kad polaziš?

Videla sam ga kako gleda na skup, ali neverovatno jednostavan sat. Znala sam da će uzeti drugi, znatno složeniji, koji izgleda kao da radi sve osim kuvanja čaja. (Mislim da je proizvođač tu gadno omanuo, ako mene pitate.)

– Za pet minuta. Da li je sve u redu?

Pet minuta nije bilo dovoljno da objasnim prošlu nedelju. Mogla sam da kažem: „Da. Samo da ti kažem da sam konačno napustila svoj bedni posao prošle nedelje i počinjem da radim u ponedeljak kod tebe, na određeno vreme" za to vreme, ali znala sam da bi Luka zastao i želeo više pojedinosti, a nisam htela da mu kvarim putovanje.

– A-ha. Može da sačeka. Ostaviću te da se pakuješ. Lepo se provedi i pokušaj da ne padneš s nečeg, ili u nešto.

– Daću sve od sebe.

Luka se približio telefonu, uputio mi prepoznatljivi osmeh i poslao pomalo sarkastičan poljubac. Mahnula sam mu i prekinula vezu. Brzo sam poslala poruku Tiji.

Pozvala sam Luku da mu kažem. Krenuo je na još jednu tupavu avanturu, tako da nisam imala prilike. Reći ću mu kad se vrati. Molim te, nemoj da se izbrbljaš kad budeš razgovarala s njim!

Gotovo odmah sam videla da piše odgovor.

Nisam brbljivica!

Nakon te izjave, poslala sam joj tri emotikona zaprepašćenih lica.

Dobro. Samo ti govorim da mu nisam još rekla, za slučaj da si mislila da jesam xx

Poslala mi je podignut palac i dva poljupca. Dvadeset minuta kasnije, poslala mi je fotografiju ukusnog ručka i čaše ledenog šampanjca, ako je sudeći po kondenzaciji na čaši. Odgovorila sam joj gifom *mljac*, i posvetila se mnogo običnijim i dosadnijim zadacima koji su me čekali.

Premestila sam se na stolici i pokušala da se opustim dok je Adrijan sipao izvrsno vino koje je odabrao. Dozvolila sam mu da izabere jer su u vinskoj karti bila navedena samo imena vina, pa moj uobičajeni metod izbora po najlepšoj etiketi nije dolazio u obzir.

Spustio je bocu belog vina pažljivo u kuler, pre nego što me je pogledao bledoplavim očima.

– Ne zabavljaš se, zar ne?

– Ne! Mislim, da! Zabavljam se. – Osetila sam kako crvenim, a onda ponovo, kad sam se postidela što sam se postidela.

Pogledao me je sa izrazom ljupke zbunjenosti na licu.

– Dobro. To je možda zvučalo čudno.

Spustio je šake na sto.

– U redu.

– Uživam i izgleda da sve ide dobro. Makar mislim da je tako... – Ako su mi obrazi postali crveniji, postojala je opasnost zaustavljanja avionskog saobraćaja na *Hitrouu*.

– I ja tako mislim. – Osmehnuo mi se.

– Oh. Dobro. U redu. To je dobro – izbrbljala sam se, prekorevajući sebe u mislima. – Radi se o tome da sam dosad imala nekoliko sastanaka preko aplikacije i nijedan nije išao ovako dobro.

Upitno je podigao obrvu.

– To je blago rečeno.

Adrijan je gurnuo punu čašu vina prema meni. – To zvuči kao nešto zanimljivo...

Dva sata kasnije, vozila sam se vozom, gledajući u male kvadrate svetlosti na poslovnim i stambenim zgradama, i gledajući jarka svetla londonskog aerodroma pre nego što sam obavila kaput oko sebe kad je voz stigao na stanicu, spremna da se suočim s hladnoćom koja je došla tokom večeri i ostaće tu tokom noći. Sve vreme sam razmišljala o Adrijanu i davala sve od sebe da izmenim izraz lica za koji sam bila uverena da izgleda pomalo sluđeno.

Razgovarali smo, smejali se, dobro jeli. Vino je teklo u potocima, ali je hrana u italijanskom restoranu koji je odabrao srećom obavila dobar posao u upijanju većeg dela alkohola. Ili makar dovoljnog da budem opuštena a ne pijana. Adrijan je bio zanimljiv i duhovit, i činilo se da i on misli isto o meni, slušao me je dok sam pričala i postavljao pitanja. Bilo je... lepo. I, moram da priznam, iznenađujuće. Navikla sam se na osećaj da sam višak ili, češće, nevidljiva. Odnosno, dok neko ne bi poželeo nešto. A onda su me, naravno, zvali ako sam mogla da budem korisna.

Večeras sam, prvi put nakon dužeg vremena, osetila kako možda imam nešto da ponudim svetu. Adrijan je želeo da me ponovo vidi i pozdravio se sa mnom uz nežan, ali vrlo čedan poljubac u obraz. Potajno sam se nadala da će biti nešto više, i ne bih se bunila. Nešto mi je reklo da je on osećao isto, ali bio je savršen džentlmen... zbog čega je bio još više seksi.

– Videćeš se ponovo s njim? – Tija je uzbuđeno zacičala preko telefona, dok sam išla prema stanici metroa, kako bih otišla na prvi dan rada na određeno vreme u *Donato rešenjima*.

– Hoću.

Ponovo je zacičala i odmakla sam telefon od uveta dok ne završi.

– Jesi li gotova? – nasmejala sam se.

– Verovatno nisam. – I ona se nasmejala. – Toliko sam srećna zbog tebe, Bi.

– To je bio samo prvi sastanak, Tija – podsetila sam je, trudeći se da ne zvučim uzbuđeno.

– Da, ali čujem to u tvom glasu. – Toliko o toj taktici. – Uzbuđena si. I, bez uvrede, to je prilično neuobičajeno za tebe.

– Nisam sasvim sigurna da li da budem uvređena ili ne, jer zvučim užasno dosadno, ali pošto sam dobro raspoložena, preći ću preko toga.

Nasmejala se tim svojim sjajnim smehom. – Hvala. Šta misliš o odlasku na posao?

Mala lopta napetosti pojavila mi se u želucu. – Pomalo sam nervozna, iskreno. Ali potreban mi je posao i ovo mi je iskrslo. Makar ću imati prilike da vidim kako izgleda raditi tamo, bez potrebe da se posvetim tome.

– Opa.

– Šta je?

– Ništa.

– Pa, očigledno je nešto. Rekla si opa.

– To mi je izletelo... nemoj to da shvatiš pogrešno.

– To ne zvuči dobro.

– Imala sam dobre namere.

– Kaži, onda.

– Samo što zvučiš manje uplašeno od svega. Kao da si konačno odlučila da malo rizikuješ.

Nisam ništa rekla, ali činjenica da je Luka rekao nešto slično o meni i bezbednom okruženju prošla mi je kroz glavu.

– Bi? Jesi li tu?

– Jesam.

– Da li si ljuta?

– Ne. Samo sam... nisam znala da me svi tako vide.

– To nije tako loše. Postoji razlog zašto se to naziva bezbednim okruženjem. Svi ga volimo. Ali svi znamo da imaš da ponudiš mnogo više nego što priznaješ sebi. A sad si izgleda shvatila to. Volimo te i teško je gledati kako ne ispunjavaš svoj potencijal. Ovo je veliki korak i jako sam ponosna na tebe.

– Da li plačeš?

– Ne! Naravno da ne – kazala je, glasno šmrcajući. – Imam alergiju na polen.

– Sigurna sam da je nekoliko meseci prekasno da koristiš taj izgovor.

– Onda je neka druga alergija.

Osmehnula sam se. – Volim te, Tija.

– Volim i ja tebe, dušo. Oduševi ih danas.

– Daću sve od sebe.

– Obavesti me kako je prošlo s Lukom.

– Hmm. A-ha. Ti ćeš prva saznati.

Prekinule smo vezu i krenula sam ka stanici, provukla kartu i ušla u jedan od automatskih vozova koji idu ka centru grada.

– Ovo je vaš sto – rekla mi je Džo, dama iz kadrovske službe, kad sam se smestila, osmehujući se i proveravajući da li mi je potrebno još nešto. Bilo je to novo iskustvo za mene, i mada sam bila sigurna da ima mnogo ljubaznih ljudi po kadrovskim službama, većina onih s kojima smo se susretali ja i moji prijatelji bila je lišena saosećajnosti i empatije, povremeno čak i ljudskosti. Činilo se da je sve to neophodno za to radno mesto. Ali Luka je izgleda pronašao nekog za svoje kadrovsko odeljenje ko je imao te i druge vrline. Naravno da jeste.

– Obično bi gospodin Donato bio ovde da vas pozdravi, ali danas nije tu.

Znala sam to, zato sam bila malo opuštenija. Pa, koliko god sam mogla pošto sam se tek zaposlila. Kad sam napuštala metro stanicu i telefon mi ponovo dobio signal, stigla je poruka od Luke u kojoj je napisao da će ostati još jedan dan na planinarenju, i kako se i dalje trudi da ne padne. Napisala sam mu da se lepo provede, pre nego što sam otvorila teška staklena vrata i ušla u predvorje zgrade.

– Oh, u redu je.

– Sigurno će doći da vas upozna kad se vrati. Trudi se da upozna sve nove radnike. Sjajan je šef. Uvek ima vremena za svakog.

Osmehnula sam se, osećajući se pomalo neprijatno. Da priznam da ga poznajem? Ako ne kažem to sad, da li će se pitati zašto nisam, kad bude saznala? Ali htela sam da dokažem da sam dobila ovaj posao, iako na određeno vreme, svojom zaslugom, a ne jer se družim s Lukom. Koliko god bili ljubazni ljudi ovde, u ljudskoj je prirodi da misle kako je važno koga poznaješ, a ne šta znaš. Jao! Šta da radim?

– Želite li čaj ili kafu?

– O! Ovaj... ne. Ne treba, hvala. Imam vodu u torbi.

– Dobro. Pa, ne zaboravite da u kuhinji imate razne napitke i grickalice. Slobodno se poslužite.

– Hvala, hoću.

– O, evo Kolina. On će vam pomoći da počnete. Koline, ovo je Bi, naš informatički spasilac. – Nasmejala se i dodirnula mi rame. – Rekla sam da ćeš joj pomoći da se snađe. – Kolin se osmehnuo i rukovao se sa mnom, dok se Džo okretala ka meni. – U međuvremenu, moj lokal je 232. Ako imate pitanja, samo me pozovite.

– Hvala, Džo. Hoću.

– Dobro – rekao je Kolin dok je Džo odlazila, a uredna punđica joj je veselo poskakivala. – Video sam vašu radnu biografiju i prilično sam siguran da znate sve bolje od mene, ali pomoći ću vam da počnete s poslom.

– Nisam sigurna da je tako. – Osmehnula sam se, osećajući se pomalo neprijatno.

Kolin se dobrodušno nasmejao. – Stvarno jeste tako, i to je sasvim u redu. Sviđa mi se to što radim, i dobro to radim, tako da su svi srećni.

– To zvuči pošteno.

Osmehnuo se, izvukao stolicu i krenuo da mi pokazuje kako sistem radi.

Pet sati je došlo brže nego obično, i prvi put nisam jurila da što pre odem, osećajući olakšanje što je završen još jedan radni dan. Uživala sam u tome, što je bilo novo osećanje. Usredsredila sam se i radila vredno, ali nisam se osećala iscrpljeno kao obično dok sam išla prema stanici metroa na povratku kući. Obuzelo me je neko čudno osećanje pri pomisli da sam protraćila sve te godine na besperspektivnom poslu koji sam mrzela jer sam bila, kako je Tija rekla, previše nesigurna da izađem iz bezbednog okruženja. Već mi se sviđalo to što sam radila u *Donatu*, ali bila sam svesna da nisam rekla Luki da sam dala otkaz na starom poslu, a kamoli da sam počela s probnim radom u njegovoj kompaniji. Pored toga, svi ljudi su bili tako ljubazni... da li će se to promeniti kad saznaju da sam bliska s Lukom? Očigledno je bio omiljen, ali bio im je šef... nisam htela da pomisle kako ih špijuniram.

– Suviše razmišljaš o tome – rekla je Tija kad sam joj iznela problem, dok sam kuvala testeninu za večeru. Prvi put nisam samo ubacila gotovo jelo u mikrotalasnu. Dobro, bili su to samo testenina i sos, ali i to je korak napred.

– Stvarno?

– A-ha. Kao i obično.

– Hvala.

– Nema na čemu. Jesi li razgovarala s Lukom?

– Nisam. Poslao mi je poruku da ćemo razgovarati sutra, jer se vraćaju tek kasno uveče.

– O.

– Da. O. Mislim da ne očekuje da ćemo razgovarati u njegovoj firmi.

– Neće se ljutiti.

– Samo ne želim da misli kako sam mu uradila nešto iza leđa.

– Ponovo to radiš. Prekini da se brineš. Dobro, kad ćeš se ponovo videti sa onim Adrijanom?

16.

Luka je reagovao gotovo komično kad me je ugledao za stolom u svojoj firmi sledećeg jutra. Gotovo stidljivo sam mu mahnula i nalepila osmeh na lice kad je promenio smer i uputio se prema meni. Neko ga je nešto pitao, i videla sam kako se trudi da se usredsredi, ali i dalje je gledao prema meni, kao da želi da me pogledom prikuje za to mesto dok ne dobije objašnjenje šta radim tu. Potapšao je po ruci tipa s kojim je razgovarao i nastavio da hoda prema meni, dugim koracima.

– Zdravo – rekla sam, što sam normalnije mogla.

– Zdravo – kazao je, s mešavinom osmeha i krajnje zbunjenosti na licu.

– Kako si proveo vikend?

– Dobro – odgovorio je odsutno. – Stvarno dobro.

– Sjajno.

Usledila je duga pauza i Luka se malo nagnuo iznad mog stola, i tiho progovorio. – Nemoj pogrešno da me shvatiš, ali šta, doðavola, radiš ovde?

– Radim.

Zatreptao je, onda se namrštio, a onda ponovo zatreptao.

– Ali... ti ne radiš ovde.

– Sad radim. Pa, makar naredne dve nedelje.

– Otkad?

– Od juče.

Ispravio se. – Dobro. Zbunjen sam. Želiš li da dođeš u moju kancelariju i objasniš mi stvari?

Pogledala sam potajno oko sebe. – Zar neće izgledati malo čudno da pozivaš radnicu na probnom radu u svoju kancelariju, dva minuta nakon što si je upoznao?

– Bi. Poznajem te od pete godine, a ne od pre dva minuta. – Pokazao je na svoju kancelariju, veliku staklenu prostoriju na suprotnom kraju. – Pored toga, uvek se trudim da upoznam zaposlene. To neće izgledati čudno.

– Zašto se onda svi trude da ne zure?

– Ne trude se. Samo si paranoična, kao i obično. Hajde. Ne teraj me da te otpustim drugog dana.

– O, ha-ha.

To je očigledno bila šala, ali osetila sam kako mi se želudac okreće kad su se ponovo pojavile moje stare zabrinutosti oko rada za Luku.

– Samo sam se šalio. – Luka je uzdahnuo, trljajući koren nosa.

– Znam.

– Pokušaj onda to da kažeš svom licu. – Osmehnuo se.

Morala sam da vežbam da izgledam nehajno.

Luka je zatvorio debela staklena vrata za mnom i pokazao mi da sednem s druge strane stola, dok je on sedao na veliku, paperjasto meku kožnu fotelju i nakratko pogledao beleške i dokumente koji su bili uredno poređani na bledom stolu od jasenovine.

– Dakle, šta sam propustio? Nije me bilo samo četiri dana!

– Ovaj... nekako sam dala otkaz na starom poslu.

– Nekako si dala otkaz na starom poslu, ili si ga stvarno napustila?

– Stvarno sam ga napustila.

– Kad?

– Pre nedelju dana – kazala sam, otvoreno. Nije bilo svrhe da okolišam.

Obrve su mu se podigle do kose. – Pre nedelju dana? A ja sam tek sad saznao.

– Izgledao si opterećen onim što ti se događalo.

– Imao bih vremena za to.

– Htela sam da ti kažem u petak kad sam te pozvala – nakon što sam dobila poziv da dođem ovde na probni rad – a ti si upravo izlazio iz stana i nisam htela da te zadržavam.

– Trebalo je.

– Zašto?

– Jer je ovo važno.

Slegnula sam ramenima. – Nije važno. – Pogledala sam mu lice. – Osim ako ti ne misliš da je važno što sam ovde.

– Mislim.

– O.

– Ali ne iz razloga na koje ti misliš, sudeći po tvom izrazu lica. Znaš da sam godinama pokušavao da te dovučem ovamo, i uvek si odbijala. Samo me zanima šta se to tako važno dogodilo da bi napustila onu rupu i došla ovamo.

Glasno sam uzdahnula. – Šef me je pozvao da mi kaže kako, opet, neću dobiti povišicu niti bonus. Nekoliko drugih je dobilo, uprkos činjenici da sam ja uvek sređivala njihov haos i čuvala im ugled.

– Trebalo je da im ostaviš da sređuju sami svoj haos.

– Znam. Ali nisam takva. Pored toga, to bi mi se nekako obilo o glavu.

– Ali, ispravi me ako grešim, ta situacija je trajala neko vreme. Ne mogu da se setim kad si poslednji put dobila povišicu ili bonus. Zašto sad?

– Valjda sam imala loš dan.

Luka je nakrivio glavu i podigao obrvu. Ponekad može da bude užasno naporno kad te drugi dobro poznaju.

– Dobro. Bila sam uznemirena zato što smo se posvađali...

– Nismo – jasno je rekao Luka.

– Pa, meni je to tako izgledalo.

Jedva primetno je odmahnuo glavom.

– Jeste! Bilo kako bilo, već se nisam osećala sjajno i onda se to dogodilo, i valjda mi je bilo dosta svega.

– Dobro.

– Dobro? – ponovila sam. – Ne baš! Mislim da mi neće napisati dobru preporuku nakon što sam dramatično otišla.

Beli zubi su mu zablistali u poređenju s maslinastom kožom lica kad se široko osmehnuo.

– Ti si dramatično otišla?

Pokušala sam da se ne osmehnem, ali kad me Luka tako gleda, to je bilo nemoguće. – Možda jesam.

– Jesi. Totalno si dramatično otišla! – Njegov smeh je ispunio prostoriju i izašao kroza staklene zidove, i videla sam kako se neki ljudi okreću, trudeći se da izgledaju nehajno.

– Tiho! Privlačiš pažnju.

– Da li ti to ućutkuješ novog šefa?

– Ne. Ućutkujem starog prijatelja. To je drugačije.

Luka se ponovo nasmejao.

– Kako si završila ovde? Mislim, očigledno je da su ti vrata uvek otvorena, ali...

– U agenciji nisu znali da te poznajem! Nisam tako dobila posao. Išla sam na dosta razgovora za stalni radni odnos prošle nedelje, i onda, dok sam razgovarala s tobom u petak, pozvali su me iz agencije i kazali kako imaju posao na određeno vreme na dve nedelje.

– Ako ja lično ne pronalazim ljude, to je dobar način da se uverim da li će se dobro uklopiti.

– Ima smisla.

Oklevala sam.

– Gotovo da nisam prihvatila.

– Zašto?

– Iz razloga koje sam ti godinama navodila.

– Šta se sad promenilo?

– Moram da platim račune, a nemam posao. Nisam bila u prilici da odbijem.

Ništa nije rekao.

– To je zvučalo pogrešno.

– Nisam siguran da jeste, ali nije važno. Najvažnije je da si ovde. Samo bih voleo da si mi rekla da si napustila posao. Kao što si rekla pre neki dan, mislio sam da pričamo jedno drugom o svemu.

– Pričamo. Uglavnom. – Pogledala sam ga oštro, a on se malo zarumeneo.

– Shvatam. Ali to su bile posebne okolnosti.

Slegnula sam ramenima.

– I ove su. Znala sam da ćeš želeti da popraviš stvari i dati mi posao ovde, a ja se nikad ne bih osećala da sam odabrana zbog svojih veština.

– Zbog toga sam te i odabrao! – uzviknuo je Luka, dižući ruke baš u trenutku kad je jedna visoka vitka žena vatrenocrvene kose i zanosne figure pokucala i ušla, ne čekajući poziv. Lice joj je bilo bezizrazno, ali videla sam da naizmenično gleda mene i Luku kad je čula njegovu izjavu. O. Sjajno.

– Izvinite što vas ometam, Luka. Samo sam htela da vas podsetim da imate sastanak s gospodinom Takašijem u jedanaest, u vezi s projektom u Tokiju.

– A-ha. Hvala, Keri. – Klimnula je glavom, nakratko mi se osmehnula i onda se okrenula i napustila prostoriju, a đonovi njenih cipela s potpeticama visokim deset centimetara zasijali su crveno.

– Opa.

– Šta je?

– Kakva riba.

– Ona je dobra sekretarica. To mi je najvažnije.

– Koja slučajno izgleda sjajno. Kako to da se niste smuvali?

– To bi bilo previše komplikovano. A nikad ne mešam posao i zadovoljstvo.

Mahnula sam mu.

– Ti si nešto drugo.

– Kako?

– Zato što...

– Nadam se da ćeš na svom sastanku u jedanaest biti rečitiji.

– Baš duhovito.

– Zašto je to nešto drugo?

– Zato što jeste. Ti si sjajna u tome što radiš i znamo se oduvek. Nije isto kao... – Tražio je prave reči.

– Prijatelji s povlasticama?

– Nešto slično.

– Ali šta ako je ona Prava?

– Nije.

– Kako to znaš?

– Verena je za vikinga po imenu Olaf.

– Olaf?

– Olaf. Možemo li da pređemo na drugu temu?

– A-ha. Valjda. Moram da odem i počnem da radim pre nego što me otpuste.

– Neće te otpustiti.

– Ovde sam tek dva dana. Ima dovoljno vremena.

– Da ponovo dramatično odeš?

– Poznata sam po tome.

– Dobro. Izuzetno mi je drago što si konačno pronašla odlučnost i kazala im gde da gurnu svoj posao. Bio sam jako ljut što su te iskorišćavali tako dugo. Ali nadam se da nećeš imati razloga da odeš sad kad smo konačno uspeli da te dovedemo. Da li uživaš u poslu?

– Naravno, sve mi je novo, ali na osnovu onog što sam videla i zadataka koje imam, da – odgovorila sam iskreno. – Stvarno uživam. Prijatno je što ponovo mogu da koristim mozak na poslu.

Osmehnuo se i pomerio stolicu unazad. I ja sam ustala, okrećući se prema vratima. Brzo sam se okrenula, nesvesna da je Luka iza mene, i udarila sam u njegove široke grudi. Tople, velike šake su me uhvatile za struk i umirile.

– Izvini što ti nisam rekla ranije. Bilo mi je neprijatno zbog toga. Bila je ovo čudna nedelja.

– Znam. I znam da sam ja kriv za mnogo toga. Izvini.

Krenula sam da otvorim staklena vrata, ali Luka je stigao pre mene i otvorio ih.

– Hvala.

– Razgovaraćemo kasnije.

– A-ha. Srećno na sastanku.

– Hvala. – Držao je palčeve i osmehnula sam se pre nego što sam krenula ka svom stolu. Automatski sam oborila glavu, trudeći se da izgledam manje zanimljivo. Ali nešto mi se muvalo po glavi. Nisam uradila ništa pogrešno. Dobro, poznavala sam šefa. I šta s tim? Nisam tako dobila posao. Uz malo truda, podigla sam glavu, usredsređujući se na sto i idući ka njemu. Provela sam godine tako što sam na poslu bila nevidljiva. Vreme je da se to promeni.

* * *

– Hoćeš li da dođeš na večeru? – upitao je Luka kad sam se spremala da pođem kući. Susedni stolovi su bili prazni, jer sam ostala malo duže da završim neki zadatak.

– Rado. – Osmehnula sam se i Luka mi je uzvratio osmeh, a sjaj u njegovim očima bio je naglašen ekološkim, ergonomskim osvetljenjem u kancelariji. Jarko neonsko svetlo na prethodnom poslu, uz glavobolje koje mi je često izazivalo, bilo je još nešto što mi nije nedostajalo. – Ali imam sastanak.

– O! – Osmeha je odmah nestalo. – Dobro. Drugi put, onda.

– Sigurno.

– Iznenađena sam što ti nemaš sastanak.

– Niko mi nije privukao pažnju.

Pogledala sam ga s nevericom, dok sam stavljala telefon u džep torbe.

Slegnuo je ramenima. – To je istina.

– Sigurna sam da će ti za pet minuta inboks biti ponovo pun kandidatkinja. – Široko sam se osmehnula.

– Ha, ha. S kim se sastaješ?

– Zove se Adrijan.

Luka je nabrao nos.

– Šta je?

– Ne vidim te s nekim Adrijanom.

– Stvarno? S kim me vidiš?

Slegnuo je ramenima.

– Sjajan argument.

– Čime se bavi?

– Finansijama.

– To može da znači bilo šta.

17.

– Dobro. On je broker. – Luka je mrzeo brokere još otkako mu je jedan pokrao mnogo novca s brojnih računa, uključujući i privatni i račune njegovih prijatelja, i pobegao u Rio de Žaneiro. Pokušaji ekstradicije su bili neuspešni, i Luka je mogao samo da se oprosti od novca. Srećom, nije izgubio mnogo od ukupnog bogatstva, ali jedan njegov prijatelj je izgubio gotovo sve, a posle toga i verenicu, kojoj se očigledno nije svideo život drugačiji od onog koji je planirala. Luka i ostali su pokušali da mu kažu kako je bolje što je odmah saznao njene motive, ali i dalje se nije osećao prijatno povodom toga.

– Upravo zato ti nisam rekla.

– Šta je? Nisam ništa rekao.

– Nisi morao. Piše ti na licu.

– Prvi sastanak?

– Ne. Treći. – Drugi je bio pre nekoliko dana, kad smo otišli na večeru posle posla i proveli veče ćaskajući i smejući se. Kad je predložio treći sastanak, iznenadila sam se koliko sam uzbuđena – i oduševljena – bila.

– Opa. Dobro.

– Šta to znači?

– Ništa.

– To znači nešto, ali zakasniću i verovatno ne želim da čujem šta misliš, tako da je bolje da pođem.

– Gde se sastajete?

– U baru *Roden*.

Klimnuo je glavom. – Nije loš izbor.

– Drago mi je što odobravaš.

Udostojio se da se osmehne.

– Hvala na pozivu.

– Nema problema. Znaš da si uvek dobrodošla.

Pogledala sam zidni sat, kratko zagrlila Luku, pošto je kancelarija sad bila prazna, i krenula ka vratima.

– Samo mi se javi kad se vratiš kući, važi?

Mahnula sam mu i otišla.

– I, kako je na novom poslu? – upitao je Adrijan kad sam sela na stolicu kraj njega, ovog puta tako da ne pokažem gaće celom baru.

– Dobro je. Mislim, tamo sam tek dva dana.

– Bolje nego na poslednjem poslu?

– Sigurno. Mada je teško pronaći neko mesto koje bi bilo gore.

– Taj Donato zvuči kao pametan tip. Izgleda da ume da zaradi.

– Vredno je radio da bi stigao tu gde je.

– Pretpostavljam. – Slegnuo je ramenima. – Samo mi to zvuči suviše dobro da bi bilo istinito.

– Stvarno nije.

Adrijan me je pogledao. – Izgleda da ti je drag.

– On mi je prijatelj.

– O, stvarno?

– Nisam tako dobila posao. Nije ni znao da sam se zaposlila dok nije danas došao na posao.

Adrijan se osmehnuo. Bio je to lep osmeh. Ne očaravajući, filmski osmeh kao Lukin, ali nema mnogo ljudi koji imaju takve povlašćene gene. Ali sviđao mi se Adrijanov osmeh. Sviđao mi se Adrijan, tačka.

– Hajde da pričamo o tebi – rekla sam, oslanjajući bradu na ruke. Pogledao me je u oči i nastavio da me gleda, pre nego što se primakao.

– Razmišljao sam o tebi čitav dan. – Glas mu je bio dubok i prisan, blizu mog uva.

Osetila sam kako crvenim i toplina mi je strujala i zujala telom.

– Stvarno?

– O, da – odgovorio je, a usne su mu bile blizu mom uvu, pre nego što je rukom nežno pomerio moju kosu i nežno me poljubio u obraz. Zujanje se pojačalo i bez razmišljanja sam mu se primakla. Osetila sam kako se osmehuje kraj mog vrata.

– Da odemo na neko drugo mesto?

Izgleda da trenutno nisam mogla da govorim, tako da sam klimnula glavom i čula ga kako se tiho smeje. Uhvatio me je za ruku, spustio nekoliko novčanica na šank i sačekao dok sam sišla s barske stolice. Sudeći po osmehu na njegovom licu, izgleda da nisam uspela da budem podjednako pristojna kao malopre.

– Da sam znala da će biti visokih stolica, obukla bih dužu haljinu.

Adrijan se široko osmehnuo. – Veruj mi, ne žalim se.

Naslonila sam se na njega, a on mi je stavio ruku oko struka. – Kuda želiš da idemo?

– Stvarno mi je svejedno. – I prvi put, stvarno mi je bilo svejedno. Prvi put nisam imala potrebu da planiram. Da razmotrim sve što može da se dogodi. Uživala sam u trenutku.

Ono u čemu nisam uživala jeste žestok mamurluk koji mi je trenutno skakao po mozgu. Šampanjac je izgledao kao dobra ideja jer sam se opustila u tom skupom restoranu s Adrijanom. Glavom je pokazao prema grupi ljudi za stolom kraj izloga.

– Zvezde rijalitija – primetio je, a u glasu mu se jasno čulo kako mu nisu dragi.

– O, stvarno? Ne gledam takve stvari.

– Znao sam da postoji neki razlog zbog koga mi se sviđaš. – Osmehnuo se.

– Nadam se da to nije jedini razlog – odgovorila sam, ohrabrena koktelom od malopre, koji sam trenutno gasila čašom ledenog *kristala*.

Strast mu je zablistala u očima i, ispod stola, jedna topla ruka me je oprezno dodirnula po butini. Da li da je sklonim? Problem je bio u tome što nisam želela. Htela sam ovo. Nikad nisam bila u centru pažnje, i još nisam. Ali biti u centru nečije pažnje, osobe prema kojoj počinjem da imam neka prava osećanja, bilo je opojno i divno. Osećala sam se seksi. Nisam bila sigurna da mogu tako da se osećam. Nikad nisam uspela u tome. Ali večeras, ovde, sad – jesam. Spustila sam ruku na njegovu i preplela prste s njegovim. Pomerio je šaku malo više.

– Nipošto.

– Opa. Izgledaš sjebano. – Lukin glas je prodro u čauru tišine koju sam se potrudila da izgradim oko sebe u kancelariji. – Mislio sam da ćeš mi se javiti kad se vratiš kući, kako bih znao da si bezbedno stigla?

Podigla sam pogled sa stola i zagledala se u njegove tamne oči, u kojima sam videla mešavinu iznerviranosti i brige. Pune usne su mu bile stisnute u strogu liniju, a ledenosiva košulja bila je raskopčana ispod grla, otkrivajući trougao glatke, preplanule kože.

– Oh. Da. Tako je. Izvini. Zaboravila sam. Ostala sam malo duže nego što sam planirala. – Da li sam vikala? Činilo mi se tako. Činilo mi se da svi viču.

– Shvatam.

Nisam odgovorila.

– Nisam siguran da je dobra ideja da se pojaviš trećeg dana na novom poslu s gadnim mamurlukom, Bi.

Podigla sam glavu, i odmah sam zažalila zbog toga jer mi se mozak izgleda otkačio dok sam pila drugu bocu šampanjca i sad se nesigurno kotrljao po mojoj lobanji.

– Baš zbog toga nisam htela da radim ovde – prošaputala sam. – Ali ne brini. Sasvim sam sposobna da radim svoj posao. Žao mi je što imam glavobolju, ali ne sviđa mi se što misliš da je to mamurluk.

To je očigledno bio gadan mamurluk, ali nisam htela to da priznam.

– Shvatam – kazao je Luka, nakon što je video tačno to što je želeo, a što je verovatno bila istina. Nisam htela da se napijem. Nikad ranije nisam došla na posao mamurna. To se jednostavno dogodilo. Ali, naravno, dogodilo se danas. Ovde. – Možda bi bilo bolje da uzmeš slobodan dan da se oporaviš.

– Ne. Dobro sam. Hvala. Uzela sam pilule protiv glavobolje i sigurna sam da će uskoro početi da deluju. – Usudila sam se da ga pogledam i videla da me Luka posmatra. Nakratko se nagnuo nad sto. – Ako je to stanje u kakvo te dovodi taj tip, nisam siguran da je dobar za tebe. Na bilo kom drugom mestu dobila bi otkaz.

– Nije me naterao da pijem! – brecnula sam se, zaboravljajući na tren da bi trebalo da poričem mamurluk.

– Nije stvar u tome. Zna da imaš novi posao i da je utisak važan. – Spustio je veliku čašu vode na moj sto. – Popij to i uzmi još paracetamola čim stigneš. I pojedi nešto. Ima hrane u kuhinji. To će pomoći.

Nakon toga se okrenuo u svojim skupim cipelama i vratio se u svoju kancelariju, prolazeći između stolova. Zatvorio je vrata bez osvrtanja i seo. Vilica mu je bila stisnuta i napetost je zračila iz njega. Izneverila sam ga. Poverenje koje je imao u mene da ću biti koristan član tima sad je očigledno bilo manje i, kad sam pogledala sebe u ogledalu pored, nisam mogla da ga krivim.

Luka je razgovarao telefonom kad sam otišla te večeri, i nakon što sam razmenila nekoliko poruka sa Adrijanom, a zbog dve sam se zacrvenela kao crveni voz u kojem sam se vozila, isključila sam telefon, otišla u svoj stan i odmah legla.

Kad sam uključila telefon narednog jutra, osećajući se znatno ljudskije, videla sam nekoliko propuštenih Lukinih poziva. Zatvorila sam ulazna vrata za sobom i pozvala ga.

– Zdravo.

– Zdravo.

– Dobila sam tvoje poruke. Izvini. Morala sam da isključim telefon.

– U redu. Nisam nameravao da ti ometam veče. Samo sam hteo da vidim kako si.

– Nisi me ometao. Otišla sam kući da se naspavam.

– O. – Zaćutao je. – Da li se osećaš bolje?

– Da, hvala. Idem na posao. Pod pretpostavkom da i dalje imam posao.

– Naravno da imaš.

– To je dobro.

– Samo mislim da je malo neodgovorno od Adrijana... – naglasio je njegovo ime – ... što ti ugrožava posao.

– Malo smo se zaneli.

Ćutao je na tren. – Dobro.

– Luka, da li bi se ponašao ovako da radim negde drugde?

– Da.

– Jesi li siguran?

– Naravno.

– Dobro. Ali možeš li da prestaneš? To je bila greška. Znam to, ali ni ti nisi savršen.

– Nikad nisam tvrdio da jesam.

– Znam, ali već se osećam loše, a ti pogoršavaš stvari. – Krenula sam prema sedištu, baš kad se jedna žena s velikom torbom, i telefonom sa uključenim spikerfonom, ugurala ispred mene i sela.

– O, jeb...

– Šta je?

– Izgleda da sam jutros ponovo nevidljiva.

– Potrudi se da budeš vidljiva. – To je uvek bio Lukin odgovor kad bih rekla nešto tako. Nikad to nije shvatao ozbiljno i izluđivalo me je to što ljudi misle da je lako promeniti se. On nikad nije bio nevidljiv ljudima. Njegova porodica se pobrinula za to, i njegovo samopouzdanje imalo je jake temelje. Moji temelji su bili izgrađeni na pesku. I izmicali su se ispod mene kad god sam pokušala da se stabilizujem. Iskusila sam nešto od toga sa Adrijanom. Možda je to bilo potrebno. Da neko veruje da sam vredna primećivanja. Mislim, Luka je to uvek govorio, ali poznajem ga toliko dugo, i to je drugačije. Naravno da će on reći to. Ali Adrijan nije imao veze sa mnom, a primetio me je. Stvarno me je primetio, i kad sam bila s njim prvi put, osećala sam se primećenom. Iako je Luka imao nešto protiv njega, svideće mu se kad ga upozna. Bila sam sigurna u to.

* * *

135

– Ne sviđa mi se – kazao je Luka, kad je Adrijan otišao da telefonira. Nekoliko nas sastalo se u pabu pre nego što smo otišli svako na svoju stranu. To nije bio planiran sastanak, i izvinila sam se Adrijanu pre nego što su se mnogi pojavili, govoreći mu da može da ide ako želi.

– Ne želim da misliš kako te teram da upoznaš ljude. – Bila sam uznemirena.

Odmahnuo je rukom, sklonio mi kosu s lica i poljubio me, privlačeći me uza se pritom. Šta li bi majka mislila o meni što usred bela dana (dobro, ispod ulične svetiljke u prohladne jesenje veče) grlim nekog muškarca. Mislila sam da bi verovatno bila užasnuta i osmehnula sam se kraj njegovih usta.

– Zbog čega se osmehuješ? – pitao je.

– Ni zbog čega – odgovorila sam, naslanjajući se na njega, spremna da se ponovo osmehnem.

– Dobro veče. – Lukin dubok glas prekinuo je taj trenutak i pomerila sam se, pomalo preplašena.

– Luka, zdravo! – Gledao me je i osmehivao se, ali nešto nije bilo u redu. Nagnuo se i poljubio me je u obraz. – Ovaj... ovo je Adrijan.

– Pretpostavio sam – kazao je, pružajući ruku, a Adrijan ju je prihvatio. – Luka Donato. Bijin prijatelj.

– Zdravo. – Adrijan je klimnuo glavom. – Drago mi je što sam te upoznao. Upravo smo hteli da uđemo. Mogu li da te častim pićem?

– Naravno. – Luka je krenuo napred, pridržao nam vrata i ušao za nama.

– Zašto ne? – pitala sam, utišavajući glas što sam više mogla, u bučnom pabu.

– Ne znam. Ima nečeg u njemu.

– Dobro.

– Stvarno. Budi oprezna.

– Znam šta radim, Luka.

Seo je, klimnuo glavom i podigao dlanove.

– Samo ga ne poznaješ dovoljno.

136

Ponovo je klimnuo glavom i odustala sam, gledajući Tiju uz grimasu, kad se Adrijan vratio gledajući na sat.

– Bolje da krenemo ako želimo da stignemo na večeru koju smo rezervisali u *Nobuu*. – Krajičkom oka videla sam da Luka koluta očima.

– Sjajno! – kazala sam, ustajući i uzimajući torbu. Zagrlila sam Tiju i mahnula ostalima. Tija je munula Luku laktom, jer se okrenuo i razgovarao s nekom dugonogom plavušom za susednim stolom.

– Zdravo, Luka. – Kratko je mahnuo i vratio se razgovoru. Pogledala sam Tiju, koja je izgledala kao da joj je takođe neprijatno. Luka nikad nije dozvoljavao da prijatelji odu bez zagrljaja ili poljupca u obraz.

Kad smo izašli, pogledala sam poruke na telefonu.

Ignoriši ga. Samo je dekoncentrisan. Ona ima noge do vrata i dalje.

Hvala Tiji što je izgladila situaciju, ali obe smo znale da se Luka ponaša čudno, a nismo znale zašto. Ali nisam htela da mi to upropasti veče. Okrenula sam se ka nekom ko je imao vremena i želje da bude sa mnom, i privila sam se uz Adrijana dok je zaustavljao taksi i ušli smo u vozilo.

18.

– Izgledaš nervozno – tiho je kazao Adrijan, zastajući dok su njegove šake vešto i polako otkopčavale moju haljinu. – Ne moramo da radimo ovo, znaš.

Okrenula sam se, privukla ga sebi i poljubila ga, nagoveštavajući mu kako mora da nastavi.

Dok su mu ruke svlačile tanku tkaninu s mojih ramena, neka glasna, odvratna melodija ispunila je njegov stan.

– To je moj poslovni telefon. Ignorisaću ga – rekao je, spuštajući glavu da mi poljubi rame, ali vilice su mu bile stegnute i videla sam da misli na posao. Zvuk je prestao i mir je ponovo zavladao. Ali to je trajalo kratko i buka je ponovo započela.

– Treba da se javiš – rekla sam, odmičući se.

– Stvarno ne želim – uzvratio je. Njegove oči, da ne pominjem druge delove tela, govorile su mi kako to stvarno misli.

– Znam. Ali izgleda da su uporni. Možda je nešto važno.

Adrijan me je pogledao na tren i onda otišao i uzeo telefon sa staklenog stočića u prostranoj dnevnoj sobi.

– Da? – brecnuo se.

Ostala sam na mestu dok je razgovarao, oštro postavljajući pitanja i povremeno psujući. Osećajući se pomalo neprijatno i izloženo, ponovo sam navukla bretele haljine preko ramena.

– Doći ću što pre budem mogao. Ne radite ništa drugo! – Prekinuo je vezu, a onda se okrenuo prema meni.

– Sve je u redu – kazala sam, pre nego što je išta rekao.

– Bi, tako mi je žao. Neko je zabrljao na stranim berzama i jedan od mojih klijenata je možda izgubio nekoliko miliona.

– Onda stvarno moraš da ideš. – Osmehnula sam se. – Stvarno, u redu je. Nadam se da ćeš srediti taj haos.

– Sranje. I ja se nadam! – Zakopčao je nekoliko dugmića koje sam mu otkopčala, malo se upristojio i uzeo sako koji je ranije prebacio preko naslona stolice, gledajući kroz jedan od velikih prozora za koje sam zamišljala da ispunjavaju stan svetlom kad je dan vedar.

– Napolju lije kao iz kabla. Dozvoli mi da ti makar pozovem kola. – Adrijan je imao mogućnost korišćenja luksuznih limuzina.

– Hvala, to bi bilo sjajno. Mada bi mi šetnja pomogla da se ohladim. – Nasmejala sam se, osećajući kako mi obrazi gore.

Zastao je na tren, obavio mi je ruku oko struka i privukao me k sebi. – Više volim kad si vrela – šapnuo mi je na uvo i zacrvenela sam se kao rak. Kad se odmakao, pogledao me je u oči. – Nastavićemo drugi put, važi?

Klimnula sam glavom, osećajući se pomalo stidljivo i želeći da mogu da budem opuštenija i sigurnija, i da mu duhovito odgovorim. Adrijan me je pustio i uzeo naše kapute s poda gde smo ih bacili ranije, pomažući mi da se obučem dok smo žurno napuštali stan.

– Tvoja kola bi trebalo da uskoro stignu – rekao je, videvši kako se ona koja je naručio za sebe preko posebne aplikacije zaustavljaju na ulici.

– Hvala ti. Srećno s milionima.

Poljubio me je u obraz, držao palčeve i onda odjurio ispod nadstrešnice prema kolima koja su čekala.

Obavila sam ruke oko sebe dok sam gledala kako stop svetla automobila nestaju na jakoj kiši i skreću iza ugla. Bilo mi je drago što mi je Adrijan ponudio prevoz. Vetar se pojačavao i kiša je padala gotovo ukoso dok sam žurila prema otmenim crnim kolima koja su se zaustavila, a vozač je rekao koga je došao da poveze. Sećanje na uzdahe mojih roditelja ako je trebalo negde da me odvezu i dalje mi je bilo u mislima – nikad nisam mogla da zaboravim na to. Uvek sam se osećala kao smetnja u njihovom životu, a oni se nisu trudili da me razuvere. Učlanila sam se u neke klubove, ali uvek sam morala da idem autobusom.

Ako je i Luka bio član, onda su me njegovi roditelji odvozili i dovozili, stalno mi govoreći kako to nije problem. Kad sam imala baletski resital na kraju polugodišta, moji roditelji nisu došli.

Pogledala sam njihov rokovnik i videla da su već imali nešto zakazano te večeri. Bila je to večera s prijateljima, koju su lako mogli da odlože, da su tako želeli, ali tad sam već znala da nisu hteli da odlažu obaveze unete u rokovnik. U retkim prilikama kad nisu imali ništa zakazano moja majka se odmarala. Očigledno je bilo zamorno imati bogat društveni život. Donatovi su, međutim, došli svi. I svi su oni navijali i aplaudirali kad sam izašla na pozornicu. Ućutkivali su ih, zbog čega smo se nasmejali, opustila sam se, a to je dovelo, prema mojoj učiteljici, do jednog od mojih najboljih nastupa.

To me je ohrabrilo da nastavim sa časovima kad sam krenula na fakultet i sviđalo mi se. Naravno, to je naglo zaustavljeno kad sam napustila studije nakon tatine nesreće. Ponekad se osećam kao da je neko pauzirao moj život tog dana, a ja sam i dalje pokušavala da nađem dugme za uključivanje. Možda je sve ovo sa Adrijanom večeras bio početak. Ali nešto me je mučilo u podsvesti, a nisam znala šta. Odbacila sam to pripisujući sve živcima, i nastavila prema kući.

– O, bože! Mi o vuku... – Tija je uskliknula kad sam je pozvala iz kola.

– Znam. Pretpostavljam da je moglo da bude gore. – Ostavila sam njenoj mašti da ispuni praznine.

– Ne smem ni da pomislim!

Zakikotala sam se.

– I, kako je bilo pre *fonusa interuptusa*?

– Bilo je... lepo.

– O, ne.

– Šta je?

– Lepo? Moraš da priznaš kako je prošlo neko vreme otkako si bila ovako intimna s nekim, i kažeš da je bilo lepo? To ne nagoveštava seksualnu napetost i vrisku od koje se ruše zidovi.

– Nismo stigli do vriske.

Tija se ponovo nasmejala. – U redu. Ali šta je sa ostalim?

– Stvarno mi se sviđa.

– Osećam da postoji neko ali.

– Ali...

– Tako sam i mislila.

– Tiho. Ali... da li je uvrnuto što sam osetila olakšanje zbog tog poziva?

– Pomalo. Mislim, ne obavezno uvrnuto ali, Bi, ne moraš da ideš tako daleko ako ti je neprijatno s nekim. – Sad je zvučala zabrinuto.

– Ovaj izazov nije imao veze sa seksom. Molim te, nemoj mi reći da si osetila pritisak...

– Ne. Nije to. Ne znam. Valjda sam samo nervozna. Prošlo je izvesno vreme.

– Dušo, ne brini se zbog toga. Sve će biti u redu. Ali samo kad i ako to želiš. Znaš kakvi su muškarci i njihov ego. Svaki tip koji pomisli da je prvi s kojim si poželela da odeš u krevet posle dužeg vremena šepuriće se kao paun. Ozbiljno, ne brini se zbog toga. A ako je dobar tip, kakvog zaslužuješ, onda će razmotriti to i pobrinuti se da ti bude prijatno.

– Da, valjda. Samo ne želim da napravim budalu od sebe.

– Dušo, nećeš. Jao, devojko, stvarno moraš da prekineš da se previše brineš o tome šta ljudi misle.

– Nije to uvek tako lako kao što zvuči, zar ne?

– Da, znam. Roditelji su te stvarno zeznuli, ali moraš da zapamtiš da si bolja nego što su mislili. Drugi ljudi mogu da vide tvoju vrednost i da je cene. Samo moraš da veruješ u to, a jedina osoba koja može da ti pomogne si ti.

Suze su mi neočekivano potekle.

– Bi?

– Da?

– Smem li da te pitam nešto?

– U redu? – Nesigurno sam to rekla, i koža mi se naježila.

– Šta je s Lukom? Mislila sam da ste se pomirili nakon one svađe.

– Mislim da to nije bila prava svađa, i razgovarali smo o tome i sve je bilo u redu. Dok nisam došla mamurna na posao, hoću reći. Znam da to nije bilo profesionalno i moglo je da ga dovede u neprijatan položaj, ali ne mogu da poverujem da on to nikad nije uradio.

– Obe znamo da jeste uradio.

– Upravo tako.

– I, u čemu je njegov problem? Pokušala sam da ga pitam nakon što si otišla, ali je samo zaćutao.

– Pretpostavljam da je bio suviše zauzet razgovorom s tom plavušom. Sigurno je bio suviše zauzet da se pristojno pozdravi.

– Da, videla sam to. To ne liči na njega. Ne znam šta se događa s njim u poslednje vreme. Čim si otišla, okrenuo nam je leđa, a ona je ubrzo otišla. Mada nije mnogo pričao ni kad se vratio kod nas.

– Ni ja. Sigurno mu se ne sviđa Adrijan... misli da loše utiče na mene. Ali mislim da ima predrasude prema brokerima, i to je sve.

– A-ha. Od svih mogućih zanimanja koja si mogla da odabereš. – Tija se nasmejala.

– Znam – kazala sam, tražeći ključeve u torbi, kad smo se zaustavili ispred mog stana. – Mada, da budem iskrena, nisam sigurna da je važno čime se on bavi. Luka bi mu opet našao neku manu. Znam da nisam imala mnogo momaka, ali svaki put kad bih upoznala nekog, prema Lukinom zakonu, nešto bi mu falilo.

– To je istina – odgovorila je Tija zamišljeno. – Ali opet, ni ti nikad nisi bila oduševljena njegovim devojkama.

– Ne radi se o tome. Ne smetaju mi. Samo što sam kraj nekih od njih izgledala kao matora prosjakinja. Sigurna sam da su sve bile fine devojke.

– Ti ne izgledaš kao stara prosjakinja!

Zatvorila sam ulazna vrata za sobom, pogledala se u ogledalo i osmehnula se svom pomalo neurednom izgledu. Uz malo sreće, vozač je sve to pripisao vremenu. – Hvala. Sad idem da se istuširam i legnem.

– U redu. Žao mi je što ti je veče prekinuto, ali opet, možda je, prema onome što si rekla, tako bilo najbolje.

– Zdravo. – Dubok glas iza mene naveo me je da poskočim i prospem vruću vodu na vrećicu čaja od rabarbare po kuhinji za osoblje.

– Sranje! – Napola sam se okrenula, istovremeno uzimajući nekoliko kuhinjskih ubrusa i brišući nered. Luka je stajao na vratima. – O. Zdravo. Izvini, nešto sam se zamislila.

– Izgledalo je tako. Jesi li dobro? Jesi li se opekla? – Prišao je i stao pored mene, pokušavajući da me uhvati za ruku. Osetila sam miris skupog gela za tuširanje koji je koristio i primetila posekotinu na licu gde se posekao prilikom brijanja.

– Dobro sam – kazala sam, odgurujući mu ruku i uzimajući još ubrusa. – Prosulo se po pultu, ne po meni. – Ponovo sam ga nakratko pogledala i videla da je zabrinut. – Stvarno. Dobro sam.

– Žao mi je zbog onog sinoć.

– Zbog čega? – Zacrvenela sam se i podsetila sebe da ne pričam Tiji ništa o sebi i Adrijanu.

– Znam da sam ispao nevaspitan kad si odlazila.

– Oh. To.

Nakrivio je glavu. – Na šta si mislila?

– Ni na šta – odgovorila sam, prebrzo.

– Bi. Šta se dogodilo? – Lice mu se smrklo, postalo odlučnije, a mišići na desnom obrazu su mu zaigrali.

– Ništa se nije dogodilo, Luka.

– Zašto ti ne verujem? Šta mi ne govoriš?

– Luka. Prekini da budeš alfa mužjak. Dobro sam. I da, ispao si nevaspitan sinoć. Šta se događa s tobom? – Prebacila sam težište razgovora na njega i nadala se da će prestati da me zapitkuje.

– Ništa.

– Zašto ti ne verujem? Šta mi ne govoriš? – Podigla sam obrvu, ponavljajući njegova pitanja.

– Baš duhovito.

Namrštila sam se, pokazujući da bi možda mogao da bude u pravu, ali ništa nisam rekla, ostavljajući ga da prekine tišinu. Luka je pogledao oko sebe, proveravajući da nema nikog. – Samo mi se ne sviđa.

– Ko?

– Adrijan.

– Počeo si da se ponašaš čudno pre toga, ali idemo jedno po jedno. Zašto ti se ne sviđa?

– Ne znam. Ima nečeg u vezi s njim.

– Činjenica da je broker, možda?

Luka se čak nije potrudio ni da slegne ramenima. – Priznajem da mi zbog toga nije baš drag.

– A ostalo?

– Kao što sam rekao, ne znam. Ne mislim da je dovoljno dobar za tebe.

– Ne poznaješ ga, Luka. I sinoć se nisi ni potrudio da ga upoznaš. Izgledalo je da te više zanima ta žena za susednim stolom.

– Bila je zanimljiva.

– Da, videla sam to – kazala sam jetko. – Samo bi bilo lepo da si se potrudio. Sviđa mi se, i ja se sviđam njemu. Zar to ne bi trebalo da ti bude dovoljno?

– Nije dovoljno dobar za tebe. – Rekao je to ozbiljno, kao da je to neoboriva činjenica.

– Kako to znaš?

– Napio te je prvog dana na novom poslu. To mi ne zvuči kao poštovanje, niti pokazuje da misli o tome šta je najbolje za tebe.

Bacila sam mokre papirne ubruse u kantu silovitije nego što je bilo potrebno. – Razgovarali smo o tome. Izvinila sam se. Htela sam da pijem te večeri. Nije me naterao na to. Baš kao što me nije naterao da sinoć odem kući s njim. – Luka je prebledeo. Nisam znala zašto sam mu rekla to, ali bilo mi je dosta njegovog neodobravanja mojih momaka, posebno Adrijana. Pominjanje toga sigurno mi nije koristilo, ali, pobogu, ponekad me je izluđivao. Tišina se nastavila.

– Dobro jutro! – Džerijev veseo glas prekinuo je tišinu kad je razdragano ušao u kuhinju. Džeri me je uvek podsećao na zlatnog retrivera, zbog svoje svetloplave kose i gotovo stalnog osmeha. Uvek se radovao kad vidi ljude i sve ga je oduševljavalo. Ali čak se i on zaustavio kad je ušao u prostoriju. Napetost između mene i Luke stvorila je gotovo fizičko polje sile.

– Zdravo, Džeri – odgovorila sam trudeći se da se osmehnem što normalnije, ali sudeći po izrazu njegovog lica, biće da je to više bila grimasa, što mi nije bio cilj.

– Džeri. – Luka je klimnuo glavom. Poslednji put me je pogledao i onda izašao, idući ka svojoj kancelariji.

– Da li je sve u redu? – pitao je Džeri.

Slegnula sam ramenima. – Mislim da je jutros ustao iz kreveta na levu nogu. – *Ili iz pogrešnog kreveta...*

Džeri se osmehnuo i klimnuo glavom, ali videla sam da nije poverovao u to.

– Pa, bolje da krenem na posao – kazala sam, uzimajući čaj i idući ka svom stolu. Bacila sam se na posao, nisam dizala glavu i radila sam trenutni projekat do kraja radnog vremena. Luka je izašao u deset i trideset i nije se vraćao, i moram da priznam da mi je laknulo. Pogledala sam po kancelariji dok sam odlazila. Stvarno mi se sviđalo ovde. Posao je bio zanimljiv, a ljudi ljubazni. Ali ako Luka i ja ne budemo sredili to što se događa među nama, znala sam da ću morati da se oprostim od svega toga.

19.

Dok sam išla prema stanici metroa, Lukina kola su, u leru, stajala na dvostrukoj žutoj liniji. Izašao je i pogledala sam ga u oči.

– Upravo su javili da je tvoja linija zatvorena. Navodno je neko na pruzi ili tako nešto. Mogu da te odvezem kući. – Zastao je na tren. – Pod pretpostavkom da nemaš druge planove.

Kao i većina stvari u životu, metro je odličan kad radi, ali kad neko postavi klip u točkove, to je bila velika gnjavaža, i sigurno je da u poslednje vreme nisam imala sreće s prevozom. To je bila još jedna mana života dalje od centra... postojala je uvek ta dodatna mogućnost saobraćajnih komplikacija.

– Ne, nemam druge planove. – Adrijan je otputovao na nekoliko dana i jedini plan mi je bio da dođem kući, jedem i uzmem da čitam novu knjigu. – To ti nije usput.

– Ne smeta mi. – Pogledao je u nebo kad su velike kapi kiše počele da padaju oko nas. – Hajde, Bi. Molim te. A pored toga, uhapsiće me ako se budem i dalje zadržavao ovde. – Odmah zatim, jedan beo kombi mu je svirnuo, a vozač mu je pokazao srednji prst. Luka je mudro, i srećom, ignorisao i jedno i drugo.

– Sigurna sam da će biti privremenih autobuskih linija.

Pogledao me je. Niko pri zdravoj pameti ne bi želeo da ide autobusom ako ima bolju alternativu. A Lukina kola, topla, udobna i s prevozom do stana, sigurno su bila bolja alternativa.

– Dobro. Ako si siguran.

– Jesam – rekao je, odlazeći do suvozačkog sedišta da mi otvori vrata. Sela sam na meku kožu, sklonila se s kiše i stavila torbu na pod.

Luka je ušao u kola, zatvorio vrata isključujući londonsku buku i uključio se u saobraćaj, u sporu kolonu vozila koja idu van centra.

Radio je tiho svirao u pozadini i oboje smo samo sedeli, prvi put ne znajući šta da kažemo jedno drugom.

– Makar ovo nije neprijatno – kazao je napokon, i nasmejala sam se, što je opustilo napetost.

– Nije. To bi bilo grozno.

Nakratko me je pogledao, kad se kolona ponovo zaustavila, i uhvatio me za ruku. U njegovoj velikoj preplanuloj šaci, moja mala i bleda izgledala je kao dečja.

– Izvini, Bi.

– Zbog čega?

– Znam da je bilo pomalo neprijatno i nije trebalo da te kritikujem što si došla na posao mamurna.

– To je bila glavobolja, a ne mamurluk.

Nakratko me je pogledao, i osmehnuo se. Čak i u polumraku kola, videla sam da mu tamne oči veselo sjaje. – To je sigurno bio mamurluk.

– Dobro, u redu. Ali nije da to stalno radim. A da sam to uradila u bivšoj kompaniji, niko ne bi ništa rekao.

– Znam da to ne radiš stalno. Samo je izgledalo... malo neuobičajeno za tebe, i to mi je valjda zasmetalo. Znam da ti se sviđa taj tip, ali...

Naslonio je glavu na naslon, usredsređujući se na niz automobila ispred.

– Ali šta? – pitala sam.

– Valjda ne želim da se menjaš. Sviđaš mi se takva kakva si.

– Kakva? Tužna i sama?

Saobraćaj je zastao i Luka se okrenuo ka meni. – Da li se stvarno tako osećaš?

– Naravno da ne! – kazala sam, dajući sve od sebe da se nasmejem. Po izrazu na njegovom licu, ni Luka nije bio uveren. A istini za volju, nisam bila ni ja. Te reči su mi samo izletele iz usta. Neodgovorno i nepromišljeno. *Da li se stvarno tako osećam?* – Prekini da me gledaš tako. To je bila šala.

Gledao me je još malo, pre nego što se okrenuo ka putu, pomerajući se nekoliko metara napred.

– Ne menjam se, Luka. Samo sam se malo zanela. To se neće ponavljati tokom školske godine. Obećavam.

Odmahnuo je glavom ali se osmehnuo.

– I gde je on večeras?

– Na putu. Na momačkoj večeri nekog prijatelja. Ali znaš kako je to. Nikad ne traje samo jedno veče, zar ne?

– Retko. Koliko dugo će biti odsutan?

– Pet dana, mislim.

– Neko lepo mesto?

– Las Vegas.

Luka nije ništa rekao, ali nije ni morao.

– Znam šta misliš.

– Sumnjam.

– Tipovi na momačkoj večeri i sve to „ono što se dogodi u Vega-su ostaje u Vegasu“.

– Dobro. Znaš šta mislim. Što verovatno znači da ti misliš isto.

– Nipošto. – Slegnula sam ramenima. – Nismo u ozbiljnoj vezi. Izašli smo svega nekoliko puta.

Luka je iznenada okrenuo kola ka jednoj sporednoj ulici. – Ko ga šiša. Idemo kod mene. Možemo da jedemo tamo i odvešću te kući kasnije kad se gužva raziđe. Da li je to u redu? Oboje ćemo se smoriti od sedenja u kolima.

– A-ha. Što da ne? Moguće je da će dotad proraditi moja metro linija. Mogu uvek tako da odem kući i poštedim te truda.

– Radije bih te odvezao. – Luka je ponekad umeo da bude smor, ali je imao viteško srce.

– Hvala, Luka. To bi bilo sjajno.

Okrenuo je kola i pošao prema otmenoj modernoj zgradi u kojoj je živeo.

– Dakle, Vegas ti stvarno ne smeta? Znaš kako tamo izgleda. – Do-davao je sastojke u šerpu, mešajući jelo. – Evo, probaj. Pazi, vruće je.

– Mmm. Njam! Kad će biti spremno? – Gledala sam u šerpu sa svoje osmatračnice na jednoj od barskih stolica u kuhinji.

– Za pola sata. Ali imam ovo da ti utoli glad. – Izvadio je mali poslužavnik s predjelima i spustio ga ispred mene, pre nego što je smanjio vatru i poklopio šerpu. Kad je uradio to, prišao je i seo kraj mene, pridružujući mi se u grickanju.

– Stvarno me čudi što još nisi oženjen. – Nasmejala sam se, nabadajući komad salame viljuškom.

– Znam. Baš sam dobra prilika. – Usta su mu bila ozbiljna, ali oči su mu blistale od veselja.

– Šteta što imaš takav ego.

Namrštio se i nabo na viljušku nekoliko listova rukole. – U čemu je fora s tipovima i Vegasom?

– Ne znam. Ti mi reci. Ti si tip. Mene su makroi gurali s puta kako bi mogli da ti daju posetnice prostitutki kad smo bili tamo.

– Da, to je bilo uvrnuto. Mislim, mogla si da mi budeš devojka ili žena, a oni su samo pokušavali da mi gurnu te posetnice u ruke. Ko to radi? – Odmahnuo je glavom i uzeo pečeni paradajz punjen sirom. – Čudno mesto.

– Očigledno su mislili da nisam dovoljno zgodna da bih bila u vezi s tobom.

– O, ha-ha! Nije to. A sve to sa izgledom je ionako glupost. Znaš to.

– Kaže čovek koji izlazi samo sa ženama koje bi mogle da se slikaju za luksuzne časopise.

– To nije istina.

Pogledala sam ga.

– Nije.

– Jeste!

– Umišljaš stvari samo zbog svoje nesigurnosti.

– Nikako. Dobro. Čekaj. – Nagnula sam se i izvadila telefon iz torbe. Držeći ga ispred nas, uputila sam Tiji video-poziv.

– Zdravo, dušo! Jesi li dobro? Zdravo, Luk. – Tija i Džono su sedeli na sofi. Kosa joj je bila podignuta, lice nenašminkano i još je izgledala đavolski zadivljujuće. Luka je mahnuo i pustio me da govorim.

– A-ha. Kratko pitanje. Upravo sam rekla Luki da izlazi samo sa ženama koje izgledaju kao da su ispale iz *Voga*, što on odlučno poriče. Da li je ta izjava tačna?

Džono je nakratko pogledao u ekran, osmehnuo se i nastavio da gleda televiziju.

Tija je složila facu. – Izvini, Luk, dušo. Tako je. Sigurno imaš određeni tip – a taj tip je superskockana dugonoga manekenka.

– Nemam određeni tip.

– Druže. Imaš tip – ubacio se Džono.

Luka se durio nekoliko trenutaka. – Hvala na solidarnosti, druže.

Džono je slegnuo ramenima i osmehnuo se. – Pitao si me.

– U stvari, Bi je pitala – odgovorio je sitničavo Luka i Džono se nasmejao, vraćajući se onome što je gledao.

– Da li to stvarno ne primećuješ? – pitala je Tija.

Luka se namrštio, spajajući tamne obrve. Obe smo čekale da kaže nešto, ali izgleda da je bio zadubljen u misli.

– Hvala vam oboma. Izvinite na smetnji. – Mahnuli su i prekinuli vezu.

– Opa. Ti stvarno nisi znao, zar ne?

Odmahnuo je glavom.

– Niko te ne kritikuje, znaš. Nije važno. Mnogo ljudi ima određeni tip.

Nije odgovorio. Umesto toga, ustao je i otišao do šporeta, da promeša jelo.

– Kako izgleda? – upitala sam, osećajući da mu je potrebna promena teme.

– Dobro. Sviđa ti se taj tip, ha?

Pogledala sam ga. – Pretpostavljam.

– Pretpostavljaš? Bi, spavala si s njim. Osim ako nisi promenila ličnost u poslednjih nekoliko nedelja, pretpostavljam da ti se mnogo sviđa. Ne liči na tebe da jednostavno uskočiš u krevet. – Žestoko sam pocrvenela, a boja se pojačala kad sam se naljutila što sam uopšte pocrvenela.

– Izgleda kao da misliš da sam lažno čedna.

– Ne mislim! Samo kažem da si probirljiva, a ne frigidna!

– O. I da. Sviđa mi se. Ali, ako moraš da znaš, nisam spavala s njim.

Luka se namrštio i prestao da meša jelo. – Mislio sam da si rekla kako si bila u njegovom stanu. Pretpostavio sam da to znači kako su stvari... – napravio je kružni pokret rukom kojom nije mešao večeru – prešle na sledeći nivo. A to je, kao što rekoh, prilično brzo za tebe.

– Samo zato što nisam spavala s momcima na prvom sastanku kao neki... – Mrko sam ga pogledala, ali bilo je besmisleno pokušavati da nateram Luku Donata da se izvinjava zbog toga.

– Ne uvek. Ne želim da misliš kako moraš da uradiš nešto za šta nisi spremna samo da bi se svidela tom tipu.

Uspravila sam se. – Misliš da je jedini razlog zbog koga bih se nekom tipu svidela to što sam laka? Hvala ti na tome. – Osetila sam kako mi obrazi gore od mešavine besa, uvređenosti i stida.

– Ne! Nisam to mislio. – Luka je spustio varjaču u šerpu i prišao do mene, dok sam ustajala sa stolice. Iznenada sam izgubila apetit.

– Pa, zvučalo je tako.

Luka me je uhvatio za mišice, nežno ali dovoljno čvrsto da sam morala da ga pogledam. – Bi. Stvarno. Nisam to mislio. Znaš da mislim da si divna i lepa i zabavna i pametna i još svašta. Samo nisam siguran da ti shvataš to, i ne želim da osećaš pritisak da uradiš nešto što ne želiš.

– Želela sam – kazala sam, prkosno, okrećući glavu da ga pogledam u tamne oči. Na trenutak je nešto prešlo preko Lukinog lica. Ali onda je nestalo. Možda je to bila samo varka svetlosti. Možda mi se učinilo, ali spustio je ruke i gurnuo ih u džepove pantalona, pomerajući se pritom.

– Dobro.

– Ali kako se ispostavilo, imao je probleme na poslu i morao je da ode pre nego što se išta dogodilo.

– Ma da.

Da mu kažem da mi je laknulo zbog toga? Ali da nisam znala zašto?

– I šta si mislila o tome?

– O čemu? – pitala sam, otežući i žaleći zbog činjenice da me Luka Donato dobro poznaje.

Strpljiv, napola veseo napola iznerviran izraz ponovo mu se pojavio na licu. Malo je nagnuo glavu, što mi je reklo da tačno zna šta radim.

Slegnula sam ramenima.

– To je to? – upitao je, ponavljajući moj gest.

– Valjda.

– Zanimljivo. – Krenuo je ka šporetu, ali uhvatila sam ga za ruku.

– Ne. Ne – ispravila sam se – to nije zanimljivo. Uopšte nije zanimljivo, makar ne tako kako tvoj ton nagoveštava.

– Mislim drugačije. – Sad se gotovo osmehivao.

– Nije! To je upravo suprotno od zanimljivog.

– Dakle, nezanimljivo.

– Tako je! Potpuno nezanimljivo.

– Ako ti tako kažeš.

– Jao! Mrzim kad radiš to! – Osmehnuo se još šire. – Znam da ću zažaliti zbog ovog, ali šta je toliko zanimljivo?

– Stvarno te zanima? – Pogledao me je kroz dugačke trepavice dok je probao sos. – Skoro je gotovo.

– Dobro. Umirem od gladi. I da. Stvarno me zanima. – Nisam bila sigurna ranije, ali sad me je zanimalo.

Luka je spustio varjaču i vratio se do mesta gde sam se sad naslanjala na kuhinjski pult.

– Jer mi tvoja reakcija govori nešto.

– O, stvarno?

– A-ha. Govori mi da nisi spremna da se prepustiš tom tipu kao što si mislila.

– Ne prepuštam se nikom! To je trebalo da bude samo seks.

Luka me je pogledao u oči i htela sam da skrenem pogled, ali nešto me je sprečilo, kao oni privlačni zraci u *Zvezdanim stazama*.

– S tobom se nikad ne radi o seksu, Bi. Ti nisi takva. Ako si takva s nekim, onda ti on nešto znači. I treba da bude obostrano, inače ne vredi.

– Možda se menjam. Možda mi je dosta toga da budem dosadna, neprimetna stara Bi, kojoj je suđeno da bude usedelica i kuma tuđoj deci!

Luka se smrknuo. – Dušo, ti nisi takva. Jedina osoba koja tako misli si ti. I iako sam ranije rekao kako ne želim da se menjaš,

možda moram da se ispravim. Zato što imaš tako pogrešno mišlje-
nje o sebi. Ti si jaka, pametna i lepa, i muškarac s kojim si treba da
učini da se osećaš tako. I znam da možda imam predrasude protiv
Brokera, ali ako se ne osećaš tako, onda nešto nije u redu.

– Zbog njega osećam... neke stvari.

– Samo znam da mene nikakav telefonski poziv ne bi naterao da
propustim takvu priliku.

– To je bilo važno. Takve stvari se događaju. Znaš to. – Luka mi
je bio blizu i osećala sam slab mošusni miris njegovog losiona posle
brijanja. Nikad ga nije stavljao mnogo. Dovoljno da nadraži čula.

– Neke stvari su važnije.

– Neko je mogao da izgubi milione funti. – Čuo je podrhtavanje
u mom glasu i oslonila sam se na naslon barske stolice, iznenada
osetivši vrtoglavicu. Puls mi se ubrzao i toplina mi se razlila telom.
Luka me je gledao, izbliza, bez reči. Moj mozak je jurio kao lud. *To
je samo zato što nisi jela i nema nikakve veze s Lukom Donatom.*

Naravno da sam bila u pravu. Mora da sam u pravu. Luka i ja
smo bili blizu mnogo puta. Jednom smo spavali u istom krevetu kad
smo bili na putu. Ništa se nije dogodilo – tako smo uštedeli novac i
družili se. Imala sam s kim da razgovaram kad se ugase svetla. Ali
sad... *Imamo poseban trenutak?*

– Da je to bio tvoj novac, sigurna sam da bi poželeo da ti se javi
na telefon. – Glas mi je bio promukliji nego inače i Luka je malo
nagnuo glavu.

– O, sigurno bih voleo da mi se javi. – Gledao me je još malo, a
onda me nežno poljubio u čelo pre nego što se vratio do blistavog
indukcionog šporeta gde su se krčkale đakonije. – Gotovo. Jesi li
spremna da jedeš?

Zatreptala sam i napipala ivicu stolice iza svojih leđa, i popela
se na nju. Jok. Nije bio trenutak. Samo glad. Luka je bio samo Luka.
Što je dobro. Očigledno.

– Naravno – usiljeno sam rekla, ponovo sposobna da govorim.
– Ne mislim da sam jela dovoljno za ručak. Malo mi se vrti u glavi.

Luka me je pogledao u oči, ali nije ništa rekao.

20.

Narednih nekoliko nedelja prošlo je u magli. Dvonedeljni prob-
ni rad u *Donato rešenjima* produžen je na četiri nedelje, ali juče mi
je Džo iz kadrovskog dala pismo sa zvaničnom ponudom za stalni
radni odnos. Plata je bila znatno viša nego na prethodnom poslu,
a imala sam i povlastice. Nikad ranije nisam imala povlastice! Pri-
vatno zdravstveno osiguranje, doprinos za penziju, i dodatnih pet
dana godišnjeg odmora uz mogućnost da zarađujem više što duže
budem radila, da ne pominjem kuhinju punu hrane, koja mi je već
omogućila da ručam zdravije svakog dana. Takođe mi je pomogla da
uopšte ručam, što mi je povremeno izgledalo vrlo čudno. Kompanij-
sko pravilo bilo je da svako ima jednočasovnu pauzu za ručak i da ne
jede za svojim stolom. Pored kuhinje, postojao je i salon s prirodnom
svetlošću, kao i izbor knjiga koje su se menjale kako su ih ljudi čitali i
vraćali. Učtiva poruka na zidu zahtevala je da svako ko gleda filmo-
ve mora da koristi slušalice, kako ne bi uznemiravao ostale. Nisam
bila sigurna kad su ljudi prihvatili pristup „biću odvratan i puštaću
glasno svoju muziku, hteo neko da je čuje ili ne", ali to mi je stvarno
smetalo, i bilo mi je drago što vidim da se svi pridržavaju tog jed-
nostavnog pravila. Sad je bilo potrebno da ostatak sveta prihvati to.

Luka i ja smo se izgleda vratili u kolotečinu, a čudno ponašanje
koje je započelo u kući njegovih roditelja onog dana je izgleda, sre-
ćom, prestalo. Mada smo oboje imali više posla. Luka je radio na ne-
kom velikom projektu za uglednog japanskog klijenta i, kako je izgle-
dalo, ponovo je izlazio sa ženama sa sajta čiji smo oboje bili članovi.

– I dalje nisi pronašao Pravu? – pitala sam ga šaljivo kad sam ga
zatekla kako gleda svoj profil, dok je u kuhinji čekao da provri voda
za čaj. Bili smo sami i govorila sam tiho. Ostatak osoblja je saznao

da smo prijatelji i bila sam prilično sigurna da je bilo glasina i sumnji da smo nešto više od toga, ali nijedno od nas nije razmišljalo o tome niti se brinulo. Ne bi bio prvi put da ljudi pogrešno shvate naše prijateljstvo. U jednom hotelu u kojem smo proveli vikend u prirodi, recepcionerka nam je rekla kako nam je dala apartman za mladence, jer uvek može da prepozna zaljubljeni par. Htela sam da je ispravim kad je nastavila s pričom, govoreći nam kako smo dobili šampanjac i jagode na račun kuće. Naslonila sam glavu na Lukino rame, a on me je uhvatio oko struka i oboje smo se osmehnuli i zahvalili smo joj se. Dobro, možda je trebalo da je ispravimo, ali nismo hteli da se oseća neprijatno, a šampanjac je bio sjajan.

Luka me je pogledao, a onda ponovo telefon. – Probirljiv sam.

Frknula sam u sebi. Pa, makar sam htela da to uradim u sebi.

– Šta to znači?

– Izvini. Nije trebalo da čuješ to.

– Ali jesam. Objasni.

Gurnula sam ga s puta i skuvala nam čaj. – To ne znači ništa.

– Očigledno znači.

– Dobro – kazala sam, stavljajući šolju pred njega. – Pretpostavljam da kad neko kaže da je probirljiv, ljudi misle...

– Hoćeš da kažeš, ti.

– Ljudi – naglasila sam – misle da je „probirljiv“ onaj koji ima spisak zahteva pre nego što izađe s nekim. To mi trenutno ne liči na tebe.

– Teško je reći kakav je neko samo na osnovu nekoliko rečenica biografije. Kako da saznam kakve su?

– To je istina. I ne kritikujem te. Samo kažem.

– Pa, mogu da kažem da ti nisi dovoljno probirljiva.

– Šta bi to trebalo da znači?

– Bila si samo s nekoliko tipova sa sajta, i onda si se skrasila s Brokerom. Kako znaš da je on pravi za tebe? Činjenica da si osetila olakšanje kad su ga pozvali pre nego što ste imali seks ukazuje na to da nisi sigurna.

Mahnula sam rukama, da ga ućutkam. – Znala sam da nije trebalo da ti ispričam – kazala sam, gurajući šolju prema njemu, pre nego što sam uzela svoju. – I nisam se „skrasila“, kako si rekao. Samo mi se sviđa.

– Možda pronađeš nekog boljeg. – Luka je slegnuo ramenima, a onda me je pogledao preko ivice šolje.

– Šta mi predlažeš? Da gledam na taj sajt kao na poslastičarnicu i probam sve što imaju? – Spustila sam šolju. – Nisam kao ti, Luka. Znaš to. Ne uživam u izlascima ni kad je sve kako treba, a sad smo upleteni u ovo đavolsko nadmetanje, i ne osećam se nimalo prijatno.

– Napustila si bezbedno okruženje na poslu – konačno – i vidi šta se dogodilo. Već izgledaš srećnije i ispunjenije, a ovde si sigurno više cenjena nego u staroj firmi. Bezbedno okruženje je fino, ali izlazak iz njega može ti doneti stvari o kojima nisi sanjala.

– Šta ti toliko smeta kod mene i Adrijana?

– Ništa. Osim činjenice da nije dovoljno dobar za tebe.

– Uvek to misliš. Morala bih da budem prokleta časna sestra da bi ti bio srećan, a onda ti ni Bog za koga sam udata ne bi bio dovoljno dobar.

Luka se široko osmehnuo. – Izuzetno voliš *Moje pesme, moji snovi*. Možda ipak žudiš za manastirskim životom.

– Marija je napustila manastir, ako se sećaš, i udala se. Dakle, propade ti tvrdnja.

– Želiš li da se udaš?

– O! O! Tako mi je žao! Nisam htela da smetam! – Glorija iz računovodstva je stajala na vratima, sva zajapurena, neprijatno se prebacujući s noge na nogu, i loše skrivajući osmeh koji joj se pojavio na licu.

Luka me je pogledao, zbunjen njenom reakcijom, pre nego što mu je sinulo.

– O, Glorija. Ne! Niste ništa prekinuli. Samo smo razgovarali o životu.

– Dakle... nisam prekinula prosidbu? – Razočaranje joj se pojavilo na licu.

– Ovaj... ne.

– O.

Luka me je ponovo pogledao, preklinjući me da mu pomognem. Slegnula sam ramenima.

– Izvinite – dodao je, sležući ramenima.

Glorija se osmehnula, ali očigledno neiskreno. – O, ne budite blesavi. Volim venčanja i kad vidim dvoje zaljubljenih koji se obavezuju. Verovatno je to staromodno danas. – Ušla je i uzela iz kredenca šolju s fotografijom psa.

– Ne, nipošto. – Luka se osmehnuo. – I ja to volim.

Okrenula se i osmehnula mu se, a onda ga potapšala po ruci. – Vreme je da pronađete nekog o kome ćete se brinuti, dušice.

– Mislite, ko će ga trpeti – promumlala sam. Luka me je pogledao, praveći grimasu „baš smešno" iznad Glorijine glave.

Pogledala je oko sebe, i uključila me je u razgovor. – I to je verovatno staromodno danas, ali znate na šta sam mislila.

– Mislim da je idealno da se dvoje uzajamno brinu jedno o drugom.

– Tako je – kazala je i osmehnula se. – A imate li vi nekog? – pitala je nedužno, ali bilo nam je jasno da pokušava da sazna nešto.

– Viđa se s nekim brokerom – odgovorio je Luka.

– O! – Glorija je promešala svoju toplu čokoladu bez masti, bez šećera i verovatno bez ukusa, očigledno se trudeći da ne izgleda razočarano. – To je lepo. – Videla sam je da gleda Luku, ali njegovo je lice ostalo bezizrazno.

– Pa, bolje je da se vratim na posao pre nego što dobijem otkaz. – Osmehnula sam se Gloriji, koja mi je uzvratila osmeh, ovog puta prirodnije.

– Nekako ne mislim da će se to dogoditi.

– O, ne znam. Čula sam da šef ume ponekad da bude pravi tiranin.

– Urnebesno smešno. – Luka je podigao obrvu.

– Znam. To piše u mojoj radnoj biografiji. Sigurna sam da sam zbog toga dobila posao.

– Ostaćeš bez njega za tren. Vrati se na posao i prestani da praviš probleme. – Osmehnuo mi se i otišla sam do svog stola, s čajem u ruci. Kad sam se osvrnula, Glorija je stajala s Lukom kraj jednog od zidova i njihov razgovor je izgledao napeto. Kad sam se vratila za sto, pozvala sam ga na mobilni.

Zavalila sam se u stolicu kako bih mogla da vidim kuhinju.

– Luka Donato.

– Mislila sam da ti je potrebno izvlačenje – šapnula sam u telefon.

– Da. U redu. Važi. To je sjajna ideja. Sačekajte da pogledam dokumentaciju. Dajte mi malo vremena. Nisam u kancelariji, ali pozvaću vas odmah. Hvala na pozivu. Čujemo se uskoro.

Prekinula sam vezu i trenutak kasnije, Luka je prošao kraj mog stola i otišao u svoju kancelariju. Minut kasnije, stigla mi je poruka.

Spasla si mi život. Xxx

Sad sam već izlazila s Adrijanom nekoliko nedelja i situacija od pre desetak dana nije se ponovila. Pomenuo je da je možda i bolje tako, i da su se stvari kretale previše brzo, i stekao je utisak da možda nisam bila spremna. Osetila sam se neprijatno i posramljeno, ali on me je umirio i rekao da ga je to dodatno napalilo i da mu se sviđa čekanje. Ali večeras, stvari su izgledale drugačije. Šta god da je Luka rekao, nisam htela da izlazim s gomilom muškaraca kad sam bila sasvim zadovoljna ovim s kojim sam. Mogla sam da se opustim s njim, i što sam ga češće viđala, to sam bila sve opuštenija. Zato sam večeras obukla seksi donji veš i spakovala četkicu za zube...

– Opa. – Adrijan me je odmerio od glave do pete kad smo se sreli u baru. – Izgledaš divno.

– Hvala – rekla sam, prihvatajući poljubac i uživajući u osećaju njegove ruke oko struka, kad me je privukao k sebi.

Razvratno klicanje začulo se u blizini i odmakla sam se. Adrijan je nastavio da me drži i, drugom rukom, pokazao tim tipovima da odu.

– Da li ih poznaješ? – pitala sam.

– Da. – Nasmejao se, gledajući grupu muškaraca i odmahujući glavom. – Momci s posla. Često dolazimo ovamo da se malo opustimo. Mislio sam da će biti lakše ako se sastanemo ovde. Ne smeta ti, zar ne?

– Ovaj... ne. Naravno da ne. – Adrijan je i dalje bio u poslovnom odelu i očigledno je da je bio ovde od kraja radnog vremena. – Hoćeš li da odemo u restoran? – pitala sam, misleći da će hrana upiti nešto od alkohola koji je sigurno popio.

– Da. Naravno. Ako želiš.

Pogledala sam veliki sat na zidu. – Mislila sam da imamo rezervaciju za sedam.

Pratio je moj pogled. – O. Sranje. Toliko je sati? Da, u redu. Bolje da krenemo. Ha, vreme leti kad se zabavljaš, zar ne?

– Da – kazala sam njegovim leđima kad je sklonio ruku i ostavio me da stojim usred bara, dok je on otišao da se pozdravi s prijateljima. Pretpostavljam da nije bio spreman da me upozna s njima. To je bilo u redu. Shvatam to. Muškarci su drugačiji. Videla sam neke od njih kako gledaju mene pa Adrijana, govoreći nešto što je izazvalo glasan, pijan smeh. Čvršće sam obavila kaput oko sebe i čekala. Grupa ljudi ušla je sa ulice i naletela na mene, gurajući me napred. Saplela sam se i povratila ravnotežu. Izgleda da niko to nije primetio. Pomerila sam se prema vratima, da se sklonim s puta ljudima koji ulaze u petak uveče, i čekala.

Deset minuta kasnije, Adrijan se konačno pojavio iz gužve. – Spremna?

Bila sam spremna već četvrt sata, ali ujela sam se za jezik, uputila mu osmeh koji je bio previše ukočen za moje lice i otvorila vrata, ostajući bez daha zbog hladnog noćnog vazduha. Adrijan je pozvao taksi i počeo da blebeće o nečem što su njegove kolege rekle, što je izgleda bilo veoma smešno. Nisam razumela, ali osmehivala sam se i potajno gledala svoj telefon. Kasnili smo pola sata na večeru koju smo rezervisali. Želudac mi je glasno krčao, što se nije čulo zbog zvuka motora crnog taksija, i nadala sam se da će nas sto u restoranu čekati.

Bez raskalašnih prijatelja, Adrijan je postao pažljiviji i pogledao je u svoj *roleks.*

– Malo kasnimo, mislim.

Prebacio mi je ruku preko ramena i poljubio me u vrat. Kad su mu usne ostale tamo, malo sam se odmakla, osmehujući se kao da se izvinjavam, ali poslednje što mi je potrebno na novom radnom mestu bila je velika šljiva na vratu. Nikad ih nisam volela i mislila sam da su izašle iz mode, ali izraz na Adrijanovom licu pokazao mi je da on misli drugačije.

– Izvini – kazala sam, osećajući kako moram da objasnim. – Novi posao i sve to.

Slegnuo je ramenima. – Kako ti kažeš.

Taksi se zaustavio i on je platio pre izlaska, čekajući da izađem. Prihvatio me je kad sam izašla, posesivno me uhvatio oko struka, i privukao k sebi. Namirisala sam pivo koje je pio pre nego što sam stigla. Nije to bilo veče kakvo sam zamišljala, ali bilo je vremena da se popravi. – Samo moram da pronađem neko manje vidljivo mesto... – Tiho mi je govorio u uvo i iznenada sam pomislila kako bi stvari mogle da se poprave. Nisam bila veliki ljubitelj ljubavnih ugriza, ali stisnuta uz Adrijana u hladnoj noći, uz njegov topao dah pun obećanja, postojali su veliki izgledi da se predomislim.

Restoran je bio pun gostiju kad mi je Adrijan pridržao vrata, a onda ušao za mnom. Pozdravio nas je šef sale.

– Mogu li da vam pomognem?

– Zdravo. Da. Imamo rezervisan sto, prezime je Dever. – Adrijan je teatralno pogledao na svoj skupi sat. – Znam da smo malo zakasnili. – Pružio je ruku da se rukuje s drugim muškarcem i primetila sam da mu je tutnuo veliku novčanicu. – Nadam se da to nije problem.

– Nipošto, gospodine. Smem li da uzmem vaše kapute i onda vas odvedem do stola? – Pogledala sam svoje cipele, i premestila se s noge na nogu, osećajući neprijatnost zbog svega toga i želeći da smo mogli da stignemo na vreme, i tako izbegnemo ovaj cirkus.

Skinula sam kaput i dala ga drugom ljubaznom radniku restorana, koji se čarobno pojavio niotkud, zahvaljujući mu se pritom. Adrijan je dao kaput, ali je jedva pogledao tog čoveka, a onda je pogledao oko sebe, i na kraju mene.

– Opa. Seksi haljina. – Nakrivio je glavu iza mene i osmotrio mi leđa, sasvim izložena, jer sam skupila kosu. Dvoumila sam se više od sat vremena oko haljine i kose pre nego što sam konačno pozvala Tiju i čula: „Da, obuci to" i „Podigni kosu. Tako se bolje vidi haljina, a možeš seksi da je raspustiš malo kasnije." Nisam bila uverena da mogu da izvedem to seksi raspuštanje kose. To je obično izgledalo kao da su me napale pčele. Tija je, međutim, bila nadarena i, kad mi je videla izraz lica, dala mi je kratko uputstvo i demonstraciju. I dalje nisam bila uverena u svoje zavodničke sposobnosti i odlučila sam da raspustim kosu kao normalna osoba, kad dođe vreme za to, i to će morati da bude dovoljno. Bolje to nego da se potpuno izblamiram. Kad sam poslednji put pokušala to, muškarac me je pogledao zabrinuto, a samo sam malo izbacila zadnjicu. To nije ostavilo utisak kakav sam htela, i ta epizoda je pokvarila ostatak večeri.

Ali, zasad, sad kad se Adrijan izgleda usredsredio na nas, haljina je bar imala nešto od željenog efekta. Krenula sam za konobarom koji nas je vodio do stola, dajući sve od sebe da ne mislim na druge goste koji nisu mogli novcem da nadoknade svoje kašnjenje (kao ja!) i koji su oterani od „našeg" stola i dobili su onaj kraj toaleta.

– Jesi li dobro? – pitao je Adrijan kad je konobar neprimetno nestao, ostavljajući nas da biramo.

– Da. Naravno.

– Kao da nisi sasvim svoja.

Pogledala sam ženu za susednim stolom. Veliki dijamant na platinastoj narukvici na levoj ruci i probrano prstenje presijavali su se na svetlosti sveća i svetlucali i bleštali kad se pomerala. Pretpostavljam da je samo njeno prstenje vrednije od mog stana. Stavila sam gole šake u krilo i pokušala da se ne osećam kao da mi ovde nije mesto. Kao da nisam dostojna ovog.

– Dobro sam. – Osmehnula sam se i počela da gledam jelovnik.

– Da li je to zbog kašnjenja, ili zato što sam dao novac onom tipu? – Adrijan se nagnuo preko stola, govoreći tiho i izgledajući namršteno.

Podigla sam pogled s menija. – Molim?

– Izgledaš nekako iznervirano.

Premestila sam se na stolici, svesna da je žena za susednim stolom zaćutala i počela da petlja oko svoje čaše, trudeći se da ne izgleda kao da prisluškuje naš razgovor.

– Dobro sam, stvarno. Samo sam... navikla na manje fensi večere i ne želim da zabrljam. – Eto. Rekla sam to. Mogao je da se nasmeje ili me sažaljeva. Ali nisam htela da lažem. Osećala sam se neprijatno. Bila sam i na otmenijim mestima. Luka je imao novca i voleo je dobru hranu, ali nikad se nisam osećala tako upadljivo, nisam se brinula da ću reći ili uraditi nešto pogrešno i obrukati Adrijana. Jednom su moji roditelji krenuli na večeru i, neuobičajeno, poveli i mene sa sobom. Išli smo u omiljeni restoran mojih roditelja, neki francuski, u otmenom delu Londona. Tišina koju sam čula kad sam ušla večeras podsetila me je na to veče, vratila me je tamo i podstakla sve moje nesigurnosti. Ali stvarno, šta su očekivali, dali su dvanaestogodišnjakinji puževe, bez pitanja ili uputstva? Nisam ja kriva što je jedan ispao iz mojih mašica i pogodio drugog gosta. Iznenadni udarac u glavu izazvao je spadanje tupea u romantičnu večeru pod svećama, koju je delio sa znatno mlađom partnerkom. Gledala sam užasnuta i očarana kako ga je uzeo, brzo ugasio plamen platnenom salvetom i onda ga vratio na sjajnu ćelu, dok su se oblačići dima vili iznad njega. Nikad više nisam išla na večeru s roditeljima.

Naravno, kad sam to ispričala Luki, valjao se od smeha, odveo me je kući i naterao da ispričam tu priču ostatku njegove porodice, koji su reagovali isto, na kraju mi omogućivši da vidim koliko je sve to bilo smešno. Dok sam bila s Donatovima ono što me je mučilo tokom večere, očigledno udesetostručeno događajem s pužem bilo je nestalo. Naveli su me da vidim kako to nije moja greška. Ali taj osećaj se vratio kad sam stigla kući. I sad sam se ponovo osećala isto. Iznenada, kao da sam ponovo imala dvanaest godina i samo što nisam obrukala sebe i druge.

– Bićeš dobro. – Adrijan se osmehnuo i stisnuo mi ruku pre nego što mi se ponovo približio. – Pored toga, dok te gledam u toj haljini, sumnjam da ćemo dugo biti ovde.

Osetila sam kako crvenim i pokušala sam da se sakrijem iza jelovnika. – Slatko je što crveniš. Čini mi se da će ti se to često događati...

– Da naručimo? – pitala sam, malo piskavijim glasom nego obično.

Adrijan me je gledao na tren, a onda se osmehnuo i klimnuo glavom. – Da krenemo od puževa? – predložio je, gledajući jelovnik. – Voliš ih, zar ne? – Osetila sam kako mi se želudac grči.

21.

– Bi?

Okrenula sam se i videla Luku kako seda za drugi sto, s dvojicom otmenih muškaraca. Jedan je imao prijatno, nasmejano lice, a drugi je izgledao kao da je počeo jutro tako što je bosonog stao na puža golaća, a sve je otad išlo samo nizbrdo. Luka se izvinio i prišao nam. Sagnuo se i poljubio me je u obraz, a onda pružio ruku Adrijanu.

– Drago mi je što te ponovo vidim, Ajdane.

– Adrijan.

Osmehujući se, Luka se izvinio i šutnula sam ga ispod stola, znajući dobro kako je znao ime mog pratioca i da je samo hteo da me iznervira.

– Puževi? – pitao je, gledajući sad prazne tanjire. – Nisam mislio da ih jedeš nakon *Pužogejta*. – Osmehnuo se.

– Pužogejt? – pitao je Adrijan, upitno nagnute glave.

Odmahnula sam rukom. – Neka glupost iz mog detinjstva. Ne brini se. Sad volim puževe. Očigledno.

U stvari, mrzela sam svaki zalogaj, moleći se da naredni ima bolji ukus. Nije imao.

Luka me je gledao na tren. – Očigledno.

– Šta radiš ovde? – pitala sam veselo, gledajući ga oštro, uprkos ljubaznom tonu.

– Posao. Ništa uzbudljivo.

– Pokušavaš da zadiviš klijente – primetio je Adrijan i sa odobravanjem klimnuo glavom.

– U stvari, oni pokušavaju da zadive mene – odgovorio je Luka.

Igrala sam se kosom i skrenula pogled.

– Lepa haljina, Bi. Izgledaš zanosno.

– Ovaj... hvala. – Nastavila sam nervozno da se igram kosom.

– Drago mi je što se lepo vladaš prema njoj. – Luka se osmehnuo Adrijanu, ali videla sam odlučnost ispod toga. O, savršeno. Luka me je uvek štitio – uvek – ali sad mi nije bio potreban vitez u skupom odelu.

– Zašto misliš da neću biti?

– Nije mislio tako – kazala sam brzo. – Zar nije bolje da se vratiš svojim gostima, Luka?

– Kao što Bi reče, nisam hteo da te uvredim. – Luka je podigao ruke. – Samo se radi o tome što je ona već upoznala neke prave od početka naše opklade.

Adrijan se namrštio i pogledao me je. – Opklada?

– Da. Siguran sam da ti je Bi rekla. Nikad nije verovala u onlajn pronalaženje partnera. Ne misli da se može pronaći ozbiljna veza.

– Luka! Mislim da te partneri čekaju. – Uhvatila sam ga za ruku i nežno gurnula. Nažalost, zbog njegove krupne građe, i moje sitne, i trenutnog položaja, to nije ni najmanje pomoglo.

– Bilo kako bilo, ja mislim da je moguće, pa se naša prijateljica opkladila s nama. Bi je dosad imala tako malo sreće da sam mislio kako će dokazati da grešim i pobediti, ali... – pogledao nas je – izgleda da je pronašla nekog ko bi je naveo da se predomisli oko onlajn pronalaženja partnera.

– Shvatam – rekao je Adrijan, jetko se osmehujući Luki. – Pretpostavljam da to znači da ćeš ipak izgubiti.

– Možda. – Luka se ponovo pobednički osmehnuo, a žena za susednim stolom je oborila svoju čašu. Zakolutala sam očima i ponovo ga šutnula. – Pa, bolje je da se vratim. Čućemo se sutra, Bi. Drago mi je što smo se ponovo videli, Adrijane. – Nakon toga, okrenuo se i vratio za svoj sto. Za nekoliko trenutaka, čak se i tip kiselog lica osmehivao. Luka je bio bezgranično šarmantan. Ja, međutim, nisam bila trenutno toliko šarmirana.

– Izvini zbog toga.

– Nema problema. Stvarno me ne voli, zar ne?

– Naravno da voli. Pa, voleo bi te ako bi te upoznao, hoću reći. Ali to nije važno, zar ne? Mislim... – Stisnula sam ruke u krilu i pogledala Adrijana u oči – ... meni se sviđaš. To je najvažnije, zar ne?

Adrijan se široko osmehnuo i, ispod stola, uhvatio me je za butinu. – To je sigurno najvažnije.

Mada sam bila ljuta na Luku što nas je prekinuo, a onda namerno rekao pogrešno ime, njegova pojava je, začudo, dodatno usmerila Adrijanovu pažnju na mene. Nesvesno mi je učinio uslugu.

Glavno jelo bilo je ukusno i, uprkos Adrijanovim ranijim nagoveštajima, naručili smo desert. Bila sam potpuno sita ali insistirao je da konobar donese dve kašike i, dobra kakva jesam, pristala sam da mu pomognem da pojede opako ukusan topli čokoladni desert koji je bio tečan iznutra, i izbacio je još slasti na tanjir, koja se pomešala s prelivom od slatke pavlake koja je okruživala kolač.

– Dakle, nisi ljubitelj onlajn dejtinga?

Obrisala sam usta i pokušala da, na poleđini čiste kašike, vidim da li su mi usta umrljana čokoladom.

– Nisam. Mislim, znam da to može da bude dobro za neke ljude, ali čula sam i mnogo groznih priča.

– O, bože, da –saglasio se Adrijan dok je plaćao račun, odbijajući moju ponudu da učestvujem, i pokazao konobaru da nam donese kapute. – Mislim, bio sam sa ženama koje nisu htele da me ostave na miru. Izgleda da su, nakon svega nekoliko izlazaka, pomislile da imamo nešto značajno i iskreno. Ali ja mislim kao ti.

Uprkos tome što sam upravo zakopčala zimski kaput, iznenada me je obuzela jeza.

– Misliš kao ja? – ponovila sam, ne shvatajući ga. Makar se nadajući da ga ne shvatam.

– Da – rekao je, pokazujući da prođem kroz vrata koja nam je vratar otvorio. Zahvalila sam mu se, a Adrijan je krenuo za mnom. – O tome da se na internetu ne može pronaći ozbiljna veza. To više ima veze sa upoznavanjem raznih ljudi i zabavom. Kao što mi radimo. – Osmehnuo se, ali s naznakom nečeg drugog, dok me je grlio jednom rukom, a zaustavljao crni taksi drugom. – Ljudi koji, kao Luka, misle da mogu tako da nađu nešto smisleno pomalo su u zabludi. Bez uvrede.

Odmahnula sam glavom, ali sve mi se vrtelo.

– Mislim, neki ljudi mogu to, naravno. Ali tako je kako si rekla. To nema veze sa ozbiljnošću. To ima veze sa zabavom, zar ne?

– Primakao se i počeo da mi ljubi vrat, prelazeći mi rukom preko butine.

– Nisam baš to mislila – kazala sam, odmičući se. Adrijan se uspravio, gledajući me na tren, u polumraku taksija.

– Ne želiš zabavu?

– Naravno da želim zabavu. Zar je svi ne žele? Ali... i nešto više. Mislim, na kraju. – Na tren sam prešla rukom preko čela i počela da se igram kosom. – Tako je i počela ta glupa opklada s Lukom. On misli da možeš da nađeš obe stvari... zajedno... preko aplikacije.

– A ti ne misliš.

Podigla sam pogled, koji je završio na zanoktici na palcu koju sam čeprkala prstenjakom. – Nisam, ne... – Nisam dovršila rečenicu, nesigurna kako da to uradim i kako će Adrijan to razumeti.

– Sve dok... – pokušao je da mi pomogne, nežno me hvatajući za ruku i sklanjajući je s mesta na kojem sam polako uništavala punđu i prekrivajući je svojom.

I dalje nisam odgovorila. Bilo mi je istovremeno vruće i hladno i želela sam da nikad nisam prihvatila tu glupu opkladu. Bilo je suviše teško i suviše komplikovano i suviše...

– Ako ti pomaže, mislim isto kao ti.

Pogledala sam ga u oči.

– Samo sam tražio zabavu, kao što sam rekao. Priznajem to. I neke žene su želele više, ali nisam bio zainteresovan. Iskreno, one pametne i lepe ne žele to da rade sa mnom. Znam da sam povremeno malo neučtiv. Recimo, to što smo večeras zakasnili zbog mene. Ali... – Uhvatio me je za drugu ruku i sad je držao obe. – Kad sam te upoznao, pomislio sam da možda postoji i nešto više. – Tiho se zakikotao. – Koliko god mrzeo da priznam da je Luka Donato u pravu, makar samo zato što mu nisam drag, bojim se da ću morati. Ima mnogo groznih iskustava, kao što si rekla, u vezi sa onlajn pronalaženjem partnera. Verovatno neka uključuju i mene, ako ćemo iskreno, ali to je zato što nikad nisam to shvatao ozbiljno. Niko me ranije nije naveo da to shvatim ozbiljno. – Zastao je i podigao ruku, spuštajući mi je nežno ispod brade, okrećući moje lice ka svom. – Ali sad bih to voleo. S tobom... ako mi dozvoliš.

Zavrtelo mi se u glavi. Svakakva osećanja su pokuljala kroz mene... uzbuđenje, strah, čuđenje, nepoverenje. Da li on to stvarno misli? Zašto sam baš ja ta odabrana? Jer zvučalo je kao da se odlučio za mene.

– Ne veruješ mi, zar ne? – Zvučao je kao da ga to zabavlja.

– Ne radi se o tome... – Upravo se radilo o tome i oboje smo to znali.

– Da li je to zato što mi ne veruješ, ili zato što misliš da nisi vredna toga?

Zbunila sam se. Niko ranije nije bio tako iskren. Pa, osim Luke, ali on se ne računa.

Adrijan se pomerio, i vrlo nežno me poljubio ispod uveta. – Ne znam zašto misliš tako, ali voleo bih da znam. Ono što znam jeste da apsolutno zaslužuješ to. Treba da veruješ u činjenicu da si pametna, divna žena koja ima mnogo toga da ponudi. – Stavio mi je prste u kosu i pronašao je šnalu, vešto ju je otvorio i moja pažljivo napravljena punđa se rasula. Nežno me je privukao k sebi. Da sam bila bliže, sedela bih mu u krilu, mada se verovatno ne bih bunila, osim što smo i dalje bili u taksiju. Ali možda je bilo vreme da se malo opustim. Da živim slobodnije. Da počnem da verujem onima koji veruju u mene i prestanem da sumnjam u njih i sebe. Napravila sam promenu u karijeri i, uprkos strahu i sumnjama, sve je ispalo prilično dobro. Možda je vreme da probam to u privatnom životu...

– Žao mi je što smo zakasnili zbog mene i što si me čekala. Obećavam da se to neće ponoviti.

– U redu je.

– Ne, nije – rekao je dok mi je stavljao ruku iza leđa i privlačio me do svoje butine. – Stvarno nije. Bilo je to nepristojno i izvinjavam se. Ne bih te krivio da si se okrenula i ostavila me u tom prokletom baru.

– Pa, nisam – kazala sam glasom koji nije zvučao kao moj, dubokim i pomalo nesigurnim, dok mi je Adrijan ljubio vrat.

– Hvala bogu na tome – odgovorio je, promuklo, pomerajući se do mojih usana i dodirujući ih nežno svojim. – I iskreno, da sam znao šta imaš ispod tog kaputa, veruj mi, nema šanse da bih traćio vreme na one tipove! – Pritisnuo je usta na moja, prvo nežno, ali onda sve jače, i čvršće me je grlio kad smo rastavili usne i počeli da se dodirujemo jezicima. Jednom rukom mi je klizio po butini, pronašao je halter za čarape, i grleno je zarežao kad je rukom zašao dublje.

– Stigli smo, druškane. – Taksista se zaustavio i Adrijan se ispravio, neprimetno nameštajući alatku dok je uzimao novčanik iz džepa. Pogledao me je dok sam se ja nameštala i nestašno se osmehnuo, što sam ja uzvratila bez razmišljanja.

– Zadrži kusur – rekao je, kad se rastao od još jedne krupne novčanice.

– Živeo, druškane. Lepo se provedi.

U retrovizoru sam ugledala nasmešene oči i pocrvenela sam. Ali nije bilo vremena da se bavim onim šta taksista misli o meni, jer mi je Adrijan pomagao da izađem iz taksija, na hladan noćni vazduh. Kola su se udaljila i nestala iza ugla, ostavljajući me samu na trotoaru, sa Adrijanom. Tek tad sam shvatila da nisam imala pojma gde sam.

– Gde smo? – pitala sam, gledajući zgrade oko sebe.

– Kod mog stana. – Adrijan mi se ponovo primakao. – Da li je to u redu? – Primakla sam mu se.

– Savršeno u redu – prošaputala sam, promuklim i dubokim glasom. Polako se osmehnuo i uhvatio me je za ruku.

Kasno narednog popodneva, sedela sam u omiljenom kafiću, pijuckala toplu čokoladu s prilozima, gledajući kišu kako se sliva niz velike staklene izloge. Knjiga mi je bila otvorena u krilu, ali pročitala sam samo pola stranice, opčinjena kišnim kapima – da ne pominjem što sam bila neispavana od sinoć. Telefon, na sofi kraj mene, počeo je da zuji. Odbila sam Lukin video-poziv i poslala mu poruku.

Ne mogu video. U kafiću sam.

Telefon mi je odmah zazvonio.

– Zdravo.

– Zdravo. – Prvo sam bila ljuta na Luku što se ponašao detinjasto pred Adrijanom, izgovarajući mu ime pogrešno u restoranu, ali ostatak večeri je poslao sve to u zaborav. Luki se zajedljivost obila o glavu i pominjanje onlajn dejtinga imalo je suprotan efekat, i ispostavilo se da Adrijan i ja imamo ista očekivanja od toga. To je pokrenulo razgovor koji je... doveo do onog sinoć. Pokušala sam da se ne osmehujem suviše, dok sam razmišljala o tome.

– Gde si bila? Zvao sam te sto puta?

– Nakratko sam isključila telefon.

– Čitavo jutro – ispravio me je Luka. – Zabrinuo sam se.

– Ne treba da se brineš. Ja sam odrasla, Luka. Imam pravo da isključim telefon ako želim.

– Ali ti nikad to ne želiš.

– Pa, želela sam sinoć.

– Pričam o jutros.

– Jutros se nadovezalo na sinoć.

– Shvatam. – Zar nije čudo koliko značenja može da se spakuje u jednu reč? Usledila je duga pauza. – Jesi li dobro?

– Da. Samo sedim i čitam.

– Gde si?

– Na starom mestu.

– U redu. – Još jedna duga pauza.

– Šta radiš?

– Ništa posebno.

– Nema sastanaka? – pitala sam, trudeći se da unesem malo zadirkivanja u neočekivano neprijatan razgovor iz razloga koji su mi bili nepoznati.

– Ne. – Nije bilo veselja u njegovim rečima, kao obično kad smo razgovarali o toj temi. Ako je neko nerado pričao o toj temi, to sam bila ja, dok me on ne bi zasmejao, što se uvek događalo brzo, ali izgledalo je da je danas Luka taj koji je neraspoložen. Pomislila sam na prethodno veče. Adrijan i ja smo otišli pre Luke i njegovih mogućih klijenata. Kratko sam mu mahnula kad se okrenuo i video nas da odlazimo, ali Adrijan je onda stao iza mene i nisam bila sigurna da li je Luka reagovao.

– Kako je prošao sinoćni sastanak? – Možda je zbog toga neraspoložen.

– Da, stvarno dobro, u stvari. – Glas mu je iznenada zvučao živahnije. – Dolaze u kancelariju u ponedeljak da potpišu ugovor.

– O, Luka, to je sjajno. Stvarno mi je drago.

– Da. Pokušao sam da ti to javim sinoć, ali... eto. Dobro. – Luka je naglo zaćutao.

– Luka?

– A-ha?

– Šta te muči?

– Ništa.

– Ti nisi takav. Mi nismo takvi.

Luka je dugo uzdahnuo. – Pa, valjda se, kao što si rekla, stvari menjaju. Hteli mi to ili ne. – U pozadini sam čula zujanje interfona. – Džez je došao da gledamo ragbi. Jesi li slobodna kasnije ili izlaziš?

– Slobodna sam.

– Dobro. Možda se vidimo.

– Dobro. – A onda je prekinuo vezu. Razgovor mi je ostavio čudan ukus u ustima i neobičan osećaj u želucu, a to mi se nije svidelo. Uzdahnula sam i pregledala kontakte u svom telefonu. Pronašla sam Adrijanov broj i pozvala sam ga, samo da mu se javim. Zurila sam u telefon na tren, a onda ga ponovo spustila kraj sebe. Zvonio je nekoliko puta, a onda je prestao. Možda ću pokušati kasnije. Kad sam se vratila čitanju, telefon je zazvonio i Adrijanov broj se pojavio na ekranu. Osmehnula sam se i javila.

– Zdravo.

– Zdravo. – Bilo je neke buke u pozadini i nisam ga jasno čula.

– Izvini. Mislila sam da radiš od kuće ovog popodneva. Samo sam htela da ti se javim. – Iznenada sam se osećala pomalo neprijatno. Nisam htela da misli da sam gnjavatorka. Setila sam se žena koje je pomenuo, i koje nisu mogle da ga ostave na miru nakon izlaska. Ali opet, rekao je da sam ja drugačija. To je značilo nešto... zar ne? Sranje. Bukvalno nisam imala pojma šta treba da se radi u ovim situacijama. Izgledalo je da se pravila za izlaske s nekim menjaju na svakih pet minuta, i pošto sam duže vreme bila van svega toga, nisam imala pojma da li je to što sam ga sad pozvala bilo u skladu s pravilima. Moje pređašnje smirenosti je potpuno nestalo, i osećala sam kako se preznojavam. Lepo. Trebalo je da zaboravim na to. Da pustim da on pozove mene. Ako ima nameru. Makar...

– Da – Adrijanov glas, pojačan da bi nadjačao žamor nečeg što je podsećalo na bučan pab, začuo se iz telefona. – To se završilo brže nego što sam planirao i izašao sam s momcima.

– O. Dobro. To je dobro. Drago mi je što si završio.

– Da. – Telefon je bio prigušen i čula sam smeh pre nego što se Adrijan ponovo oglasio. – Jesi li dobro?

– A-ha. Nego šta. Pustiću te da nastaviš.

– Sjajno. Zvaću te.

– Naravno – odgovorila sam, trudeći se da zvučim što nehajnije, kako bih ispravila moguće greške koje sam napravila pozivajući ga. – Zdravo.

22.

– Ne brini zbog toga – kazala je veselo Tija kad sam je pozvala kasnije da joj prenesem novosti i zatražim njen mudar savet.

– Ali šta ako sam zabrljala pozvavši ga prerano? Da li sam pozvala prerano?

– Nema pravila, Bi.

– Naravno da ima pravila. Svi uvek govore o pravilima! Mora da postoje pravila.

– Ljubav ne zna za pravila.

– Mislim da još nismo u toj fazi!

– Ne, ali sigurno ti se stvarno sviđa kad si otišla u krevet s njim. Ti si takva.

– Zašto svi to ponavljaju? Zbog toga zvučim kao lažno čedna.

– Gluposti. Imaš ukusa i stila i malo si stidljiva. Ništa od toga nije loše. U redu je. Prestani da se brineš toliko i ispričaj mi o prošloj noći. – Na ekranu sam videla kako je stavila jastuk iza leđa, sipala sebi čašu belog vina iz boce na stočiću i smestila se.

– Bilo je... lepo.

Tija se namrštila. – Dušo. Ovde imam punu bocu vina i nekoliko sati pre nego što mi se verenik vrati. To je prvi muškarac s kojim si spavala u poslednjih stoooo godina. Biće mi potrebno mnogo više od „lepo".

Odmahnula sam glavom, napola se smejući, napola crveneći, i Tija je pokazala prstom na ekran. – Eto! To je ono što tražim! Sad pričaj!

Nisam videla Adrijana nekoliko dana i pokušala sam da ne mislim o tome. Bio je iskren i ljubazan, i čak se izvinjavao kad je mislio da je pogrešio. Imao je vrlo zahtevan posao, i mada su Tija i Džono razgovarali i dopisivali se sve vreme kad su se smuvali, to nije značilo da svi moraju da rade tako. Zar ne?

– Ponovo izlaziš sa Ajdanom večeras? – Lukin duboki glas naveo me je da poskočim, dok sam gledala u frižider, tražeći hranu. Izvadila sam voćnu energetsku štanglicu, a kad sam zatvorila vrata videla sam njegovo krupno telo iza, odeveno u tamnosivo odelo u kojem je izgledao kao maneken kompanije koja ga je sašila. Ispravila sam se. Danas sam bila u cipelama s visokim potpeticama tako da sam bila desetak centimetara viša nego inače.

– Vrlo je detinjasto da izgovaraš njegovo ime pogrešno svaki put kad ga pominješ, znaš.

Luka je slegnuo ramenima i osmehnuo se. – Znam. Ali to te nervira i uvek je zabavno.

– Kako si postao direktor tako uspešne kompanije kad si u suštini dete?

– Umem da zavaram ljude.

– Izgleda.

– Možda nisam jedini.

Evo ga. Ne nasedaj. Ne upadaj...

– A šta bi to trebalo da znači? – Toliko o tom planu.

Podigao je ruke. – Smiri se. Samo sam mislio da mi je drago što smo konačno uspeli da te dovedemo ovamo nakon što si provela godine pretvarajući se da si srećna na prethodnom poslu, to je sve. Džo mi je upravo rekla da si potpisala ugovor. Možda je čak i zacičala od uzbuđenja. Mislim da si joj draga.

– Voli me jer sam joj obezbedila novi kompjuter.

– Bio joj je potreban. Ne znam zašto nije pitala mene. – Slegnuo je ramenima s tim blaženim neznanjem koje je istovremeno bilo očaravajuće i izuzetno izluđujuće, u zavisnosti od toga kako ste raspoloženi.

– Jer ljudi to ne rade. Posebno tihi, dragi ljudi kao Džo. Ljudi kao ti plaše ljude kao što je ona.

– Ti si tiha i draga, ali te ne plašim.

– Ne, ali ja znam kakav si tupan i davež. Ljudi ovde vide samo tvoju sjajnu spoljašnjost. Ne poznaju te dobro. A ja nisam draga.

– Shvatam. I da, jesi.

– Nisam.

– Kladim se da bi Adrijan rekao da si draga.

Okrenula sam se i počela da petljam, kuvajući čaj koji nisam želela.

– Šta ti je ta kesica čaja zgrešila?

– Hoćeš li čaj?

– Nisam siguran da želim da budem uključen u zlostavljanje druge kesice. – Pogledala sam ga dok sam ubacivala drugu kesicu čaja u šolju, priznajem znatno silovitije nego što je potrebno.

– Šteta. Sad si totalno uključen u to.

– Onda je dobro što imam sjajnog advokata. – Spustio je ogromnu šaku na moju mišicu, smirujući moje žestoko potapanje kesica čaja. – Šta se događa?

– Ništa.

Pogledao me je onako kako me je gledao otkako smo bili deca. Pogled koji govori „sranje". Mada, tada to verovatno nije zvučalo tako. Verovatno je tad to bio više „neko lagi" pogled.

– Dobro. U redu. Rekao mi je da sam slatka.

– Dooooobro. A to je problem zbog...

Sipala sam mleko u šolje, i po radnom pultu. Uzimajući papirne ubruse, obrisala sam haos i osušila Lukinu šolju pre nego što sam mu je dodala. Nije pokušao da kaže nešto. To je bila tehnika koju je verovatno naučio na jednoj od brojnih poslovnih konferencija na kojima je bio tokom godina, pod nazivom „Kako da budete opak direktor" ili nešto slično, jer je, zbog porodice u kojoj je odrastao, retko bilo tišine koju treba prekinuti, a ako bi razgovor na trenutak zamro, odmah bi se nastavili smeh i buka. Ćutnja nije bila nešto sa čime je Luka Donato odrastao, ali očigledno nije imao problem s tim sad. Popustila sam. Otprilike.

– Nije važno.

– Jeste – tiho je rekao. – Važno je. Ako te ovoliko nervira, veoma je važno. Makar meni.

Luka je napravio korak prema meni, i pogledala sam ga. Izgledao je zabrinuto, a obično nasmešena usta sad su mu bila stisnuta u crtu koja nije odavala ništa. Još tehnika. Kad smo odrastali, mogla sam da čitam Luku kao knjigu, baš kao što on mene i dalje može.

– Stvarno nije, Luka. – Ali čak i meni, te reči nisu zvučale onoliko ubedljivo koliko sam želela.

– Kaži mi. – Glas mu je bio tih, dubok i odlučan. Jednu ruku je nehajno naslonio na zid iza moje glave, a zategnuto, mišićavo telo nalazilo se svega nekoliko centimetara od mog. Da su okolnosti bile drugačije, mogla sam lako da zamislim da takva postavka može da navede osobu da prospe svoje najskrivenije tajne kao *mentos* bombonice u koka-kolu. Pogledala sam ga u oči. I počela da se osmehujem.

– Šta je bilo?

– Ta taktika ne pali kod mene, sećaš se? – rekla sam, provlačeći se ispod njegove ruke.

– Kakva taktika? – Okrenuo se, izgledajući iskreno zbunjeno. *Zar stvarno nije znao da to radi?*

Nisam bila sigurna kako da opišem to, i zato sam odmahnula rukom i rekla: – Ta. – To je očigledno objasnilo sve, ali Luka je nastavio da zuri u mene.

– Ništa ne radim.

O, opa. Stvarno nije znao.

– Dobro – kazala sam, prihvatajući sad da to nije radio namerno.

– Možemo li da se vratimo tebi? Šta je Adrijan rekao kad te je toliko uznemirio?

– Jao! – Zabacila sam glavu i na trenutak pogledala u plafon. – Ništa. Ja sam kriva, ne on.

– Kriv je samo on.

– Ne znaš šta je.

– A ipak znam da je on.

– Samo imaš predrasude.

– Verovatno. Ali ipak mi ispričaj.

Uzdahnula sam. – Nećeš me pustiti na miru, zar ne?

– Jok. – Seo je za sto naspram mene, ispunjavajući stolicu i prostor.

– Samo... – Zastala sam i pogledala oko sebe. – Čudno mi je da pričam o tome.

Luka se ponovo namrštio. – Otkad to?

Dobro pitanje.

– Ne znam. Stvari su bile pomalo... čudne.

– Znam.

– Da li je to zbog glupe opklade?

Sačekao je tren pre nego što je odgovorio. – Nije. I ispričaću ti sve. Obećavam. Sad nije pravo vreme. Nadam se da razumeš to.

– Da.

Otprilike.

– I? Adrijan te je nazvao slatkom? To je dobro, zar ne?

Slegnula sam ramenima.

– Moraćeš da objasniš to.

– Samo... nisam htela da čujem da sam samo slatka.

Luka je ponovo uradio to s ćutanjem i, kao leming, pala sam pravo s litice na to. – Ljudi me uvek nazivaju slatkom, ili ozbiljnom ili vrednom ili... pa, jedan tip je kazao da ga podsećam na bibliotekarku. Očigledno je da volim bibliotekarke. One vole knjige i tihe su, a ja volim te stvari.

– U tom slučaju ne vidim problem. I veruj mi, pošto je to Broker, voleo bih da vidim neki problem. Možda je taj tip mislio da si seksi kao bibliotekarka? Znaš... – Podigao je i spustio obrve. – Gleda te prekorno preko naočara. Takve stvari.

– Ne nosim naočare.

– Možda bi trebalo. – Luka se osmehnuo i onda prestao kad je shvatio da se ja ne smešim. – Izvini.

– Nije mislio tako. Kasnije mi je poslao poruku i rekao da sam „slatka" ali previše mirna.

– Onda je idiot.

Popila sam malo čaja, nimalo uverena.

– Ali šta je sa Adrijanom? Jer... – nakašljao se i neko vreme se igrao drškom šolje – ... video sam vas kako odlazite te večeri. Ta haljina je bila sjajna, a on te je gledao kao da si desert.

– Pojeli smo desert.

– Onda je hteo repete.

Trudila sam se da gledam samo šolju. – I ja sam tako mislila. I prvi put... – pogledala sam Luku, šapućući – ... prvi put u životu sam se osetila kao da me je neko primetio. Neko je mislio da sam seksi. Ne samo tiha i slatka i pametna nego seksi uz to. I shvatila sam da verovatno kršim milion feminističkih pravila, ali prijalo mi je. U stvari, osećala sam se prilično osnaženo što me neko tako vidi. Posebno neko ko mi se sviđa.

– Bi, kunem ti se da ljudi misle tako o tebi.

– Ne, ne misle.

– Stvarno misle.

– Ko tako misli?

Luka se kiselo osmehnuo i okrenuo glavu. – Bojim se da ne mogu da otkrivam svoje izvore.

Zakolutala sam očima i popila veliki gutljaj čaja. – Da, tako sam i mislila.

– Dakle, Adrijan nije mislio da si bila seksi u toj haljini? Mora da ode na pregled očiju.

– Ne, mislio je. Samo... posle... – Progutala sam knedlu i Luka se sakrio iza svoje šolje čaja. – Rekao je da sam stvarno slatka, što je lepo. Ali pretpostavljam da sam htela da mi kaže nešto... drugo.

– Šta?

Pogledala sam ga oštro i poluosmeh mu se pojavio na usnama. – Možda nije tako rečit. Verovatno više voli brojeve, pretpostavljam. – Prešao je rukom preko lica. – Ne mogu da verujem da branim brokera.

Znala sam koliko je to Luki teško i osmehnula sam se. – Hvala ti.

Slegnuo je ramenima ali pomalo ukočeno. Pošto nije voleo Adrijana, niti brokere kao takve, stvarno sam cenila to što se potrudio. – Misliš li da je samo to? Ja mislim da nisam toliko...

– Nemoj da završiš tu rečenicu. Moraš prestati da porediš sebe s drugim ljudima, Bi. Ti si ti i sjajna si, duhovita, ljubazna i slatka – značajno me je pogledao kad je to rekao – i nema sumnje da si seksi. Već sam morao da preskočim nekoliko izbačenih jezika kad si jutros ušla u tim cipelama. – Luka ih je ponovo pogledao.

– Ne mogu da se setim kad sam te poslednji put video u visokim potpeticama, osim te večeri sa Ajdanom. – Zanemarila sam provokaciju sa imenom i slegnula ramenima.

– Na starom radnom mestu sam se stalno odevala isto. Mislim da ionako niko nije primećivao šta sam oblačila i prestala sam da marim. – Pogledala sam ga. – To je grozno, zar ne? Da sam toliko mrzela to mesto na koje sam išla svakog dana, da sam prestala da marim kako se odevam.

– Lako je navići se na to. Upasti u kolotečinu. Teško je pronaći nov put, ali ti si uspela.

– Jesam. I pretpostavljam da je ovo sa odećom samo deo toga. Pokušaj da izađem iz kolotečine.

– Drago mi je.

– Kako da izađem iz kolotečine toga što sam slatka?

Luka je odmahnuo glavom i osmehnuo se. – Ne možeš, Bi. Takva si kakva si. Ali samo zato što si slatka to ne znači da nisi i to drugo. Ljudi su složeni. Nismo samo jedno ili drugo, mi smo mešavina. To nas čini zanimljivim.

– Kaže neko kome nikad nije rečeno da je dosadan. – Namignula sam mu.

Luka je ustao i uzdahnuo pre nego što je uzeo prazne šolje i ubacio ih u mašinu za pranje sudova. Krenula sam za njim i pošla prema vratima. Kad smo stigli tamo, uhvatio me je za ruku i povukao nežno natrag. U privatnosti ugla iza vrata, Luka me je nežno uhvatio za lice i prodorno pogledao čokoladnim očima.

– Veruj mi, nazivali su me svakojako, ali ti nisi i nikad nećeš biti dosadna. Ne dozvoli da ti iko kaže drugačije. A ako ti kažu, pošalji ih kod mene, ali znam da si potpuno u stanju da se odbraniš sama. Samo treba malo više da veruješ u sebe jer tad se događaju dobre stvari. – Nakon toga me je cmoknuo u čelo i pomerio se. – U redu?

Osmehnula sam se. – U redu.

– Dobro. Sad se vrati na posao. Ne plaćam te da sediš ovde i tračariš.

– Pravila sam šefu društvo. Mislila sam da bi bilo nevaspitano da samo odem.

– Duhovito. Vidiš? Umeš da budeš stabilna – pogledao me je i osmehnuo se, nestašno mrdajući obrvama – na štiklama.

– Znaš da mogu da se požalim kadrovskom na to što mi bleneš u cipele.

– Nisam blenuo. Divio sam im se u estetskom smislu. Samo mi je drago što si počela da stičeš samopouzdanje ovde. Da radiš ono što želiš. Te cipele – ponovo ih je nakratko pogledao, diveći im se – simbol su toga. Biće problema, ali samo nastavi da veruješ u sebe kao što ja verujem u tebe. Kao što Tija veruje. A onaj ko ne veruje nije vredan tvog vremena.

– Da. – Klimnula sam glavom, ovog puta samouverenije.

– Da.

Počela sam da se udaljavam, zastala sam i okrenula se, i našla se bliže Luki nego što sam očekivala. – Ups. Samo sam htela da ti se zahvalim.

Spustio je bradu, sad kad sam bila bliže, da me pogleda u oči. – Nema na čemu.

23.

– Nešto nije u redu? – pitala sam Adrijana dok smo hodali obalom Temze nakon večere koja je bila prijatna ali ne baš... vrcava.

– Ha? – Spustio je telefon nakon brzog pisanja poruke. – O, ne. Izvini. Posao.

– Večeras ti izgleda nešto drugo odvlači pažnju.

– Ja? Ne. Nipošto. – Zastao je i uhvatio me je za ruku, oslanjajući mi leđa na ogradu. – Samo ti mi privlačiš pažnju.

Osmehnula sam se. U redu, da, to je bilo baš jeftino i, ako dobro razmislim, nisam bila sasvim sigurna da je istinito. Veći deo večeri je izgledalo da ga više zanima telefon nego ja. Ali ljudi imaju dosta obaveza i zahtevne poslove. Znam to, i prihvatam to. Nisam htela da se pretvorim u jednu od onih žena koje je pomenuo, koje zahtevaju sve njegovo vreme. Ali bilo bi lepo da dobijem malo toga kad smo zajedno. Bilo je lepo. Izgledalo je da tumači moju ćutnju kao nešto drugo osim da to moj mozak razgovara sam sa sobom.

– Dobro, to je bilo jeftino.

Nasmejala sam se. – Pomalo.

– Ali žao mi je. I koliko god bilo jeftino, ti mi stvarno privlačiš pažnju. – Glasno pištanje začulo se iz njegovog džepa. Nijedno od nas se nije pomerilo. – Mada mogu da shvatim zašto misliš da sam večeras odsutan duhom.

– Moraš li da ideš? Ponovo moraš nešto hitno da uradiš?

Da li mi se učinilo, ili mu je pomalo laknulo? Dobro, učinilo mi se. Sigurno. Setila sam se šta je Luka rekao. Ja sam žestoka. Ja sam žena. Čuj me kako ričem.[1]

---

[1] Ovo je citat iz pokreta feminizma 60-ih godina prošlog veka. (Prim. prev.)

Ciju, ciju.

– Šta je to bilo?

– Moj telefon.

– Tvoj telefon cijuče?

Obično isključim zvuk na telefonu kad sam na sastanku, ali večeras sam kasnila i, kad sam poslala poruku Adrijanu da ću malo kasniti, toliko sam se trudila da se spremim i stignem što pre, da sam očigledno zaboravila.

– Mislila sam da je to slatko. U ono vreme.

– Jeste slatko. Kao ti.

Sigurno ću promeniti zvuk obaveštenja o porukama čim budem imala priliku.

Usledila je pauza.

– Treba li da se javiš? – pitao je.

– Jok. Ovde sam, s tobom. Da je hitno, pozvali bi me.

– Da li iko više razgovara telefonom?

– Moji prijatelji i ja razgovaramo.

– Stvarno? Ne šaljete poruke?

– Pa, radimo i to. Ali da, imamo glasovne i video-pozive.

– Zanimljivo.

Nisam bila sigurna šta je tačno mislio, zato sam ćutala.

– Da li bi ti smetalo ako odem? Mislim, osećam se kao kreten što odlazim ranije, ali kao što si rekla, pomalo je hitno.

– O! Dobro! – Kad sam to rekla, mislila da nisam očekivala da će on reći da. – Ne. Naravno da ne. Hitno je hitno.

– Upravo tako. Sjajna si. Pozvaću te. – Cmoknuo me je u obraz i počeo da se udaljava. Možda nisam bila tako upoznata s finesama izlazaka, ali i ja sam znala da nešto nije u redu. Makar meni nije izgledalo u redu. Pogledala sam kad sam čula korake koji se brzo približavaju. Spremila sam se da vrisnem iz petnih žila. Bio je to Adrijan.

– O! Da li je hitna situacija rešena... – Nisam dovršila rečenicu jer su njegova usta pronašla moja i zavukao mi je ruke ispod kaputa, privijajući me uza se, a jezikom je brzo istraživao moja usta. Kad se odmakao, zatreptala sam.

– Izvini. Znao sam da sam zaboravio nešto. Pozvaću te kasnije, važi?

– Važi.

Kad je rekao kasnije, nisam shvatila da je mislio *kasnije* kasnije. Negde oko petnaest do dvanaest, telefon mi je zazvonio i pojavilo se Adrijanovo ime. Istuširala sam se, obukla pidžamu i nameravala da legnem u sveže opranu posteljinu. Da li sam želela da se javim? Da li treba da razmišljam o tome ako je on Onaj Pravi? Nisam umela da ignorišem pozive. Čak sam se javljala i nepoznatim pozivaocima, i jednom sam provela deset minuta pokušavajući učtivo da objasnim toj osobi da me ne zanima obnavljanje pretplate za kablovsku – a glavni razlog je što nisam ni imala kablovsku.

Otad sam se malo izvežbala. Uspela sam da ignorišem svoju majku kad me je jednom pozvala za rođendan. Kažem za rođendan, a ne na rođendan, jer me je pozvala dva dana kasnije, što je priznala u poruci koju je poslala, govoreći mi da je bila previše zauzeta. Previše zauzeta da poželi svojoj jedinici srećan rođendan. Pa, dobro je videti da se neke stvari ne menjaju. Ali opet, ignorisanje njenog poziva bilo je lakše jer sam shvatila da ne volim svoju majku. Zbog toga mi se želudac još pomalo grčio, ali mislila sam da je to više od tuge nego zbog žaljenja. Adrijan mi se, s druge strane, sviđao.

– Zdravo! – Zvučao je veselije nego ranije.

– Zdravo. Jesi li rešio tu hitnu situaciju?

– O, da.

– To je dobro.

– Jesi li budna?

– Pa, ako nisam majstor za pričanje u snu, valjda jesam.

Ćutanje.

To je trebalo da zvuči duhovito, ali nisam bila sigurna da nije zvučalo samo sarkastično.

– Da. Jesam. – Počela sam ponovo. – Mada sam upravo legla.

– Hoćeš li društvo? – Glas mu je postao za oktavu dublji. Iznenada sam se zapitala da li je Luka ikad radio takve stvari. Nikad ga nisam čula da menja glas, ali opet, Luka je već govorio kao iz bureta, tako da bi bilo prilično teško da govori još dublje.

Stvarno sam želela da ga vidim, ali...

– Pretpostavljam, po ćutanju, da to znači ne. – Nisam znala da li je ljut ili ne, ali, ako ćemo pravo, on je nestao za vreme sastanka.

– Ne radi se o tome da ne želim. Samo moram da spremim prezentaciju, i to je prva koju radim na novom poslu i želim da budem u punoj formi.

– A misliš da ću ti ja odvući pažnju.

Nasmejala sam se. – Znam da ćeš mi odvući pažnju.

– Dobro. Onda neću dići ruke od tebe. Bolje da te ostavim da se naspavaš kako bi očuvala lepotu. Mada mislim da ne moraš da se brineš zbog toga.

Ponovo je zvučao malo jeftino, ali i slatko.

– Hvala.

– Pored toga, Donato te sigurno neće otpustiti, zar ne? Ne brini se zbog toga.

– Sama sam dobila taj posao. – Naglasila sam ono što sam mu već rekla.

– Da. Znam. Samo se šalim.

Očigledno se nije šalio, ali pokušala sam da se ne nerviram. Ljudi misle da sam dobila posao jer smo Luka i ja bliski, a *Donato rešenja* je tako dobra firma. Mada bi bilo lepo da muškarac s kojim se viđam ima malo više poverenja u mene. Možda sam samo bila umorna i previše razmišljala. Veče nije proteklo po planu, jer je on otišao, tako da to sigurno nije pomoglo. Kazala sam Adrijanu da razumem, i razumela sam. Ali to nije značilo da sam uzbuđena zbog toga.

– Znam. Samo sam umorna.

– Dobro. Nadam se da će prezentacija proći dobro.

– Hvala. Laku noć.

– Laku noć. – A onda je prekinuo vezu.

– O, bože! Dobila si seksi poziv. – Tija se nasmejala dok sam sedela u pabu s njom naredne večeri.

Podigla sam svoje sveže počupane obrve dok sam spuštala piće. – Nisam dobila seksi poziv! – Džono je, pored nje, jedva primetno nagnuo glavu. – O, nemoj da si nešto rekao. – Pokazala sam na njega sveže lakiranim noktima i on se osmehnuo.

– Šta sam propustio? – Lukin duboki glas pridružio se razgovoru, odnekud iza mene, kad se nagnuo i spustio kriglu piva na sto kraj mog pića, skidajući šal koji je imao oko vrata. Bio je na službenom putu poslednja dva dana i do grla u pregovorima; nije mi ni pisao, tako da je ovo prvi put nakon nekoliko dana da razgovaramo.

– Ništa – odgovorila sam brzo, istovremeno kad je Tija sva razdragana iznela svoje pogrešne pretpostavke.

– Nije bilo tako – ponovila sam.

Luka je frknuo. – I te kako jeste.

– Nije!

– Tip te pozove iznebuha kasno noću i pita te da dođe... – Nije dovršio rečenicu, a onda je seo kraj mene.

– Nije bilo iznebuha. Videli smo se ranije te večeri.

Luka se namrštio, ne shvatajući.

– Morao je da ode ranije. Neka frka na poslu.

Tamne obrve su mu zaigrale.

– Šta je? – pitala sam okrenuvši se.

– Samo mi izgleda da ima previše frka na poslu za jednog brokera.

– Ne znaš ništa o njima, niti o njemu, osim da su tebi i tvom prijatelju ukrali novac, što znači da ih mrziš. A to je – dodala sam – sasvim razumljivo. Ali mislim da treba da procenjuješ ljude na osnovu toga kakvi su, a ne kao grupu zbog posla kojim se bave.

– Veruj mi, procenjujem ga po tome kakav je. Nestaje usred sastanka i onda te poziva kasnije, očigledno očekujući seks.

– Nije bilo tako! – uzvratila sam, ali pogled na lica mojih prijatelja rekao mi je da neću pobediti u ovoj bici. I pretpostavljam, kad se tako sagleda, crno-belo, to nije zvučalo sjajno. Ali uvek postoji sivo u pravom životu, šta god ostali mislili.

– Kako to da si ovde u petak uveče, sediš s nama, umesto da očaravaš Gospođicu Pravu? – pitala je Tija.

– Sastajem se s njom ovde.

– O! – Tija me je pogledala. Uzvratila sam joj pogled i nastavila da gledam jelovnik. Sad kad mi je plata bila veća, povećale su se i mogućnosti za ishranu. Više nisam morala da naručim prilog i pretvaram se da nisam gladna. Niko nije ništa rekao, ali znam da mi nisu verovali kad sam im rekla da želim samo lak obrok. Luka mi je često nudio nešto od onog što je jeo, govoreći kako je dobro ručao i oči su mu bile veće od želuca. Znala sam da laže. Luka je mogao da pojede šta god da staviš pred njega ako je želeo. Činjenica da nije bio debeo kao slon često me je iznenađivala; a opet, bio je prilično aktivan, uz vožnje bicikla, trke i planinarenje, tako da pretpostavljam da je sagorevao većinu kalorija koje unese.

Ali večeras sam mogla da odaberem šta želim. Dobila sam prvih nekoliko uplata od agencije za zapošljavanje i potpisala sam ugovor s *Donato rešenjima*. Sad sam se veoma ljutila zbog činjenica da sam ostala onako dugo na starom poslu i dovodila sebe u takve situacije. I protraćila toliko vremena. Ali takvo razmišljanje nije služilo ničemu, a bilo mi je dosta toga. Konačno sam se pokrenula i sad sam morala da ostanem na pravom putu.

– Zdravo, Luka. – Neki tih, dubok glas iza nas prekinuo me je u čitanju jelovnika. Luka se okrenuo. U stvari, svi smo se okrenuli jer smo bili radoznali.

– Anika. Zdravo!

Ta žena se osmehnula blistavo dok je on ustajao, a bio je samo malo viši od nje. Za nekog ko je visok metar i devedeset tri, to je bio uspeh. Pogledala sam neprimetno dole. Potpetice su joj bile visoke petnaest centimetara, a noge su nadoknađivale ostalo. Bile su verovatno, bukvalno, dvostruko duže od mojih i prekrivene mat-crnim tankim helankama koje su joj otkrivale savršenu guzu, a vrhove njenih potpetica trebalo bi proglasiti smrtonosnim oružjem. Temperatura je napolju bila blizu nule, i pomislila sam da su moje čizme do kolena, s niskim potpeticama, pravi izbor. Tiho se obratila Luki na tren, dok joj je on pomagao da svuče kaput, i učinilo mi se da sam čula skandinavski naglasak, što je moglo da objasni blistavu zavesu svetloplave kose koja se njihala kako se kretala. Za razliku od većine žena, bilo je to jedino što se njihalo na njoj. Sve ostalo je bilo čvrsto i drsko na mestu.

– Izvini što kasnim – objašnjavala je Luki. – Snimanje je trebalo da se završi ranije, ali fotograf nije uspevao da napravi fotografije koje je želeo.

Osetila sam kako mi se obrve podižu. Ako neki fotograf nije mogao da napravi pristojne fotografije ovog savršenstva, onda mu je možda potreban novi aparat. Ili nov posao. Bože me skloni ako bi ikad morao da fotografiše obične ljude.

– Jesi li za piće?

– Naravno. Idem s tobom. – I pošli su, njena kosa i guza su se savršeno ljuljale.

Okrenula sam se ka Tiji. – Zar nije trebalo da pronađemo nekog onlajn? Nema šanse da ju je upoznao preko aplikacije! Pogledaj ih samo. Muškarci su zabalavili za njom sve do šanka!

Tija je slegnula ramenima.

– Takva su pravila, zar ne? Čitava ta glupost sa opkladom je da bi se dokazalo kako se ljubav može pronaći onlajn.

Tija se namrštila. – Ako je tako glupo, zašto si pristala na to?

– Jer nisam imala drugog izbora.

– I smučilo ti se da budeš sama?

– Ne. Zadovoljna sam što sam sama.

Tija je počela da njuška vazduh.

– Da. Dobro. Bilo bi lepo da imam nekog, ali moraju da postoje pravila. Zar ne?

– Niko te ne sprečava da pronađeš nekog manekena – dodao je Džono, pretpostavljam želeći da mi pomogne.

– Da, čekaj malo. Imam Dejvida Gandija na brzom biranju. Za-uzet je, ali možda ima prijatelja.

– Bi! – Tija je viknula.

Uzdahnula sam. – Izvini. Izvini, Džono. – Ustala sam i nagnula se preko stola, a oči su mi se glupavo napunile suzama. – Nisam htela da budem kučka. Nisam htela da zvuči tako.

Džono je ustao i prihvatio zagrljaj. – U redu je. Znam da nisi.

Sela sam i Tija se namrštila na mene.

– Sve je u redu? – pitao je Luka, vraćajući se za sto.

– A-ha. – Tija se osmehnula i pružila ruku ženi koja je stajala kraj njega. – Ja sam Tija. Ovo je moj verenik Džono, ovo je Bi.

– Zdravo, drago mi je što sam vas upoznala. – Prekrstila je otmeno svoje vitke noge i sela kraj mene. Pomerila sam se da joj napravim mesto. Mada, da budem iskrena, nije zauzimala toliko mesta. Tija me je, osećajući da ću izvesti svoju predstavu „pomeri se od ribetine", šutnula ispod stola. Osim što nije.

– Jao! – Anika je vrisnula, saginjući se da protrlja cevanicu.

– O, bože, tako mi je žao. Imam problem s kolenom i živac mi samo igra. – Tija je improvizovala brzo, dok se Džono sakrio iza svoje čaše, a ja iza jelovnika. – Obično Bi dobije po nogama! – dodala je značajno.

Nakratko sam podigla pogled, klimnula glavom i vratila se jelovniku, trudeći se da ne prasnem u smeh. Nisam htela da Anika pomisli da se smejem njoj.

– U redu je. Znam divnog fizioterapeuta. Daću Luki broj da ti ga prosledi. Sigurna sam da će moći da ti pomogne oko kolena.

– O, baš si ljubazna. Hvala ti!

– Šta je to? – upitao je Luka, tek tad se uključujući, jer je razgovarao s nekim poznanikom.

Anika je objasnila.

– Bolno koleno? – pitao je, mršteći se. – Nisi imala bolno koleno. – Nagnula sam se malo na stolici, naizgled se protežući i, iza Anikine glave, namrštila sam se na Luku. Tupo me je gledao na tren.

– O! Da, da, to koleno. Izvini. Zaboravio sam na tren.

– Kako ste se vas dvoje upoznali? – pitala je Tija, ne časeći ni časa.

Anika se osmehnula i nasmejala. – Preko aplikacije, verovali ili ne.

Mogla sam da poverujem. Samo ne preko aplikacije koju je trebalo da koristimo. Ali jesmo li rekli da to mora da bude samo ta aplikacija. Da li sam mogla da odem na *Tinder* ili ostale da povećam svoje izglede? Nevoljno sam se stresla. Bilo je dovoljno loše baviti se jednom aplikacijom.

– Aplikacija za pronalaženje partnera?

Luka je video kuda to vodi. – Da. Ona gde Bi i ja imamo profile – kazao je, značajno.

– Opa.

– Šta je? – Anika se okrenula; savršeni zubi ukazali su se iza delimično razmaknutih savršenih usana. Da je imala široku bluzu, kao što je nije imala, tešila bih se mišlju da verovatno krije grbu ili tako nešto, ali očigledno je da nisam bila te sreće.

– Ovaj... ja... Pa... – Svi su gledali u mene. Luka je upitno podigao obrvu i osmehivao se. Pokušala sam da ga ignorišem. – Samo nisam mislila da neko kao ti koristi aplikaciju za pronalaženje partnera.

Besprekorno čelo se malo naboralo. – Neko kao ja?

– Da – dodala sam brzo, zabrinuta da će se ona uvrediti. – Mislim, četrnaest tipova bi te pozvalo na sastanak samo da nije bilo te prepreke – pokazala sam glavom na Luku – samo dok si dolazila u bar. Pretpostavljam da sam se iznenadila da imaš problem da upoznaš ljude. – Osetila sam kako mi se lice žari i stvarno sam se ponadala da je to zbog grejanja u pabu, a ne jer mi lice gori kao crveno svetlo na semaforu, ali znala sam šta je istina.

Anika me je gledala na tren, a onda se osmehnula. – Baš si draga. Pretpostavljam da si u pravu. Upoznajem ljude na poslu, ali nisu uvek prava vrsta ljudi. Tražim... – zaćutala je na tren – nešto više, moglo bi se reći. Ljudi koje upoznajem žele samo zabavu, zabavu, ali ja nisam takva. Porodica mi je važna. Nedostaje mi moja porodica, i idem kući da ih vidim kad god mogu. Mnogi ljudi s kojima se viđam ne shvataju to. – Okrenula se ka Luki i uputila mu je osmeh koji može da reklamira pastu za zube. – Luka shvata.

Osmehnula sam se. – Da. Vidim to. Porodica mu je veoma važna.

– Tako sam čula.

– Bi zna sve njegove porodične tajne.

Pomislila sam na subotu kad sam videla kako se svađa s mamom na italijanskom. *Ne sve...*

24.

Luka i Anika su popili pića i otišli.

– Izgleda prijatno – kazala sam.

– A-ha – odgovorila je Tija, očigledno odsutno.

– Šta je bilo?

– Šta? O, ništa. Samo... – Odmahnula je rukom. – Nije važno. Jesi li odlučila šta želiš da jedeš?

Zainteresovana izrazom na Tijinom licu dok je gledala Luku i njegovu pratilju, nameravala sam da je dodatno ispitam, ali glasno krčanje mog želuca nas je prekinulo. Kad sam ih pitala šta žele da jedu, otišla sam do šanka.

Lokal je bio uobičajeno pun, što znači da je bila gužva. Probila sam se kuda sam mogla – ponekad je zgodno biti sitna – i našla sam se pred blistavim, granitnim šankom. Kad sam spustila nogu na srebrnu šipku koja je bila išla naokolo, nekoliko centimetara od poda, podigla sam da bih izgledala viša. Barmen me je izgleda primetio i počeo je da polako prilazi. Uvek su prilazili polako, bio bar prazan ili pun. Mada, da budem iskrena, retko je bio prazan. Nisam bila sigurna da li im je tako naređeno – hodajte polako da biste bili kul – ili je to zbog toga što su osoblje činili opušteni Australijanci i to im je bilo urođeno. Osmehnula sam mu se i otvorila usta da naručim.

– Mogu li da dobijem *seks na plaži*? – glasan, londonski naglasak me je prekinuo. A onda se začuo prodoran smeh kad se ta žena okrenula ka pet prijatelja malo dalje, pokazujući im podignute palčeve. Da budem iskrena, taj tip je bio zgodan, i to sigurno nije bio prvi put da mu je to neko rekao. Dobronamerno se osmehnuo i pokazao na mene.

– Nažalost, ova dama je bila prva, dušo. – Usmerio je pažnju na mene, široko se osmehujući. – Šta mogu da vam donesem? – Krajičkom oka videla sam da se ona žena sneveselila.

Naručila sam hranu od nasmejanog Australijanca i platila karticom. Žena koju je preskočio i dalje je čekala da bude uslužena i sad je nervozno lupkala svojom karticom po šanku, izgledajući razdraženo. Nakon što mi je dao račun, barmen ju je pogledao, pa onda mene, i osmehnuo se.

– Sad ste u nevolji – rekla sam dovoljno tiho da me ona ne čuje, ali dovoljno glasno da on čuje.

– Ha! Bez brige. Dovoljno dugo radim da znam kako da izbegnem nevolju.

– Verovatno mudra taktika – kazala sam, stavljajući račun u zadnji džep farmerki.

– Nisam vas ranije viđao ovde.

Pogledala sam ga, iznenađena činjenicom da je i dalje stajao ispred mene i njegovim komentarom. Dolazili smo ovamo godinama i sigurno sam ga videla ranije. Imao je jedan od tih sjajnih australijskih osmeha – opušten, lak i seksi – mada je ovo poslednje samo moje mišljenje.

– O! Ja sam, ovaj... mnogo puta bila ovde.

– Stvarno? Možda nikad nisam imao zadovoljstvo da vas uslužim.

Znala sam da jeste, u stvari, uslužio me je mnogo puta.

– Mora da je to. – Osmehnula sam se.

– Pa, bolje je da krenem. Možda ću vas kasnije ponovo uslužiti. – Osmehnuo mi se, ovog puta i namignuo, i okrenuo se prema ženi koja je i dalje čekala i sad je gotovo kiptela od besa što mora to da radi.

Obodrena raznim stvarima, ne samo što sam uslužena iz prvog pokušaja, okrenula sam se i probila kroz gomilu do Tije i Džone, zaboravljajući da sam oslonila nogu na šipku i pala sam na facu. Odnosno, pala bih da nisam naletela na vrlo široka i, na osnovu osećaja dok sam se odmicala, vrlo mišićava prsa. Dve iste takve ruke pomogle su mi da povratim ravnotežu.

– Jeste li dobro?

– Da, da. Apsolutno! – rekla sam, osećajući kako crvenim od stida. – Tako mi je žao. Nisam pijana. Samo sam se saplela.

Jer tako zvuči mnogo bolje.

Pogledala sam njegovo nasmešeno lice, lepo kao mišići. – Nema problema. Drago mi je što sam bio tu.

– Meni nije! – nasmejala sam se i osmeh mu je zadrhtao. – Mislim! Jeste, očigledno – kazala sam, nadjačavajući buku. – Samo sam mislila da bi bilo manje neprijatno da niste bili tu.

– Pasti licem na pod je bolje nego pasti meni u naručje? – Muškarac je prekrstio ruke i želudac mi je veselo zaigrao. Taj osmeh mu se sad punom silinom vratio na lice.

– Ne! Naravno da nije. Samo sam mislila, ovaj...

Nagnuo se bliže. – Znam šta ste mislili. Samo vas zadirkujem.

– Stvarno? – odgovorila sam, osmehujući se. O, bože, da li ja to očijukam? Nikad nisam očijukala. Bila sam poznata kao loša u tome.

Ali večeras je sve bilo drugačije. Da nije pun mesec ili nešto tako? Ljudi su se ponašali čudno. Primećena sam! Dobro, pošteno. Ovaj tip je morao da me primeti jer sam mu bukvalno pala u naručje. O, bože. Nadam se da nije mislio kako sam to uradila namerno.

– Samo... – odgovorio je, ostavljajući rečenicu nedovršenu dok je čekao da kažem svoje ime. Nameravala sam da ga kažem kad nas je prekinula jedna visoka vitka žena sjajne kose i krupnih tamnih očiju. Koje su me sad gledale kao laseri.

– Ko je to?

– O. Niko. – U muškarčevom glasu se začula panika i postao je piskaviji.

Jao.

Uprkos visini, izgledalo je kao da se skvrčio u prisustvu očigledno jake ličnosti. I da budem iskrena, sad kad sam videla dijamant na njenom prstenjaku, očigledno je morala da bude jaka ličnost ako je njen verenik imao naviku da razgovara s nepoznatim ženama u baru.

Okrenula je te lasere ka njemu. – Bolje ti je da je niko. Upozorila sam te šta će se dogoditi ako to bude neko.

Opa. Ali, bravo devojko.

– Izvinite. – Krenula sam, kroz gotovo nepostojeći procep i vrlo gustu atmosferu, do mesta gde su Tija i Džono sedeli mazeći se.

– Ne želim da vidim to, hvala! – kazala sam, sedajući na svoje mesto.

Smejući se, okrenuli su ka meni. – To je bilo brzo.

Napravila sam grimasu. – Znam. Provukla sam se nekako i onaj slatki australijski barmen me je odmah poslužio.

– O, bravo!

– A onda je neki tip počeo da ćaska sa mnom kad sam krenula. – Izostavila sam deo kad sam se saplela. Ponekad nisu potrebni svi detalji.

– O, stvaaaarno? – Tija se nagnula napred za još informacija.

Popila sam malo pića i odmahnula glavom.

– Veren.

– Ha?

Pokazala sam glavom na muškarca i njegovu verenicu koji su upravo odlazili. Njeno lice je i dalje bilo namršteno, a njegovo skrušeno. Morala sam da pomislim kako je mogla da nađe boljeg.

– Vrlo veren.

Tija je pokušala neprimetno da ih posmatra. – O!

– Da.

– Bravo. Stavljaš se u izlog. Izgleda da u poslednje vreme imaš malo više samopouzdanja.

– Stvarno?

– Sigurno. – Okrenula se ka Džonu. – Zar ne? – Džono je klimnuo glavom. Setila sam se onog što mi je Luka rekao o štiklama na poslu. Da li sam se osećala ignorisano jer sam dozvolila da me ljudi ignorišu? Tokom odrastanja, bilo mi je prilično teško da privučem pažnju svojih roditelja, da ih nateram da me primete i shvate da sam im ćerka, a ne samo neprijatnost. Deca se ne pitaju mnogo, a ja sam imala samo dve mogućnosti. Da ih prihvatim takve kakvi su i povučem se u svoj svet, ili da krenem drugim putem i potpuno zastranim. Druga mogućnost mi je izgledala kao mnogo teža, a nije mi se sviđala, iskreno.

A imala sam Luku i njegovu porodicu. Upadanje u nevolju bi mi više izgledalo kao izneveravanje njihove pažnje i ljubaznosti nego čin pobune protiv roditelja. A uvek je postojala mogućnost da moji roditelji ne bi to ni primetili, ili da bi, s druge strane, videli to kao povod da potpuno operu ruke od mene i kažu svojim prijateljima kako su sve pokušali, ali da jednostavno ne znaju gde su pogrešili. Ako mi date svesku, olovku i pola sata, mogu da sastavim spisak. Ali to je bilo tad. Napravila sam sad prvi korak s mamom. Njen novi život i nova porodica očigledno su joj bili važniji – baš kao što joj je bio tata, čak i kad je umro. Čak i kad sam napustila fakultet da bih bila s njom. Da se nađemo jedna drugoj. Imala je tu priliku, i uprskala je. I prvi put, napokon, nisam htela da se sekiram zbog toga. Ponekad se život ne odvija onako kako želiš, i moraš to da prihvatiš i ne gubiš više vreme koje ti je dato na ovom svetu.

Porodični život se preslikao na radne navike i dozvolila sam da se to ponovo dogodi. Ne talasaj. Ne diži galamu. Ne skreći pažnju na sebe. Ali ponekad moraš da radiš sve te stvari – makar samo da bi dobio piće u baru.

– Zašto se smeješ? – pitala je Tija.

– Ni zbog čega – odgovorila sam.

– Lažljivice. – Tija se osmehnula.

Nekoliko minuta kasnije stigla nam je hrana i počeli smo da jedemo, ćaskajući o svemu, uživajući u hrani i društvu i atmosferi u petak uveče, u sjajnom pabu u jednom od najboljih gradova na svetu.

Dok sam se vozom vraćala kući, razmišljala sam gledajući kroz svoj odraz u mračni London, s treperavim svetlima koja obasjavaju nebo. Negde na tom vedrom, hladnom nebu, vrebaju zvezde, skrivene svetlosnim zagađenjem, ali zamišljala sam ih zahvaljujući pričama koje mi je pričao Lukin deda, o italijanskom selu iz kog potiče njegova porodica. Tamnoplavo nebo koje se proteže iznad Napuljskog zaliva, milioni treperavih zvezda, visoko na nebu, koliko god oko može da vidi, iznad beskrajnog morskog prostranstva. Milioni prilika za želje, govorio je.

Luka je bio skrhan kad mu je deda umro i, mada ne mogu da zamislim bol koji su on i njegova porodica doživeli, kad me je pozvao ostavila sam sve i otišla da budem s njim. Već sam plakala kad je otvorio vrata i jecali smo grleći se, naizgled satima. Kad je Luka konačno zaspao te noći, s glavom u mom krilu, spustila sam glavu na sofu i zapitala se zašto sam osetila veći bol zbog smrti Lukinog dede nego sopstvenog oca. Uvek sam osećala krivicu zbog toga, ali sad sam shvatila da nisam morala. Ponekad dobiješ koliko si dao. Očigledno ne uvek. Pokušavala sam da stalno dajem svojim roditeljima, ali dobijala sam malo zauzvrat, i možda je, kad se radi o njegovoj ćerki, moj otac požnjeo ono što je posejao. I bilo je vreme da zaboravim na to.

Osmehnula sam se, videvši odraz svog osmeha na kišom pokvašenom prozoru vagona. Bilo je vreme da se odreknem onog što mi više ne koristi, da živim punim plućima i uzmem ono što želim. Ipak nisam bila nevidljiva. Samo sam morala da ubedim ljude u to.

Izvadila sam telefon i pogledala svoju prepisku s Adrijanom.

Zdravo. Kako si proveo veče? X

Prošlo je neko vreme pre nego što sam dobila odgovor.

Zdravo. Dobro. Prilično mirno. Izvini, malo sam zadremao. Jesi li se dobro provela s prijateljima?

A-ha. Na kraju sam izašla s Tijom i Džonoom. Svi ostali su morali da se brinu o deci.

Dodala sam smajlija.

Upravo se vraćam vozom kući.

O? Večeras nije bio Donato?

Zakolutala sam očima. Luka je voleo da pogrešno izgovara Adrijanovo ime, i primetila sam da Adrijan pominje Luku samo po prezimenu. Možda je to bila neka fora iz privatne škole, ili možda zato što je znao da ga Luka ne miriše. Ali nadala sam se da će se stvari promeniti, s vremenom.

Ne. Bio je s nekom devojkom.

Poslala sam smajlija koji namiguje.

Iznenađenje, iznenađenje...

Nisam ništa rekla i čekala sam da napiše još nešto.

Jesi li slobodna za sastanak naredne nedelje?

Možda...

Vidimo se u sedam u baru Roden u petak? Imam neki kurs tokom cele nedelje, nažalost.

To mi neće ostaviti dovoljno vremena da se vratim kući i izađem, ali mogu da se zadržim malo duže na poslu, a onda se presvučem i odem tamo. Kako je to izgleda bio Adrijanov omiljeni bar, verovatno će i on doći pravo s posla, mada je njegov stan znatno bliži centru od mog. Možda je vreme da predložim neko mesto koje više odgovara oboma.

Naravno x

Jedva čekam x

Obaveštenje da je razgovor u toku je nestalo i izgleda da je otišao. Adrijan stvarno nije bio za ćaskanje, ili za razgovor telefonom, običan ili onlajn. Bilo mi je potrebno vreme da se naviknem na to, jer sam imala prijatelje koji to rade, ali svi smo različiti, zar ne? Sve dok je usredsređen kad je sa mnom, sve je bilo u redu. Utišala sam glasić u glavi koji me je podsećao na trenutke kad nije bio usredsređen, kad je morao da ide zbog hitnih obaveza. Kao što je Luka istakao, izgledalo je da ima previše tih hitnih slučajeva, ali morala sam da priznam, nikad nisam izlazila s nekim brokerom – a koliko znam nije ni Luka – tako da je to možda bilo normalno. Uvek je izgledalo da mu je žao kad se planovi promene i bila sam sigurna da bi radije bio sa mnom nego radio u deset uveče – znala sam da ja bih, iako sam volela svoj novi posao.

Adrijan je imao dovoljno stresa na poslu. Pre nekoliko meseci objavljena je priča o nekom brokeru koji je skočio s dvadesetog sprata nakon što je pomislio da je sklopio pogrešan posao. Ispostavilo se, tragično, da nije napravio grešku i ugovor je potpisan, donevši milijarde investitoru. Ali taj jadnik je očigledno bio pod ogromnim pritiskom kad je došao do te tačke. Nisam htela da osuđujem Adrijana. Bio je odgovoran za mnogo tuđeg novca i to nije nešto što bih volela da radim, bez obzira na visinu plate, i ako je poneko odlaženje sa sastanka bilo način da sačuva zdrav razum i sreću, onda mi to nije smetalo.

Izgleda da će vreme u nedelju biti prilično hladno i vetrovito za šetnju. Šta mislite o pikniku u našoj staklenoj bašti? Deca mogu da trče po dvorištu dok se mi grejemo unutra?

Na *votsap* grupu stigla je Belina poruka. Nekoliko ostalih je odgovorilo, pristajući na promenu, kao i ja. Očigledno sam gledala istu vremensku prognozu kao Bela i Džesi, i nisam htela da provedem popodne smrzavajući se, tako da sam dala svoj glas tom predlogu.

Mogu li da povedem Aniku?

Pitao je Luka.

Naravno!

Odgovorio je Džesi.

Što nas je više, to bolje.

Tija mi je poslala privatnu poruku.

Dovodi Aniku, ha? Izgleda da to postaje prilično ozbiljno.

Za Luku je bilo ozbiljno kad izađe s nekim više od dva puta. Ako imamo u vidu da se viđa s tom ženom nekoliko nedelja, i da je sad uključuje u grupne aktivnosti, što ranije nije radio, to je bilo, kao što je Tija primetila, veoma značajno.

Valjda.

Nisam znala šta drugo da kažem. Luka nije mnogo razgovarao sa mnom o njoj, a ja nisam pitala. Nisam znala zašto.

Da li dovodiš Adrijana?

Nisam ga pitala.

Zašto?

Poslala sam emotikon sleganja ramena. Zašto nisam?

Uradiću to sad.

Prekinula sam ćaskanje s Tijom i poslala poruku Adrijanu, i pitala sam ga.

Zvuči sjajno. Malo je hladno za piknik?

Biće unutra. Prijatelji imaju veliku staklenu baštu i veliko dvorište, da deca mogu da jurcaju.

O. Mislio sam da ćemo ići samo ti i ja.

Možda ga zato nisam pitala. Luka nije bio baš previše prijatan i ljubazan kad je poslednji put video Adrijana i možda je deo mene pokušavao to da izbegne, ali ako će biti zauzet Anikom, možda neće biti tako loše. Ostali su se bolje ponašali prema mojim momcima.

Biće zabavno. Stvarno su fini, kunem se. Znam da je Luka bio neprijatan prošli put, ali ima novu devojku i imaće čime da se bavi.

Poslala sam smajlija nakon toga, nadajući se da će to biti dovoljno da ubedi Adrijana. Mogla sam da mlatnem Luku što je bio tako neprijatan i naveo Adrijana, i mene, da se osećamo neprijatno u pabu.

Ne brine me Donato. U koliko sati?

Pola dvanaest. To je na pola sata vožnje od mog stana.

Imam ragbi utakmicu ujutro, ali mogu da dođem malo kasnije?

Nema problema.

Poslala sam mu širok osmeh.

Radujem se što ću te videti xx.

I ja tebe. Čujemo se kasnije x

Prekinuo je razgovor i vratila sam se Tiji.

Dolazi, ali pravo tamo. Ima neku ragbi utakmicu ujutro.

Sjajno! Treba li ti prevoz do tamo?

To bi bilo super, hvala.

25.

Poslala sam Adrijanu adresu i rekao je da će doći do dva sata. Sad je bilo gotovo tri i nije mi se ni javio, pa sam počela da se brinem. Uzela sam telefon i otišla u dvorište da pronađem mirno mesto, a onda sam ga pozvala. Javio se nakon trećeg zvona.

– Zdravo, Bi. Baš sam hteo da te zovem.

– Da li je sve u redu?

– Da. Samo mislim da neću stići danas.

Pogledala sam Aniku i Luku koji su se igrali s decom. Ona se uklopila od prvog trenutka, kao da je deo grupe od početka, i uprkos tome što je izgledala kao boginja i očigledno navikla na pažnju, izgledala je iskreno i trezveno. Mislim da ponekad nije razumela naš humor, ali osmehivala se dobronamerno kad bi se to dogodilo, i Luka bi joj povremeno objašnjavao, ali češće nije to radio i samo bi ćutao i dodirivao joj ruku ili je stezao, a ona je izgledala zadovoljno. Uvek je bilo teško uključiti se u postojeću grupu, ali Džono i Lusi su se tako dobro uklopili da se nismo ni sećali kako nisu išli s nama u školu. Kako su se stvari razvijale, uskoro će i sa Anikom biti isto. Gledala sam kako je Luka grli. Izgledali su kao reklama za neki luksuzan proizvod dok im je sunce obasjavalo lica i prekrivalo ih zlatnim sjajem. Luka je okrenuo glavu, uhvativši me kako zurim. Pogledi su nam se sreli na tren pre nego što sam okrenula glavu, ponovo razmišljajući o onome što je Adrijan govorio.

– Dobio sam mali udarac na utakmici. Nisam siguran da li bih bio dobro društvo.

– Ne moraš da govoriš mnogo ako ne želiš. Samo bi bilo lepo da te vidim, ako ikako možeš.

– Da, ali izvini. Nisam siguran da mogu. Verovatno je najbolje da se ne vidimo danas. Hteo sam ranije da te zovnem. Samo sam čekao da vidim kako ću se osećati, ali i dalje me boli.

– O, dobro. U redu. Da. Tako je najbolje. Žao mi je što si povreden. Nadam se da ćeš se brzo oporaviti.

– Biću dobro. Samo moram da se odmorim.

– Da.

– Pozvaću te sutra i možemo da dogovorimo nešto za ovu nedelju.

– Naravno. Radujem se tome. – Osmehnula sam se, trudeći se da sakrijem razočaranje zbog Adrijanovog otkazivanja u poslednjem trenutku. Očigledno nije bio kriv što se povredio, ali učinilo mi se da je zvučao kao da mu je laknulo. Bilo je jasno da od početka nije bio oduševljen... za razliku od Anike. Luka je nju pozvao u pab gde smo nakratko svratili na piće posle posla, i oduševila se zbog toga i, prema pogledima koje su razmenjivali, možda je shvatila da je to nov korak u njihovoj vezi.

– Dobro. Lepo se provedi.

– Zdravo – rekla sam, ali nisam bila sigurna da me je čuo. Stajala sam na tren, trudeći se da ne razmišljam mnogo o tome. Nezgode se događaju. Bio je to samo loš trenutak, i najvažnije je da Adrijan bude dobro.

– Ne dolazi, zar ne? – Bila sam zadubljena u misli, a Luka me je preplašio, i stavila sam ruku na grudi.

– Ne.

– Baš sam iznenađen.

– Šta bi to trebalo da znači?

– To znači da sumnjam kako je uopšte imao nameru da dođe.

– To nije pošteno. Ne znaš ništa o tome. Ne poznaješ ga i nisi ni pokušao da ga upoznaš. Ako nije hteo, onda bih rekla da ga tvoja hladna dobrodošlica u pabu sigurno nije podstakla da provede nekoliko sati u tvom društvu!

– Ako je pravi muškarac, neće ga zanimati šta ja mislim o njemu. Važno je šta on misli o tebi.

Nakostrešila sam se zbog toga što je natuknuo.

– Povredio se na ragbiju, ako te baš zanima.

– Da – rekao je, tonom punim neverice. – To je baš zgodno.

– Sigurno nije planirao to?

– Nije, ali nije bio baš ni oduševljen idejom da dođe danas, zar ne?

– A kako ti to znaš?

Luka je slegnuo ramenima. – Rekla si Tiji. A Tija je rekla meni.

Zaboravila sam da je gotovo nemoguće da imaš tajne u grupi ako to posebno ne naglasiš.

– Nameravao je da dođe, uprkos tvom nevaspitanju.

– Nije došao, zar ne? – Luka je teatralno pogledao oko sebe, kao lik iz crtanog filma.

Odmahnula sam glavom. – A zašto te to zanima? Zar ne bi trebalo da budeš sa Anikom umesto da je ostaviš da bi mene mučio?

– Nisam ja taj koji te muči.

– Ha! Zamalo da se prevarim.

Luka je ignorisao provokaciju. – U svakom slučaju, dobro joj je. Svima je prirasla za srce.

– Da. Primetila sam. – Počela sam da se prenemažem. – Izgleda prijatno.

Pogledao je ka mestu gde se glasan smeh čuo iz staklene bašte. – Da, prijatna je. Izgleda da je svi vole.

– Ti je sigurno voliš. Ovo ti je novi rekord, zar ne?

Ponovo je slegnuo ramenima. – Kao što sam rekao, sad želim nešto više, a ona je dobra osoba i imamo zajedničke ciljeve.

– A i seksi je...

Nagnuo je glavu. – I to.

Osmehnula sam se, osećajući primirje.

– Žao mi je što Adrijan nije došao danas.

– Nezgode se događaju.

Luka nije ništa rekao.

Pogledala sam bledo nebo. – I dalje nećeš da priznaš, zar ne? A kako bi bilo da se izviniš zato što si možda uticao na to da on ne dođe, ako je to uopšte deo problema?

– Nije mi žao. To je njegov problem, ne moj.

– Osim što je moj, zar ne, Luka? Ponašaš se prema njemu kao kreten, i to mi se obilo o glavu.

– Onda je trebalo da ima više petlje. Ako se meni neko stvarno sviđa, boli me dupe šta ostali misle. Trudio bih se samo oko nje.

– Bože, mora da je lepo biti tako savršen!

– Nikad nisam tvrdio da sam savršen. Samo nisam idiot kao on i, iskreno, ne mogu da verujem da gubiš vreme s njim.

– Znaš šta, Luka? Bilo bi lepo kad bi, za promenu, mogao da me podržiš u izboru momaka. Uvek si samo kritikovao moje izbore. Ti si želeo ovu opkladu, i sad kad sam pronašla nekog ko mi se stvarno sviđa, ti se ponašaš kao nadmeni kreten.

– Ko mi kaže. Ti misliš da sam ja kreten, a ti si ta koja je ispaljena.

Suze su mi potekle zbog njegovog hladnog, neljubaznog odgovora. – Bi, to nije bilo...

– Zaboravi, Luka.

Pokušao je da me uhvati za ruku i pomerila sam se. – Nemoj! – Počela sam da se udaljavam, ali nakon nekoliko brzih koraka, okrenula sam se. – Nisi uvek u pravu, znaš? Samo zato što tebi sve to lako ide ne znači da je svima tako, i jednom bi bilo lepo da misliš na to umesto samo da kritikuješ sve što uradim.

– Nisam to mislio!

– Baš me briga, Luka! Tako je zvučalo, i tako svi ostali razumeju to. Bio si neoprostivo nevaspitan prema Adrijanu u pabu, i učinio si da izgledam glupo zbog načina na koji si nas ignorisao kad smo odlazili. Ako si ti razlog zbog koga nije želeo da dođe danas, ne krivim ga. Možda on nije toliko drčan kao ti, da ne očekuje da ga svi vole i da mu ne smeta kad ga ne vole. Neki od nas imaju strahove i osećanja. – Okrenula sam se od njega.

– A ti misliš da ja nemam? – viknuo je za mnom.

– Ne, Luka. Sad nisam sigurna ni da znaš šta je to. – Okrenula sam se prema kući i nastavila da hodam, osmehnuvši se Aniki, koja je išla ka meni, očigledno tražeći svog momka.

– Da li je sve u redu? – pitala je, usporavajući.

– A-ha. – Osmehnula sam se, nadajući se da će moje suzne oči pripisati hladnoći. – Luka je tamo, ako ga tražiš. Da li se dobro zabavljaš?

– Da. Hvala ti. Svi su tako ljubazni, pa se osećam kao deo društva.

– Ovakve stvari nekad mogu da budu naporne, zar ne?

– Naravno. – Pogledala je oko sebe. – Da li tvoj momak dolazi?

– Oh. Ne. Ipak nije mogao.

Pogledala me je saosećajno, za razliku od svog momka. – Baš mi je žao.

– Ma u redu je. – Trudila sam se da zvučim nehajno. – Događa se, zar ne?

– Da. Nisam bila sigurna da li ću moći da dođem, ali uspela sam da premestim neke obaveze i drago mi je što jesam. Mada izgleda da sam izgubila Luku! – Nasmejala se, ali prepoznala sam malo nesigurnosti u tom zvuku. Uprkos lepoti i držanju, Anika je bila nalik svima nama. Bila joj je potrebna izvesna hrabrost da dođe danas, ali potrudila se. Pitala sam se da li je Luka cenio to, ili uopšte nije ni primetio.

– Tamo je kod barice. – Pokazala sam joj pravi smer.

– Da li je s vama dvoma... sve u redu? Ja... nije trebalo ništa da kažem.

– U redu je. – Osmehnula sam se ohrabrujuće, nadala sam se.

– Vas dvoje delujete da ste baš bliski, zar ne?

O, bože, nadala sam da to neće biti problem. Luki se ova žena izgleda stvarno sviđala i nisam htela da ponovo budem jabuka razdora. Mada, kako se ponašao u poslednje vreme, nisam imala želju da budem blizu njega.

– A-ha. Uglavnom.

Bledo se osmehnula, ne shvatajući. Odmahnula sam rukom, pokazujući da to nije važno.

– To je dobro. Izgleda da si Lukina dobra prijateljica. – Dobro, to je bilo nešto novo... i osvežavajuće. – Samo, izgledala si uznemireno kad sam te videla i učinilo mi se da sam čula vikanje?

– O, ne. U redu je. Luka i ja... ponekad nerviramo jedno drugo.

– A sad je stvarno prekardašio.

– O, shvatam. Nadam se da nisi uznemirena.

– Ne, ne. Nipošto. Samo mi je hladno. A oči mi uvek suze kad je hladno. Tebi? – pitala sam, gledajući u njeno savršeno lice s dosta nade. Bila je slika i prilika „probudila sam se ovakva" haštaga, osim što je, za razliku od mnogih koje se pretvaraju, Anika stvarno izgledala tako.

– Ponekad da. – Osmehnula mi se, ali izgledalo je da podjednako dobro laže kao ja, i bilo je jasno da nikad nije imala takav problem, ali bilo je ljubazno što se pretvarala zbog mene. Stvarno mi se sviđala i, koliko god bila ljuta na Luku, bilo mi je drago što ju je našao. Samo sam se nadala da će biti dovoljno pametan da je zadrži.

– Dobro smo, ne brini. Nisam ga gurnula u baru. Zasad.

Nasmejala se, titravim nežnim smehom, nimalo nalik mom kreštavom.

– Još imaš vremena, zar ne?

– O, sigurno. Zato sam pomislila da uđem u kuću i vodim inteligentan razgovor.

Osmehnula se.

– Vidimo se uskoro. – Klimnula je glavom i krenula sam pored nje. – Hvala ti, Anika.

– Nema na čemu.

Možda bi provođenje vremena sa ovom nežnom ženom moglo malo da smekša Luku. Umeo je da bude šarmantan kad je potrebno, ali umeo je da bude i tvrdoglav kao mazga.

Vratila sam se u kuću, i spopala su me deca, a onda sam se izvinila zbog Adrijanovog odsustva, dižući najmlađe Lusino i Džekovo dete u krilo, koje je pokušavalo da mi se popne uz nogu.

– O, baš šteta – rekla je Bela, a svi su ponovili to. – Nadali smo se da ćemo ga upoznati kako treba.

– Znam... Ljosnuo je na zemlju kad je igrao ragbi ili tako nešto.

– O, stvarno? – kazao je Džesi, prateći jedno od svoje dece koje je puzilo po podu, i vraćajući ga, kao da stalno navija neku igračku. – Izgleda mi prilično mršavo za ragbistu. Na kojoj pozicija igra? Na krilu?

Kad smo bili u školi, svi smo morali da odaberemo izborni predmet. Džesijev je bio, očekivano, sport, i nije se mnogo promenilo od tog doba. Moj su bili likovi iz knjiga za decu.

– Nemam pojma. – Slegnula sam ramenima i Džesi je izgledao razočarano, dok sam sedala kraj Tije.

– Da li je trebalo da znam to? – pitala sam tiho.

– Na kojoj poziciji igra?

– Da. Da li je to nešto što treba da znam?

– Da li voliš ragbi?

– Ne posebno.

– Da li te uopšte zanima?

– Ne.

– Onda ne. On igra, i to je dovoljno. Džono se bavi svim tim uvrnutim *Lagumi i zmajevi* stvarima, a ja ne znam ništa o tome.

– To nije uvrnuto. I ne bavi se *Lagumima*. To je potpuno druga igra.

Tija je podigla ruke kao da je Džonov komentar dokazao da je ona u pravu, što nekako i jeste.

– Misliš li da bi Luka znao na kojoj poziciji igra Anika? – pitala sam Tiju.

– Prilično sam sigurna da ona ne igra ragbi, dušo. Slomili bi je kao grančicu, srećica mala. – Tija je bila visoka i vitka, ali bila je čvrsta kao čelik.

– Ne. Znam. Ali da igra?

– Kakve to veze ima? Znam da je ovo počelo kao nadmetanje, ali ne radi se o tome ko bolje poznaje svog partnera.

– Znam.

– Ne morate imati zajedničke hobije da biste se zanimali jedno za drugo. Znam da Džono voli te igrice i da ga to usrećuje, i to mi je dovoljno. Znaš da Adrijan igra ragbi, ali ne znaš sve pojedinosti. Otkud ova priča o tome?

Slegnula sam ramenima.

– Da li te je Luka ponovo zezao?

– Izgleda da je očekivao da Adrijan ne dođe i bio je nepodnošljivo samozadovoljan zbog toga.

– Nadam se da si ga gurnula u bazenče.

– Veruj mi. – Prišla sam joj bliže kad su se Luka i Anika vratili u staklenu baštu, držeći se za ruke. – Bila sam ovoliko blizu.

Tija se osmehnula.

– Uvek postoji sledeći put.

Utešila sam se tom mišlju i okrenula se ka Lusi, koja je upravo donosila ogromnu čokoladnu tortu i pitala ko želi komad. Anika se jedina uzdržala, probajući samo mrvicu s Lukine viljuške u jednom trenutku, ali odbijajući da pojede više.

26.

Moram da razgovaram s tobom. Imaš li vremena za ručak? Xx

Lukina poruka mi se pojavila na ekranu telefona. Postojala je interna aplikacija za dopisivanje na poslu, ali Luka je i dalje koristio *Votsap* kad je morao nešto da me pita. Navika, pretpostavila sam. Uzela sam telefon s glatke hrastove površine i odgovorila.

Izvini. Idem u kupovinu s Helen. Ima neko venčanje narednog vikenda i želi savete. Xx

Pogledala sam ka njegovoj kancelariji. Hodao je po njoj. Čekala sam. Nakon što je pročitao moj odgovor, okrenuo se i pogledao u mene. Izraz zbunjenosti brzo je zamenio neutralan izraz i ponovo je pogledao u telefon.

Dobro. U redu. Drago mi je što si stekla prijatelje ovde. Xx

I???

I šta?

Ponovo sam ga pogledala. Da budem iskrena, nisam imala pojma zašto je Helen mislila da sam ja najbolja za savete o odevanju, ali daću sve od sebe. Na drugoj strani prostorije, Luka se okrenuo ka meni i slegnuo ramenima. Odmahnula sam glavom i pokušala da se ne osmehnem. Dva stola dalje, jedan muškarac je podigao pogled s monitora i pogledao me je u oči. Zaledila sam se na tren. U trenutku se i on zaledio, a onda se osmehnuo, i malo mahnuo. O, bože, očigledno misli da blenem u njega jer mu je sto u istom smeru kao Lukini stakleni zidovi. Iza tih zidova sam sad videla Luku kako se smeje. Uzela sam telefon.

Prestani da se smeješ. Ti si kriv za ovo.

Stvarno stičeš prijatelje.

O, ućuti. Šta si hteo od mene? Možeš li da mi kažeš sad?

Muškarac prekoputa mene sad je izgleda vodio neki važan telefonski razgovor i žestoko je pisao nešto u beležnicu kraj sebe. Pogledala sam Luku. Osmeh mu je nestao s lica.

Ne stvarno.

DA LI SAM OTPUŠTENA?

Neeeeee!

Dodao je i niz emotikona koji kolutaju očima, a onda ponovo počeo da piše.

Jesi li slobodna za večeru?

Ne. Izvini. Viđam se sa Adrijanom.

Na drugoj strani prostorije, Luka je otvorio vrata i prošao kroz kancelariju. Primetila sam da ga nekoliko mojih koleginica posmatra, a onda se okreću jedna drugoj kad je prošao, požudno ga gledajući. Pretpostavljam da je, objektivno, danas izgledao prilično dobro. Luka nikad nije imao loše dane kao ostali smrtnici. Danas je bio odeven u tamnoplavo odelo, sako je ostavio na čiviluku u svojoj

kancelariji, bledoplavu košulju s raskopčanom kragnom, rukava za-
vrnutih iznad laktova, tako da otkrivaju uvek preplanule, mišićave
podlaktice. To mu je lepo stajalo. A izgleda da se sviđalo i dvema
zaposlenim, koje su sad teatralno pokušavale da se rashlade iza nje-
govih leđa. Pretvarala sam se da ne vidim to i okrenula sam se ka
svom monitoru.

– Zdravo.

– Zdravo.

– Imaš li malo vremena? – upitao je, nehajno.

– Zdravo, Bi! Jesi li spremna? – Helen nam se osmehnula kad je
prišla do mog stola.

– Ćao. A-ha. Potpuno spremna. – Ugasila sam računar i odgur-
nula stolicu. – Upravo izlazim. Želiš li da dođem kod tebe kad se
vratim? – pitala sam Luku, saginjući se da uzmem torbu.

– Ne. Imam sastanak popodne, ali moram da razgovaram s to-
bom danas.

– Dobro. Obavesti me kad budeš slobodan.

Klimnuo je glavom, kratko se osmehnuo Helen, a onda se okre-
nuo u mestu i odlučno pošao prema svojoj kancelariji.

– Stvarno ima prelepo dupe – rekla je Helen, gledajući ga sve
vreme. Iznenada je naglo okrenula glavu da me pogleda. – O, bože.
Molim te, nemoj da mu kažeš da sam to rekla.

Široko sam se osmehnula. – Naravno da neću.

– Znam da ste vas dvoje... prijatelji.

Zakolutala sam očima i povukla je za ruku. – Idemo. I da, mi
smo prijatelji – rekla sam, izostavljajući tu dramatičnu pauzu koju je
ona dodala. – Ali veruj mi, ako bih prenosila svaki kompliment koji
mu je upućen, bila bi mu potrebna mnogo veća vrata kancelarije.

Helen se osmehnula.

– Jeste li stvarno samo prijatelji?

– A-ha.

– Kako? On je divan.

Helen je bila vršnjakinja Lukine mame, i srećno udata za divnog
tipa po imenu Bil, ali to ne znači da nije umela da ceni lepe stvari. A
Luka Donato je nesumnjivo bio lep.

– Eto, tako. Malo je drugačije kad poznaješ nekog toliko dugo. Nema nikakve misterije kad znaš sve tajne onog drugog.

– Ooo, ali to bi bilo tako romantično. Bukvalno simpatija iz detinjstva.

– Helen?

– Ha? – Izgledala je sanjivo.

– Vrata lifta su otvorena. Dolaziš? – Stajala sam u predvorju. Bila je toliko zauzeta sanjarenjem da nije primetila da smo stigle u prizemlje, a kamoli da više nisam kraj nje.

– O! Da. Tako je. – Izvela je onu „brzo hodam zamalo trčim" stvar koju uradiš kad ti neki vozač pokaže rukom da pređeš ulicu ispred njega.

– Odakle da krenemo?

– Nisam sigurna. Šta kažeš na *Džon Luis*?

– U redu. – Skrenule smo prema stanici metroa. – Ili da odemo na neko manje poznato mesto. Moja prijateljica Tija može da predstavlja Veliku Britaniju na olimpijskim igrama kad je reč o šopingu i da bude ubedljivo prva. Odvela me je na nekoliko mesta gde ima sjajnih stvari, ako želiš da idemo tamo.

– Za moje godine? – pitala je Helen, oklevajući.

Stegla sam je za ruku. – Za svake godine.

– Pretpostavljam da će kupovina u butiku smanjiti izglede da na venčanju naletim na nekog ko je istovetno odeven. – Kratko smo se namrštile zbog te mogućnosti.

– To je istina.

– Uradimo to! – izjavila je Helen.

Pola sata kasnije, kupile smo predivnu novu odeću za Helen i prodavačica ju je ubedila da proba jedne divne (i sigurno seksi) cipele, koje nije nameravala da kupi.

– Imam cipele – kazala je prodavačici.

– Dušo, i ja imam cipele, ali devojci uvek treba još cipela. – Tačno i lepo rečeno.

– Pa, mislim da ću verovatno... o! Oooo. Te su prilično lepe – gugutala je dok joj je prodavačica dodavala sandale s kaišićima s police.

– Možeš da ih probaš i vidiš kako ti se sviđaju – predložila sam. Prodavačica je klimnula glavom. Naravno, kad ih je probala, Helen je bila ubeđena. Izgledale su predivno.

– Nisam sigurna šta će Bil misliti. – Zakikotala se Helen dok je prodavačica pakovala kupljenu robu. Obe smo pogledale u njena stopala, koja su sad bila u starim cipelama. Uvek je izgledala lepo, ali očigledno je imala sklonost da nosi „praktičnu" obuću. Ove koje su upravo pakovane u blistavu zlatnu kutiju sigurno nisu spadale u tu kategoriju.

– Veruj mi. Mislim da će se svideti Bilu. – Pogledala sam kutiju, pa Helen. – Mislim, stvaaaarno svideti. – Helen se zakikotala, munula me laktom, pocrvenela, a onda se ponovo zakikotala.

Lukina kancelarija je bila prazna kad smo se, u poslednjem trenutku, vratile u prostorije *Donato rešenja*, ali u sali za sastanke, takođe staklenih zidova, nalazilo se sedmoro-osmoro ljudi s tabletima, laptopovima i spuštenim platnom za projekciju. Luka je stajao pored, živo pričajući i povremeno pokazujući razne slajdove pokazivačem. Sviđalo mi se što je i dalje bio staromodan u takvim stvarima.

Luka je podigao pogled kad je završio prezentaciju i uputio mi veoma kratak osmeh pre nego što se okrenuo ka ostalima. Jedna žena je sedela desno od njega, kose začešljane u punđu, profesionalno našminkana, s crvenim karminom i prateći Lukin pogled, osmotrila me je na tren. Imala sam osećaj da sam primerak neke retke ali izumrle vrste u muzeju, ali nešto me je nateralo da ne odstupim. Obično bi me takva osoba prestrašila. Dobro, budimo iskreni. I dalje je bilo tako. Ali stisnula sam zube da ne bih skrenula pogled kao i obično, i uspela sam da se prijateljski osmehnem. Njen hladan pogled prešao je preko mene pre nego što se vratio na Luku. Nakon što me je još jednom kratko pogledala, usmerila je pažnju na sastanak.

Fiksni telefon u kancelariji je zazvonio i otišla sam da popravim računar koji je korisniku upravo pokazao „plavi ekran smrti" pre nego što se potpuno isključio. Kad sam se vratila za sto pola sata nakon kraja radnog vremena, Lukin sastanak je i dalje trajao.

Pogledala sam ga dok sam uzimala torbu i videla sam da me gleda. Mahnula sam mu kratko. Više nisam mogla da čekam. Morala sam da se sredim i odem da se vidim sa Adrijanom. Štrajk radnika metroa, za koji su se nadali da će biti izbegnut, zakazan je u poslednjem trenutku, od četiri ovog popodneva, i grad je zapao u haos te sam morala da smislim kojim autobusom da dođem do bara, što će trajati duže, posebno u ovo doba dana. Nisam znala kad će se Lukin sastanak završiti, a očigledno je potrajao duže nego što je on očekivao. Šta god da je hteo da mi kaže, to će morati da sačeka. Namrštio se. Slegnula sam ramenima i okrenula se.

– Zdravo! – rekla sam pomalo zadihano kad sam se probila kroz gužvu do mesta gde je Adrijan stajao s pajtosima. Odvojio se od njih i prišao mi.

– Počeo sam da mislim da si me ispalila. – Široko se osmehnuo, saginjući se da me poljubi.

– Samo sam... – Zakasnila sam oko dva minuta, ali trenutno su mi pažnju skrenule njegove tople usne i šake koje su me uhvatile oko struka.

– Nedostajala si mi – šapnuo je tiho.

Stavila sam mu ruke na vrat i primakla ga. Ooo! Izgleda da sam mu nedostajala.

– Rekao sam ti – kazao je, shvatajući o čemu razmišljam. – Idemo odavde.

– Zvuči dobro. Gladna sam.

– Sačekaj da se pozdravim s momcima.

– Dobro. Da li.. ovaj... želiš da pođem s tobom?

– Brzo se vraćam. – Odjurio je.

– Dobro... pretpostavljam da to znači ne – rekla sam sebi kad je otišao do svojih pajtosa. Jedan je nakrivio vrat, pogledao me je, a onda se brzo obratio Adrijanu, ozbiljnog lica. Drugi je gurnuo Adrijana prema meni. Na trenutak sam pogledala tog ozbiljnog tipa u oči. Oborio je pogled i okrenuo glavu.

– Ko je to? – upitala sam kad se Adrijan vratio.

– Ko? – pitao je, probijajući se kroz popodnevnu gužvu.

– Momak s kojim si razgovarao. Tamnokos. Ozbiljan.

– O. To je Dejmon. – Zastao je i okrenuo se. – Merkaš mi ortake? – Nasmejao se.

– Ne! Samo... nije izgledao srećno što ideš sa mnom.

Izašli smo iz gužve na ulicu, kao graške iz zrele mahune, i Adrijan me je privukao k sebi. – Možeš li da prestaneš da pričaš o mom pajtosu? To mi ubija raspoloženje.

– O, nisam mislila... samo sam se pitala.

– Šta? – pitao je napola odsutno dok je zaustavljao taksi.

– Zašto me ne voli. – Adrijan se okrenuo da me pogleda dok se taksi zaustavljao. Slegnula sam ramenima. – Stvarno sam prijatna. Hoću reći, bar mislim tako.

Adrijan me je zagrlio. – Prijatna si. Mislim da bi bila prijatnija kad bi više mislila o meni nego o njemu.

– Kuda idemo?

– Večeras se otvara novi restoran. Samo s pozivnicom, ali uspeo sam da nabavim jednu. Jesi li zainteresovana?

– Zvuči sjajno.

– A onda... možda da odemo u tvoj stan?

Pomislila sam na to kako mi izgleda pod, koji je trebalo da očistim, ali tek sutra. A i nalazio se na poslednjoj stanici železnice, što je danas značilo paklenu vožnju autobusom, a Adrijan je živeo blizu centra.

– Ili tvoj – predložila sam sa osmehom.

– Neki prijatelj je trenutno kod mene tako da... – Nije dovršio rečenicu. Slegnula sam ramenima, i dalje pomalo zbunjena. Adrijanov stan nije bio lepo uređena garsonjera i imao je gostinsku sobu koju je stvarno koristio za goste, a ne za odlagalište kao što sam znala da bih je ja koristila... da imam gostinsku sobu. U realnosti je moja spavaća soba bila veličine Adrijanovog kupatila, tako da su druge spavaće sobe bile nešto što sam samo mogla da sanjam.

Stigli smo do restorana, i kad smo hteli da uđemo telefon mi je zavibrirao u torbi. Izvadila sam ga. Luka. Odbila sam poziv i brzo mu napisala da ulazim u restoran i da ću ga pozvati kasnije.

Poplavela je, što je značilo da ju je pročitao. Zatim je telefon ponovo zazvonio.

– Izvini. – Okrenula sam se ka Adrijanu. – Moram da se javim. Želiš li da uđeš, a ja ću doći kasnije? – Klimnuo je glavom i ušao. Kad je otišao, prihvatila sam poziv.

– Zdravo – kazao je, gotovo nehajno.

– Luka. Sa Adrijanom sam. Upravo ulazimo u restoran.

– Znam. Ali rekao sam ti da moramo da razgovaramo.

– Luka, to će morati da sačeka. Ne znam šta radiš, ali ponašaš se uvrnuto.

– Adrijan te vara.

Na trenutak je sve utihnulo, a onda je počelo da mi zvoni u ušima, i više nisam čula saobraćajnu buku.

– Šta? – Ta reč je prasnula kao mitraljeska vatra.

– Žao mi je. Nisam hteo to ovako da ti saopštim. Zato sam hteo da te vidim danas. Da ti kažem lično.

– Zašto bi to rekao? – pitala sam, ovog puta tiše.

– Jer je istina! Žao mi je, Bi. Znam da ti se on sviđa, ali vara te. Video sam ga sinoć.

– Pa, nisi mogao. Razgovarala sam sinoć s njim i bio je kod kuće čitavo veče.

– Da li ti je to rekao?

– Razgovarala sam s njim.

– U koliko sati?

– Bože, Luka. Ne znam! Hoćeš li da ti podnesem detaljan izveštaj o sinoćnjim događajima?

– Bi, znam da si uznemirena, ali mislim da si ljuta na pogrešnu osobu. Samo pokušavam da pomognem.

– Stvarno?

– Šta bi to trebalo da znači? – brecnuo se.

– Adrijan ti se ne sviđa od početka.

– A ti misliš da bih izmislio nešto ovakvo i rizikovao da te povredim, samo zbog toga!

– Ne znam!

– Da, znaš, Bi. Poznaješ me previše dobro da bi to rekla! Samo pokušavam da te zaštitim.

– Ne treba mi tvoja zaštita, Luka. Potrebna mi je tvoja podrška. Potrebno mi je da ti bude drago zbog mene!

– Bilo bi mi da te on zaslužuje, ali on te laže, a ti ne zaslužuješ to.

– Luka. Ne znam šta te je spopalo i nisam sigurna da je ova prokleta opklada koristila našem prijateljstvu. Ali sad ne mogu da se bavim tim. Napolju sam, na sastanku, i žao mi je što ti je ponos povređen što se ne oslanjam toliko na tebe kao u prethodnih trideset godina, ali stvari se menjaju i ne mogu da verujem da pričaš tako samo što ti se ne sviđa tip s kojim izlazim.

– On te iskorišćava! – prasnuo je Luka. – Zar ne vidiš to?

– Ne! Ne vidim. Ali ti očigledno vidiš. Mislim, zašto bi se neki uspešan zgodan muškarac zanimao za malu beznačajnu devojku kao što sam ja? Znam da ti je teško da shvatiš to, jer izlaziš sa ženama koje ili jesu manekenke ili izgledaju tako. Možda nisam Anika, ali to ne znači da nemam šta da ponudim. Samo zato što ti to ne vidiš ne znači da drugi ne vide.

– Sve si pogrešno shvatila. Nisam to mislio. Naravno da znam da imaš mnogo toga da ponudiš. Samo mislim – ne, znam – da to nudiš pogrešnom tipu!

Pogledala sam unutra. Adrijan je sedeo za stolom pored izloga i gledao je kartu pića. Kao da je predosetio da ga gledam, podigao je glavu i pogledao me je u oči pre nego što je upitno nagnuo glavu.

– Da li je sve u redu? – upitao je, mršteći se.

Široko sam se osmehnula, potiskujući suze koje su pretile da me savladaju. Nisam mogla da verujem da je Luka takav. Bio mi je najbolji prijatelj. Trebalo je da pazimo jedno na drugo, da se podržavamo u svim situacijama i svi drugi klišei koji idu uz to. A otkako je počeo ovaj izazov, počele su promene, prvo male, ali sad sve ozbiljnije. Bilo je nečeg drugačijeg u vezi s njim. Na trenutke sam videla starog Luku, ali sad je imao tajne, bio je ljubomoran na Adrijana, što ranije nisam videla. Nikad nije previše voleo moje momke, i verovatno se ni ja nisam previše trudila oko njegovih devojaka, ali nikad nisam pokušala da ih razdvojim, koliko god da ih nisam volela. Bile su Lukin izbor, baš kao što je Adrijan bio moj, a Luka je trebalo da me podrži. I da je me Adrijan varao, opet bih bila ljuta na Luku, ali samo zato što bih bila ljuta na nosioca loših vesti. Verujte mi, imala bih dovoljno metaka za pomenutog muškarca. Ali Adrijan je juče bio kod kuće, imali smo video-poziv tako da je Lukina priča imala veliku rupu. I bojala sam se da je veliki deo našeg prijateljstva curio kroz istu rupu.

– Moram da idem, Luka. Žao mi je što me ne podržavaš. – Sklonila sam telefon s uva, dok je on još govorio, i prekinula vezu. Zatim sam ga isključila i krenula u restoran, trudeći se da progutam bolnu knedlu dok sam to radila.

27.

– Da li je sve u redu? – pitao je Adrijan kad mi je konobar pridržao stolicu da sednem.

– Da, da. U redu je. – Nehajno sam odmahnula rukom, nominujući se za *Oskara*, a Adrijan je izgleda prihvatio to. U sebi sam bila besna, tužna, povređena i osećala sam mnogo toga što nisam mogla da imenujem, ali što će ostati u meni. Naučila sam u detinjstvu kako da sakrijem svoja osećanja kad je to potrebno, i naivno sam se nadala da mi te veštine neće biti potrebne kad budem odrasla, da će „sve biti bolje". Ali tad sam naučila još nešto, da su oni na koje bi trebalo da se osloniš oni koji će te najviše izneveriti. Imala sam neki osećaj već viđenog povodom ove situacije.

– Jesi li sigurna da si dobro?

Povukla sam nominaciju za nagradu.

– Naravno. – Dodala sam, uz širok osmeh za bonus poene. – Izvini što si čekao. Da li si pronašao vino koje ti se sviđa?

– Jesam. Da naručim, ili želiš prvo da pogledaš vinsku kartu? – To je bilo ljubazno. Oboje smo znali da se moje poznavanje vina svodilo na to kako se sipa iz boce, i to je bilo to, ali lepo je što je pitao.

– Ne, samo naruči. Sigurna sam da će biti sjajno.

Konobar je doneo vino, Adrijan ga je probao, proglasio ga prihvatljivim i konobar je onda sipao po pola čaše svakom. Na kraju se naklonio i udaljio, nestajući u polumračnom restoranu. Pokušala sam da se opustim i zaboravim telefonski razgovor s Lukom. Pružila sam ruku, uzela vino i popila ga.

– Hoćeš li još? – Adrijan me je upitno pogledao.

– O. Ovaj... da. Hvala.

– Možda ćeš želeti da malo duže uživaš u njemu ovaj put. Ima naznake meda i borovnice, uz drvenastu osnovu – objasnio je dok je stručno sipao zlaćanu tečnost. Klimnula sam glavom i pokušala da se usredsredim. Sad sam želela da ima naznake alkohola uz osnovu od još alkohola.

– Da. – Pijuckala sam, odupirući se potrebi da ponovim ono od malopre. – Hmm, da, osećam to. – Nisam osećala, ali izgledalo je da treba da kažem to i nadala sam se da će on zaboraviti kako sam upravo iskapila čašu vina iz boce koja verovatno košta više od moje mesečne stanarine.

– Otkrili smo ga kad smo išli u vinograde u Napa Veliju.

– Mi?

– O... samo nekoliko nas. Tako divno mesto. Jesi li bila?

Odmahnula sam glavom. Krojdon je više bio u okviru mog budžeta nego Kalifornija.

– Mislim da ću uskoro otići da živim tamo.

Progutala sam vino koje sam imala u ustima, tražeći neuhvatljive naznake borovnice. – Ovaj, izvini?

– Amerika. Često sam razmišljao da živim tamo. Mislim da ću uskoro probati.

– O. Dobro. Ali... ovaj...

– Da?

Osmehnula sam se. – Nije važno.

– Da naručimo?

Otvorila sam meni i zagledala se u sadržaj. Nakon Lukinog poziva i Adrijanove najave da će uskoro zapaliti u Ameriku da živi, izgubila sam apetit. Krčanje želuca od malopre nestalo je kao kratkotrajna letnja oluja.

– Pa hoće li to biti privremeno preseljenje ili za stalno? – Htela sam da zvučim nehajno. Izgleda da sam uspela u tome.

– Privremeno za početak, ali ako mi se svidi, verovatno ću ostati. Ne mislim da ću imati probleme s vizom.

– Neko posebno mesto?

– Verovatno Kalifornija. Sviđa mi se čitava atmosfera i, naravno, tamo ima tehnoloških kompanija u koje mogu da uložim, tako da će biti prilike za zaradu.

– Da. To je, ovaj, prilično daleko od tvojih prijatelja i porodice, zar ne? Zar ti to neće smetati?

– Tata se uvek smuca nekud i može lako da svrati, a sve dok u avionu poslužuju šampanjac mama će dolaziti kad god to budem želeo. – Nasmejao se i pokušala sam da se pridružim.

Htela sam da ga pitam šta ti planovi znače za njegov ljubavni život. Konkretno, za nas. Rekao mi je da traži nešto više. Nešto posebno. Rekao mi je da je to možda našao sa mnom... i izgledalo je da sve ide dobro, ako se ja pitam. Ignorisala sam Lukinu tvrdnju. Nema šanse da ga je video juče. Dremao je nakon napornog dana, a onda sam ga videla kod kuće, tokom video-poziva. To je sigurno bila neka greška, za koju se Luka uhvatio iz nepoznatog razloga. Ali... ako Adrijan stvarno traži nešto dublje i ozbiljnije, zar ne bi trebalo da razgovaramo o toj beznačajnoj temi selidbe na drugi kontinent? Nisam htela da živim u Americi. Sviđalo mi se ovde. Imalo je mnogo mana, ali ovde sam imala mnogo manje izgleda da budem upucana, za početak. I imam više od dve nedelje godišnjeg odmora.

– Svidelo bi ti se.

– Molim?

– Kalifornija. Trebalo bi da odeš nekad.

Nekad?

– Pa, možda hoću...

Pogledala sam ga u oči. Na trenutak me je tupo gledao, ali onda je izgleda shvatio poruku. Osmeh mu se pojavio na licu. – Sjajno.

Uživali smo u ostatku obroka. Pa, Adrijan je uživao. Meni je sve imalo ukus kartona zahvaljujući Lukinom mešanju i Adrijanovim očigledno velikim planovima koji možda ne uključuju mene. Zbog astronomskih cena, očigledno je da sam uzvikivala kako je sve sjajno.

– Jesi li spremna za polazak? – pitao je Adrijan.

Napolju je oblačno nebo ispunilo pretnju da će biti kiše, a malo se i zanelo i pustilo pravi pljusak.

– Uzećemo taksi do tvog stana.

– To će koštati čitavo bogatstvo! – Jednom sam imala hitan slučaj na prethodnom poslu i ostala sam tamo do sitnih sati. Metro nije radio i morala sam da se vratim kući taksijem. Kad sam predala račun za nadoknadu troškova, samo su me prekorili. Objasnila sam im da ću sledeći put da organizujem hitan slučaj u radno vreme, kako bih izbegla takve troškove. To je bilo prilično hrabro za mene i imalo je više veze s tim što sam ostala do pet ujutro i vratila se na posao u devet nego zbog neke nagle sklonosti da se zauzmem za sebe. Niko to nije ponovo pomenuo.

– Ja častim. – Adrijan mi je namignuo, zaustavljajući taksi pritom. Osećala sam se nekako neprijatno. Večeras je sve bilo pogrešno. Znala sam da sam ja kriva za to, i osećala sam se loše zbog toga, ali sad sam samo htela da idem kući – sama – da se uvučem ispod pokrivača i ne mislim o tome.

– Adrijane? – počela sam kad je taksi krenuo ka nama, s brisačima koji su se pomerali u ritmu kiše. Okrenuo se ka meni.

– Da li bismo mogli da, ovaj, preskočimo to večeras?

– O.

Spustila sam ruku na stomak. – Ne osećam se sjajno.

– O. Dobro.

Nisam baš lagala. Nisam se osećala sjajno, ali to nije imalo veze s hranom.

– Možda mogu da ti nekako skrenem pažnju? – Pomilovao me je po vratu, dodirujući prstima vrh moje haljine.

Spustila sam ruku nežno preko njegove i obuhvatila je prstima. Zastao je s maženjem kad je shvatio poruku, a onda se odmakao.

– Naravno. U redu. Ti idi ovim taksijem. Ja ću pozvati drugi.

– Mogu da idem autobusom. – Izvadila sam karticu za gradski prevoz koju sam nosila u futroli telefona.

– Rekao sam ti, ne smeta mi.

Moj mozak se iznenada vratio na njegovu neočekivanu objavu da bi, uprkos tome što je rekao da želi ozbiljnu vezu, mogao da se odseli u Ameriku, možda za stalno, u nekom trenutku.

– U stvari, to bi bilo dobro, ako ti ne smeta.

Jedan taksi se zaustavio i Adrijan je dao taksisti dovoljno novca za putovanje i prepustio meni da mu dam tačnu adresu.

– Nadam se da će ti uskoro biti bolje – rekao je, ljubeći me u obraz.

– Hvala. I žao mi je što sam ti uništila veče.

Odmahnuo je glavom. – Nisi. Ne brini. – Zatvorio je vrata i taksista je krenuo, dok su brisači proizvodili hipnotički zvuk dok su čistili vetrobransko staklo. Zavalila sam se i počela da razmišljam o svemu.

Osećala sam se loše što sam prekinula veče sa Adrijanom, ali nisam bila raspoložena i nije bilo pošteno ni prema kome da se pretvaram da jesam. Sve zbog đavoljeg Luke. Došlo mi je da ga ubijem. Nisam ni na tren poverovala u njegove optužbe, naravno. Ali sumnja je sad postojala i, iako nisam verovala u to, pokvarila mi je veče, i zapatila mi se u glavi.

Nagnula sam se napred. – U stvari, možete li da me odvezete negde drugde? – pitala sam vozača.

– Gde god želite, dušo. Koja je adresa?

Kiša je padala kao iz kabla i, pošto nisam bila u ronilačkom odelu, nakon kratkog trka od taksija do zgrade, bila sam mokra do gole kože i nimalo otmeno sam kapala po otmenom predvorju Lukine stambene zgrade.

– Gospođice Bi! Mokri ste do gole kože! – Igor je bio uštogljen upečatljiv Rus kome je livreja stajala kao salivena. Ponosio se poslom koji bi mnogi naši zemljaci prezirali, i stalno me je nazivao gospođicom, iako sam ga zamolila mnogo puta da to ne radi. Na kraju, izgledalo je da ga to usrećuje i dozvolila sam mu.

– Napolju pomalo pada kiša.

Igor mi se široko osmehnuo i počeo da podiže slušalicu. – Da kažem gospodinu Luki da ste ovde?

– Nema problema. Idem tamo, ako je to u redu?

Igor je spustio slušalicu. Bila sam tu tako mnogo puta, da recepcioner nije imao razloga da pomisli kako ću večeras zadaviti nekog od stanara ove otmene zgrade. Razmišljala sam o tome u liftu. Moraću da nađem načina da oslobodim Igora odgovornosti što nije pratio protokol, ako se to dogodi. To što sam bila dovoljno ljuta na Luku da bih mogla da ga ubijem bilo je jedno, ali sigurno nisam htela da Igor izgubi posao... bio mi je drag. Za Luku trenutno nisam bila sigurna.

Kad sam stigla na pravi sprat, izašla sam iz lifta i krenula prema vratima Lukinog stana i počela da lupam na njih. Nekoliko trenutaka kasnije, otvorila su se usred lupanja i izgubila sam ravnotežu. Luka me je prihvatio i vratio u ispravniji položaj.

– Bi? Šta radiš ovde? Dođavola. Potpuno si mokra! Uđi.

– Ne, hvala. – Ostala sam na mestu, a to mesto je postajalo sve mokrije. – Moram nešto da ti kažem i onda idem.

– Ideš pravo u smrzavanje, kako je krenulo.

– Ne budi toliko dramatičan – rekla sam, naglašavajući tu rečenicu glasnim, nimalo damskim kijanjem.

– O, zaboga. – Luka me je uhvatio za ruku i uvukao u stan. Nestao je na tren, a onda se vratio s velikim, paperjastim peškirom. – Skini kaput.

– Neću.

– Bi. Ovo je smešno! Mokra si do gole kože. Šta si, dođavola, radila napolju po ovakvom vremenu? Mislio sam da si bila na večeri.

– Jesam! – brecnula sam se na njega, osećajući kako me hvata jeza. – Vrlo lepoj večeri, u stvari, ali ti si je uništio.

– Molim te, svuci kaput. Razbolećeš se od čiste tvrdoglavosti! – Svukla sam kaput ali samo zato što sam počela da se osećam kao da mi je velika mokra ovca sela na ramena, i zbog težine i jeze osećala sam se kao da tonem.

Luka je uzeo kaput i zamenio ga peškirom, koji je bio prijatno topao. Poželela sam da se ušuškam u njega.

– Bolje?

Naglo sam podigla glavu. – Suvlje. Da. Hvala. – I kad sam bila ljuta, bila sam učtiva. Neki ljudi su bili žustri i oštri kad su iznervirani. Ja sam, s druge strane, bila previše učtiva. To nije ostavljalo isti utisak. I sigurno ne onaj koji sam želela.

– Nema na čemu. – Peškir je počeo da klizi i Luka je pružio ruku da ga namesti.

– Nemoj – prasnula sam.

Zastao je, malo nagnuvši glavu, a onda je polako spustio ruku i nehajno je gurnuo u džep pantalona. I dalje je bio u odelu od danas, što je značilo da se nedavno vratio kući. Verovatno je i on imao izlazak večeras. Koji neće uništiti prijatelji koji guraju nos gde ne treba. Nešto mi je sinulo.

– Da li te prekidam u nečemu? – Bilo je jedno da se ljutim na Luku što je ispao kreten, ali – možda je to imalo veze s mojom učtivošću – nisam htela da to radim pred nekim drugim.

– Jok. – Slegnuo je ramenima, s rukama i dalje u džepovima.

– Samo sam... – pokazala sam rukom na njegovu odeću – ... pretpostavila da si bio napolju.

– Sastanak je trajao duže nego što smo planirali. Nisam imao priliku da se presvučem.

– Da. Ali imao si priliku da me pozoveš i pokušaš da mi sabotiraš sastanak.

– Nisam to pokušavao.

– Nisi. – Sačekala sam malo. – Samo si pokušavao da mi sabotiraš čitavu vezu.

– Preteruješ.

– Ja preterujem? – Odmakla sam se i moje lažne *lubuten* cipele su zaškripale.

– Da. Ne pokušavam ništa da sabotiram. Samo pokušavam da ti pomognem.

– U čemu? Da budem zauvek sama? Da ti uvek budem na raspolaganju kad ti je dosadno i nemaš preča posla ili nikog s kim bi razgovarao?

Lukine tamne oči su gnevno zablistale. – Nisam nikad mislio tako o tebi, i ti to znaš. Ako misliš tako, to su tvoje nesigurnosti, a ne istina.

– O, našao se ko će da mi priča o istini! – uzvratila sam. – Šta je s tvojom tvrdnjom da me momak vara? Čovek koji ti se od početka nije svideo jer te je neki drugi broker pokrao pre nekoliko godina. Ko je tu ispao nesiguran?

– Misliš da sam zato rekao to? – Luka se udaljio od mene.

– Zašto bi inače? Jasno je da ti se ne sviđa. Ali izgleda da ti se ne sviđa niko s kim se sastajem. Uvek postoji nešto, zar ne, Luka? Ne mogu da nađem pravog. Znaš, ponekad si isti kao moji roditelji! Nikad nisam dovoljno dobra za tebe.

– Nimalo ne ličim na tvoje roditelje! – Okrenuo se i udaljio se od mene, mrmljajući na italijanskom. To je uvek bio dobar pokazatelj

Lukinog raspoloženja. Blebetanje na italijanskom je značilo da mu je pao mrak na oči. Naglo se okrenuo. – Ne mogu da verujem da si rekla nešto tako.

– Pa šta je, onda? To je istina, zar ne? Sirota mala Bi. Toliko se trudi i nikad ne uspeva. Ali primetila sam da se nikad nisi potrudio da mi nabaciš nekog. Zar je to bilo toliko teško? Stalno upoznaješ ljude, znaš mnogo zanimljivih muškaraca, i ako ti želiš da provodiš vreme s njima, sigurno su pristojni. Ali valjda ja nisam dovoljno dobra da se mešam s njima.

– Šta bi to trebalo da znači?

– Bože, očigledno je, zar ne, Luka? Neki od njih su sigurno samci, ali nije ti nikad palo na pamet, o, možda bi se ovaj tip i Bi lepo slagali, zar ne? Da upoznaš nekog poslovnog partnera sa običnom službenicom!

– Ti si menadžer informatičkog odeljenja, a ne obična službenica. Nisi bila obična službenica ni na prethodnom radnom mestu. Vodila si odeljenje i tamo, ali bila si suviše uplašena da se zauzmeš za sebe i da im to kažeš, i dozvolila si im da te bedno plaćaju, da veruju da vrediš samo toliko. Ne krivi mene za to što ne želiš da prihvatiš stvari koje su ti se nudile.

Progutala sam knedlu, trudeći se da ne priznam da je u pravu, ali znajući da jeste. Makar oko toga.

– I?

– Šta i? – prasnuo je.

– Zašto nikad nisam bila dovoljno dobra ni za koga?

– Nikad to nisam rekao.

– Ali nikad nisi ništa preduzeo. Mora da postoji neki razlog? Sigurno si zbog sporta, posla i svih drugih prokletih aktivnosti upoznao nekog ko ne bi mislio da sam totalna...

– Prekini!

– Šta?

– Ti! Ovo! Potcenjuješ sebe! Znaš da mrzim to.

– Pa kako misliš da se ja osećam?

– Da li ti je ikad palo na pamet da je obrnuto? – zaurlao je na mene. Tupo sam zurila u njega. – Da nisam mislio da su oni dovoljno dobri za tebe?

Razmišljala sam na tren. – Ne.

– Ne. Naravno da nisi.

– Zar ne treba ja da odlučim o tome?

– Dok ja samo stojim i gledam kako te povređuje neko s kim sam te upoznao?

– Nije me tako lako povrediti kao što ti misliš.

Luka se neveselo nasmejao. – Otkad to?

– Oduvek!

– Jeste. Ti misliš da zato što tvoji roditelji nisu mogli da vide da si povređena, ili su odabrali da to ne primećuju, niko drugi to ne vidi. Novosti za tebe, Bi. Na tebi se primećuje mnogo više toga nego što misliš. I ne, nisam bio spreman da te gledam povređenu ako bi te uznemirio neko koga bih ti ja namestio.

– A šta da su me usrećili?

Luka je ćutao.

– To sam i mislila. Misliš da sam toliko loša u vezama da je taj scenario neverovatan.

– Nikad to nisam rekao – brecnuo se. – I zašto vičeš na mene, dođavola? Očigledno je da si ljuta na Adrijana!

– O! To je „očigledno", zar ne?

Luka je toliko stisnuo vilice da je verovatno mogao da preseče ekser oštrom ivicom svoje brade, sad prekrivene jednodnevnim čekinjama.

– Ponovo, ne poznaješ me onoliko dobro koliko misliš, jer nisam ljuta na njega. Ljuta sam isključivo na tebe.

– Zašto? Nisam te ja prevario!

– A nije ni on!

– Bi. Video sam ga!

– Kad?

– Juče uveče.

– Gde?

– U jednom prijatnom i skupom restoranu u Bermondsiju.

– Ljudi smeju da jedu napolju.

– Sa ženom.

– Prijateljica, koleginica. To je mogao da bude bilo ko!

Oštro me je pogledao. – Ljubili su se, Bi. – Podigao je ruku, sprečavajući me da ga prekinem. – I ne, ne mislim na cmok u obraz. Stvarno su se ljubili.

– Onda si očigledno video pogrešnu osobu.

– Bio sam dva stola dalje. Bilo je teško pogrešiti s te udaljenosti.

– Da li je on tebe video?

– Ne. Bio je... zauzet. Zamolio sam konobara da nam pronađe drugi sto i na kraju smo završili iza jedne velike saksije.

Duboko sam udahnula i polako izdahnula. – Pa, mora da je to greška jer smo obavili video-poziv. Bio je kod kuće.

– U koliko sati?

– Ne znam. Verovatno oko deset. Pozvala sam ga ranije, ali je spavao.

– Spavao?

– Da. Rekao mi je da je imao naporan dan i da je zadremao.

Poludela sam od Lukinog pogleda. – Prekini! Nećeš mi uništiti ovo. Ne znam koga si video, ali to nije bio Adrijan. Ne bi uradio to. I da nije bilo tebe i tvoje zlobne opaske, odlučnosti da ga mrziš i izazivaš nevolje, sad bih bila s njim. Išli smo u moj stan i tvoja glupa, zlobna optužba mi se vrtela po glavi čitavo veče, i na kraju sam se predomislila i poslala ga samog kući.

– Dobro.

Zagledala sam se u Luku. Vazduh u stanu je bio gust kao maslac, a ipak sam osećala kao da nema vazduha. Kao da je neko uključio neki skup usisivač i usisao sve. Stajali smo tamo, ne govoreći ništa.

– Moram da idem.

– Odvešću te.

– Ne.

– Hajde. Znam da su radnici metroa u štrajku, a autobusi će biti noćna mora i biće dvostruko teže pronaći taksi po ovakvom vremenu.

– Mislim da si mi dovoljno pomogao za jedno veče, zar ne? – Pogledala sam ga. Osećala sam kako mi maskara curi, ali nisam bila sigurna da li je to zbog kiše ili suza koje su mi tekle niz obraze. Skinula sam peškir kojim sam bila ogrnuta i navukla, hladan, težak, kišom natopljeni kaput.

– Nikad te nisam lagao, Bi, i ne bih počeo od nečeg ovakvog. Znam da ti se on sviđa. Nisam siguran zašto. – Slegnuo je ramenima, na šta bih se obično nasmejala, ali sad mi nije bilo do toga. Sve je bilo pogrešno. Kao da se svet malo pomerio. Luka i ja smo se svađali ranije, naravno. Ali nešto u vezi sa ovim bilo je drugačije i dok sam gledala Lukino lice, znala sam da i on oseća to. – Ali stalo mi je do tebe. Ne želim da budeš ponovo povređena. Pretrpela si dovoljno bola.

Podigla sam glavu i pogledala ga u ozbiljne oči. Imao je duboku boru na čelu i kravata koja mu je bila razlabavljena kad sam ušla, sad je bila skinuta i odbačena. Luka nije bio neuredan, osim na taj jutarnji način koji uvek izgleda lepo kod zgodnih muškaraca. Ali sad je sigurno izgledao tako. Ovo je bilo drugačije. Za gotovo trideset godina, nikad nije izgledao tako.

– Molim te, dozvoli da te odvezem.

– Mislim da je bolje za oboje da me ne odvezeš.

– Onda dozvoli Igoru da ti pozove taksi.

Pomisao da se pobunim i zbog toga mi je prošla kroz glavu, ali cvokotanje zuba mi je zaglušilo mozak.

Klimnula sam glavom i Luka je podigao slušalicu i dogovorio sve. Otvorila sam vrata kad je spustio slušalicu na mesto. Luka ih je nežno zatvorio.

– Ne idi tako, Bi. Pogrešno je. Mrzim to.

– I ja mrzim. I pogrešno je. Ali gotovo je i umorna sam i samo želim da odem kući.

Čekao je i onda ponovo otvorio vrata. Izašla sam u hodnik i krenula prema liftu sporije nego kad sam dolazila. Tuga i zbunjenost zamaglile su mi misli i samo sam želela da spavam. Ušla sam u lift, koji je srećom bio otvoren i čekao me. Bez okretanja, znala sam da je Luka i dalje tamo, i sačekala sam da se vrata zatvore za mnom pre nego što sam se okrenula ka njima.

28.

– Kola vas čekaju ispred, gospođice Bi.

– Hvala, Igore – rekla sam, upućujući mu najbolji osmeh koji sam mogla da odglumim. Čak i bez jedva primetne grimase na njegovom licu, znala sam da sam to loše izvela. Uzeo je veliki kišobran i otišao do vrata s njim.

– O, nema potrebe. Mogu da otrčim do kola. Mislim da ne mogu da budem više mokra, ali nema potrebe da se i vi pokvasite. – Vetar se sad pojačao i raznosio je kišu na sve strane, tako da nisam bila uverena da bi kišobran mnogo koristio.

– U redu je. – Igor se osmehnuo, i ispružio lakat da se uhvatim za njega.

– Hvala vam – kazala sam, osećajući se, glupavo, kao da ću briznuti u plač zbog te njegove ljubaznosti.

Otišli smo do kola i Igor je držao kišobran iznad mene, što je više mogao, do poslednjeg trenutka.

– Smem li da kažem nešto, gospođice Bi? Možda nije na mestu. Da li se tako kaže?

– Šta to? – pitala sam tiho.

– Zabrinut sam za vas. Za vas i gospodina Luku. Uvek se osmehujete. Smejete. – Spojio je prste. – Ovako. Ali večeras ste prvi put otišli tužni. Zabrinut sam.

– Dobro smo, Igore. Samo smo se sporečkali.

Igor je klimnuo glavom ispod kišobrana. Bilo je to nešto mnogo više od toga, i on je očigledno znao. Kad je zatvorio vrata, lupnuo je dvaput po krovu i vozač je krenuo u mrak i prema obodu Londona i mojoj kući.

* * *

Naredne dve nedelje bile su čudne. Luka i ja smo razgovarali, ali nismo stvarno razgovarali. To je bila još jedna stvar koja se prvi put dogodila u našem odnosu, a ne nešto što smo očekivali. Ponašali smo se profesionalno na poslu i davali sve od sebe da se ponašamo prirodno. Poslednje što sam želela, za sebe i njega, bilo je da ljudi počnu da tračare o „nama". Uglavnom smo dosta dobro radili to, mada sam uhvatila Helen kako nas gleda kad je mislila da je niko ne vidi. Već sam shvatila da je Helen veoma potcenjena. Glas joj je bio piskav, a po ponašanju se moglo pretpostaviti da je pomalo luckasta, ali ubrzo sam shvatila – a sigurno je i Luka, inače je ne bi zaposlio – da je ona veoma oštroumna. Išle smo nekoliko puta na kafu, ali uvek sam se trudila da skrenem razgovor ka njenom životu, a ne svom – ili Lukinom. Pošto je upravo dobila unuče, bilo ju je, srećom, lako smesti i rado je pričala o njemu.

Postojao je još jedan razlog što nisam htela da pričam o sebi. Nakon večeri kad sam napustila naš sastanak, a ako ćemo iskreno, i znatno pre toga, Adrijan je izgledao malo više zauzeto, i manje rado da se viđa sa mnom. Kad smo se sastajali, pitala sam ga da li je sve u redu, ali on je samo rekao da ima „ludilo na poslu", i prihvatila sam to. I dalje sam bila uverena da ga je Luka pogrešno optužio i prestala sam da mislim o tome. Ali morala sam da se zapitam da li je Adrijanova želja da me vidi malo splasnula. Ne bi me zvao po nekoliko dana, a ako bih mu poslala poruku, odgovarao je s velikim zakašnjenjem. Ali možda ga je posao zamarao.

Tija je klimnula glavom kad sam joj ispričala sve to dok smo pile vino, nakon što smo proždrale naručenu picu i dvopek s belim lukom.

– Šta je?

– Šta? – pitala je. – Saglasna sam s tobom.

– Nisi. Tvoji gestovi govore da jesi, ali lice govori nešto drugo.

– Nije tako.

– Jeste!

– Džono! – Tišina. – Džono! – zaurlala je glasnije. Džono je promolio glavu kroz vrata, iz susedne sobe, držeći malu četkicu kojom je završavao bojenje makete *Gospodara prstenova*. Jedna strana bežičnih slušalica bila mu je sklonjena s uva, kako bi mogao da čuje urlanje svoje voljene. Tija je pristala da neke od tih maketa budu izložene u dnevnoj sobi, ali primetila sam da su sve više zaklonjene resicama jedne puzavice koja ih je prekrivala. To nije bilo slučajno, pretpostavljala sam.

– Da?

– Bi sumnja u moje „saglasna sam" lice.

– O. – Džono je pogledao nju, pa mene, a onda u maketu, kao da bi ona mogla da mu kaže šta da radi.

– Slušaj. – Okrenula se ka meni. – Kaži mi to ponovo.

– Šta?

– Kako je sasvim normalno da ti se Adrijan ne javlja. Znaš, to kako je umoran.

– Ne.

– Da. Hajde.

– U redu je. Verujem da mi veruješ.

– Ne, ne veruješ. Hajde.

Znala sam iz iskustva da neće odustati od toga i glasno sam uzdahnula, pogledala u Džonu kolutajući očima i ponovila prethodnu izjavu na Tijin zahtev. Ponovo je klimnula glavom.

– Vidiš?

– Da. I dalje izgleda da to radiš samo da bi mi udovoljila.

– Ne radim! Džono?

Slegnuo je ramenima. – Bi je u pravu. Klimaš glavom ali – pokazao je četkicom na svoje lice – lice ti priča drugu priču. – Tija je otvorila usta, ali pre nego što je stigla da kaže išta, Džono je vratio slušalice na uši i zatvorio vrata, da dodatno naglasi to.

– Očigledno je da greši.

– Ne greši. U pravu je. Ali nije važno. Ionako ne želim da budem nerazdvojna s nekim. Volim da budem samostalna. – Kad sam pogledala, videla sam isti izraz na Tijinom licu, kao i pre.

– Stvarno!

– Nije tačno. Navikla si se na to jer si uvek bila sama. To je nešto drugačije. – Ovo je bila najneprijatnija stvar kad te ljudi poznaju tako dugo. Bilo je teško zavlačiti ih.

– Bilo kako bilo... – kazala sam, pokušavajući da promenim temu.

– Bilo kako bilo, da. Znala bi da se nešto događa.

– Upravo tako! – Želudac mi se zgrčio kao što mi se često događalo prethodnih dana. – A ne događa se. Sve je u redu.

– Naravno.

Došlo je do pauze u razgovoru i obe smo znale da nijedna ne govori istinu, ali, u interesu prijateljstva, i za razliku od Luke, ćutale smo.

– Jesi li razgovarala s Lukom?

– A-ha. Videla sam ga danas na poslu.

– Mislila sam na nešto drugo osim naručivanja papira i tonera za štampače.

– Ne moram da razgovaram s njim o tome. Postoji divan momak po imenu Amir, koji jednom nedeljno zapisuje šta kome treba od kancelarijskog materijala. To je divno.

– Znaš na šta sam mislila.

– Da. I ne.

– Zašto?

– Nemamo šta više da kažemo.

– Uvek postoji još nešto kad ste vas dvoje posredi.

– Možda smo rekli sve. – Petljala sam oko drške vinske čaše, gledala je kako se presijava na svetlu, svetluca i baca senke po sobi.

– Ili smo možda rekli premalo.

– Mrzim ovo.

Pogledala sam je. I ja sam mrzela to, ali nisam mogla da povučem reči. Znala sam da je pokušavao da me zaštiti, ali nije mi bila potrebna zaštita. Bila mi je potrebna podrška. Luka to izgleda nije shvatao. Ili nije mogao da mi ponudi.

– Bolje je da krenem.

Tija je ustala sa sofe, ispravljajući duge noge, i dalje u šortsu, uprkos tome što smo se bližili Božiću. Užasavala sam se od pomisli koliko li će platiti za grejanje.

– Zdravo, Džono! – viknula sam. Vrata su se otvorila, jedna ruka se pojavila i veselo mahnula propraćena delićima razgovora koje nijanse zelene treba da budu gaće orkova. Nisam bila sigurna da je baš to rekao, ali sigurno nešto u tom smislu.

– Volim te.

– Volim i ja tebe.

– Sve je u redu, znaš. – Ovoga puta je Tijin izraz lica bio u skladu sa rečenim.

Zavalila sam se u svoju modernu, skupu ali iznenađujuće udobnu kancelarijsku stolicu i protegla se. Bili smo usred nadogradnje čitavog informatičkog sistema i zaboravila sam na vreme. Dok sam bila zadubljena u brošure i sajtove, nebo napolju je od ledenoplavog postalo tamnonarandžasto, pa tamnoplavo, a da nisam ni primetila, a kad sam pogledala, gotovo sve kolege su bile otišle. U uglu je gorela Lukina stona lampa, bacajući nežnu žutu svetlost na njegov sto, i videla sam ga kako sedi zavaljen u stolicu, razgovarajući telefonom sa slušalicom u uhu, živo gestikulirajući.

Kad sam skupila svoje stvari, razmišljala sam šta imam u frižideru kod kuće. Pomislila sam na njegovu prilično tužnu i uglavnom praznu unutrašnjost. Stvarno sam morala da se naviknem da redovno idem u kupovinu, sad kad sam češće kuvala umesto da samo kupujem najjeftinija gotova jela. Nisam htela previše da mislim o tome da sam to radila i šta bi se u njima moglo nalaziti, i zato sam podsetila sebe da odem sutra ujutro u kupovinu, umesto da subotnje jutro provodim lenjo se izležavajući u krevetu u. U međuvremenu, odlučila sam da odem u Adrijanov omiljeni bar. Tako sam mogla da vidim njega i večeram. Nikad nismo ostali dovoljno dugo da bih probala hranu tamo... makar ja nisam, ali Adrijan mi je rekao da je dobra i, po onome što su konobari povremeno nosili kraj mene, sve je izgledalo ukusno. Adrijan je rekao da će verovatno biti tamo večeras kad smo juče razgovarali, ali pošto smo oboje bili veoma zauzeti, nismo se ništa konkretno dogovorili. Ali ponekad su neplanirani susreti najbolji.

Znala sam da nije sjajno to što sam otišla usred poslednjeg sastanka, i mislila sam da je to malo poremetilo stvari. Htela sam da se vrate u normalu i mislila sam da i Adrijan to želi, ali ga čitava ta stvar s muškim ponosom sprečava da to i kaže. Ako nije tako, rekla sam sebi, onda me kulira time što me ne zove. To je sigurno bila mogućnost, i to mi se već događalo, ali ovoga puta nije bilo tako. Ponekad se treba samo malo više potruditi, i pošto sam imala osećaj da sam čitavog života bila pasivna, bilo je vreme da budem aktivnija.

– Zdravo.

Dok sam pakovala stvari, nisam primetila Luku, koji je izašao iz kancelarije i sad je stajao na metar od mog stola, oslonjen na sto kraj mog. Nehajno je prekrstio duge noge, a rukavi košulje bili su mu zavrnuti. Danas je bio dan „bez kravate" i besprekorno bela košulja predstavljala je kontrast izloženoj koži.

– Zdravo – kazala sam, spuštajući telefon u spoljni džep torbe.

– Ostala si duže.

Pogledala sam i osmehnula se. – Zauzeta sam istraživanjem.

– Izgleda kao da uživaš u tome.

– Uživam. – Kratko sam slegnula ramenima pre nego što sam stavila torbu na rame. – Pomalo sam štreberka, ali ti to već znaš.

Podigao je obrve, istovremeno upitno i sa odobravanjem, ali uz osmejak.

– Izgledaš umorno. Nisi dobro spavao? – Imao je tamne podočnjake koje nisam primetila ranije i ponašao se... manje živahno.

– Dobro sam.

– Previše seksi susreta sa Anikom te je iscrpelo? – zadirkivala sam ga.

Namrštio se. – Ne.

Zastala sam. – Da li ti je porodica dobro?

Klimnuo je glavom.

– Nešto u vezi s poslom? Da li je sve u redu? – Sad sam mu prišla bliže, spustila mu ruku na podlakticu, nesvesno se vraćajući našem starom ponašanju zbog zabrinutosti. – Možeš da mi kažeš, znaš to. Neću ništa reći.

Luka mi je dodirnuo prste slobodne ruke, i tiho se nasmejao. – Svi kod kuće su dobro i sve ovde je dobro. Nećeš dobiti otkaz.

Povukla sam se, uvređena. – Nisam ti to zato rekla.

– Znam. Samo sam pokušao da te umirim. – Osmeh je nestao, zamenilo ga je mrštenje, a onda odmahivanje glavom. Trenutak bliskosti

233

je nestao, onako brzo kako se pojavio. – Zašto je sad sve teško među nama? Osećam se kao da hodam po jajima kad razgovaram s tobom. – Bilo je tužnog mirenja sa sudbinom u njegovom glasu, i želudac mi se zgrčio, i bilo mi je mnogo gore nego da se naljutio.

Pogledala sam ga u oči, i ostali smo tako. – Ne znam – odgovorila sam tiho. Tužno.

– Mrzim to.

– Znam. Ali optužio si mog momka da me vara. To jeste problem.

Luka je skrenuo pogled, ali nije odgovorio.

– Izvinjenje bi moglo da bude dobar početak.

Luka se udaljio jedan korak. – Neću se izvinjavati kad nisam uradio ništa pogrešno.

I ja sam se udaljila jedan korak. – Naravno da si uradio nešto pogrešno!

– Ne, nisam. Rekao sam ti nešto u najboljoj nameri. Ti odbijaš to da prihvatiš, i zadovoljna si time da on nastavi da pravi budalu od tebe, a to je samo tvoja odluka.

Ugasila sam svoju radnu lampu previše žustro ni krivu ni dužnu.

– I ti se pitaš odakle problemi među nama? Neverovatno.

– Šta je neverovatno? To što sam iskren prema tebi? To što ti se ne uvlačim i ne pretvaram se da je sve u redu, kao Tija, jer ne želi da te uznemiri?

– A tebi očigledno nimalo ne smeta da me uznemiriš?

– Naravno da mi smeta. Ne budi smešna.

– Znaš šta? Nisam iznenađena što večeras nemaš sastanak, ako se tako ponašaš sa Anikom. Ako želiš da me pobediš u ovom đavoljem izazovu, onda ti predlažem da promeniš ponašanje.

– Ponašam se prema ženama s poštovanjem koje zaslužuju, i ti znaš to, dođavola. Moje veze ne traju dugo jer tražim osobu koja me usrećuje, koja ima pravu hemiju, s kojom mogu da se opustim. Eto zašto je tako. Ne zato što sam loš prema nekom, i ne sviđa mi se što misliš da sam takav.

Rekla sam to u besu i uvređenosti, i videla sam ista ta osećanja na njegovom licu. Oboje smo znali da je on u pravu. Luka je bio šarmantan i kavaljer i pun poštovanja, i znajući da sam ga nepravedno optužila osetila sam kako mi se obrazi žare zbog njegovih reči. Ali nastavila sam da ćutim, detinjasto odbijajući da se izvinim samo zato što nije ni on.

– I boli me dupe za pobedu, Bi. Samo nisam želeo da te neko povredi, posebno ne taj kreten Adrijan, koji te ne zaslužuje.

– Procenio si ga na prvi pogled i ne odustaješ od toga, i kad si video nekog ko mu je nalik, automatski si zaključio da se on viđa s nekom drugom ženom.

– To je bio on.

– Da li si otišao do njega? Javio mu se?

– Nisam.

– Zašto nisi?

– Nisam mislio da bi ti to želela. A i nisam imao poverenja u sebe. Nisam udario nikog od svoje sedme godine, kad te je Ben Kopervejt gurnuo niza stepenice u školi. Ali ovaj tip ima lice koje mami na udaranje i nisam hteo da iskušavam sudbinu.

– Baš si junačina.

Glasno je uzdahnuo.

– Njegov profil je i dalje na aplikaciji. Jesi li znala to?

– Molim?

– Na sajtu. I dalje je tamo. Verujem da si ti svoj uklonila.

Nakašljala sam se. – Da. Jesam.

– Pa, on nije. I dalje prihvata ponude iako bi trebalo da stvara nešto s tobom, pošto si „posebna“.

– Znala sam da nije trebalo da ti ispričam to... da ćeš mi se rugati.

– Ne rugam se. Samo mislim da je on seronja.

– Dobro. U redu. Hvala ti na pronicljivom psihološkom mišljenju i, koliko god uživala u ovom razgovoru, moram da krenem.

– Kuda ideš?

– Šta to tebe briga? – nadureno sam se brecnula.

Luka je zurio u mene na tren pre nego što je podigao ruke. – Stvarno ne znam. – Nakon toga, okrenuo se u italijanskim cipelama pravljenim po meri i vratio se u svoju staklenu kutiju. Vrata su se zatvorila za njim.

Suze su mi potekle dok sam se vozila liftom. Mrzela sam ovo. Mrzela sam sve ovo. Nisam znala zašto je Luka toliko drugačiji, naporniji. Nakon decenija potpune usklađenosti osećala sam kako smo sad neusklađeni, kao loše sinhronizovan strani film. Reči su se čule, ali usta su odavno prestala da se pomeraju. Ali nisam znala šta da radim. Izgledalo je da se svaki put kad pokušamo da se vratimo na staro zemlja otvara pod nama. A sad sam počela da se pitam da li je to moguće ispraviti. Ili je ovo stvarno kraj...

29.

Obrisala sam palcem suze, gledajući se u ogledalo u liftu i šmr-cnula. Baš privlačno. Izvadila sam ruž iz torbe i ponovo ga nanela, i očešljala kosu. Nije savršeno, ali je bolje. Lift se zaustavio, i izašla sam u predvorje koje odjekuje, obasjano treperavim svetlima velike božićne jelke, i izašla na hladnu ulicu u centru grada. Vazduh je bio leden i oči su mi zasuzile. Makar sam to mogla da koristim kao izgovor ako me neko pita zašto su mi oči crvene. Oborene glave, umotana u šal, hodala sam trotoarom pored poslovne zgrade prema najbližoj stanici metroa. Dobila sam SMS. Tija.

Zdravo, dušo. Jesi li dobro? Šta radiš?

Zdravo. Dobro sam.

Nisam imala snage da joj prepričavam još jednu svađu s Lukom. A i to bi je samo uznemirilo.

Idem da iznenadim Adrijana u baru.

O. Dobro. Da li zna da dolaziš?

Ne. Nismo se dogovorili, ali mislila sam da bi bilo lepo da ga vidim. Imala sam naporan dan.

Da. Zvuči sjajno. Dobro. Razgovaraćemo kasnije.

Dobro. Volim te.

Volim i ja tebe. Čuvaj se xx

Isključila sam aplikaciju za dopisivanje, vratila telefon u torbu i otišla do Adrijanovog omiljenog bara.

Baš kad sam htela da uđem u bar, telefon mi je zazvonio. Luka. I dalje sam bila ljuta na njega i nisam htela da kažem nešto zbog čega bih zažalila, i zato sam gledala u telefon, čekajući da prestane da zvoni. Nije se pojavilo nikakvo obaveštenje, tako da je očigledno odabrao da mi ne ostavi glasovnu poruku. Vratila sam ga u torbu i ušla u prepun bar.

Probijajući se između ljudi, otišla sam ka mestu gde su se Adrijan i njegovi prijatelji okupljali. Propela sam se na prste i provirila kroz prostor između dvojice muškaraca u sakoima i videla profil tipa koji me je pogledao pre nego što je prethodno vodio kratak i ozbiljan razgovor sa Adrijanom. Dejmon, beše? Izvinila sam se dok sam prolazila i provlačila između gostiju, zaustavljajući se kraj njega. Okrenuo se i pogledao me je, a onda me je ponovo pogledao.

– Zdravo.

– Zdravo – rekao je, s malo nesigurnosti u glasu sa irskim naglaskom. Imao je kratku, kestenjastu kosu, uredno podšišanu, i tamnoplave oči na prijatnom licu.

– Dejmon, zar ne? – Pružila sam mu ruku. – Ja sam Bi.

Rukovao se i klimnuo glavom. – Drago mi je što sam te upoznao – rekao je, ali ponašanje nije bilo u skladu s rečima. – Da li, ovaj, Adrijan zna da si ovde?

– Ne još. Danas sam radila do kasno i mislila sam da ga iznenadim i istovremeno pojedem nešto. Čula sam da je hrana dobra.

Ponovo je klimnuo glavom.

– Da li je Adrijan ovde? – pitala sam, gledajući naokolo.

Dejmon mi je uputio pogled koji bih, u nekim drugim okolnostima, protumačila kao sažaljiv. Videla sam ga dovoljno puta nakon tatine nesreće da bih znala kako izgleda. Dejmon se pomerio u stranu. Nedaleko iza njega, Adrijan se naslanjao na kraj šanka, razgovarajući s nekim izuzetno niskim muškarcem odevenom u drečavu prugastu košulju i tregere i koji je očigledno previše puta gledao *Vol strit*.

– Dobro, hvala. – Osmehnula sam se Dejmonu. Pogledao me je i osmehnuo se, ali nešto nije bilo kako treba. Neka neprijatnost. Možda se samo nije snalazio sa ženama. Ili mu je možda Adrijan pričao o mom neurednom malom stanu i očigledno je da nisam bila odevena u skupu odeću od glave do pete. Možda mu je sve to govorilo da želim Adrijanov novac. Možda je Dejmon bio tako povređen i nije to želeo za svog prijatelja.

– Ne želim njegov novac, niti išta drugo – izletelo mi je.

Dejmon je blago razrogačio tamnoplave oči. – Nikad nisam to ni mislio.

– Oh. Dobro. Samo sam ranije videla tebe i Adrijana kako živo razgovarate, i učinilo mi se da sam ja tema, a sad ne izgledaš raspoloženo... – Zaćutala sam, nesigurna šta ću reći i zbog izraza neverice na njegovom licu.

– Ne. – Odmahnuo je glavom. – Nemam nikakav problem s tobom.

– O. Dobro. U redu. Super. – Da je ovo pozorišni komad, u didaskalijama bi pisalo *neprijatna pauza*. Kako nisam mogla ponovo da napišem ovaj scenario, osmehnula sam se, klimnula glavom i krenula prema Adrijanu. Niski tip me je primetio prvi i munuo Adrijana laktom, a on se okrenuo, naglo ostavši bez osmeha. To nije reakcija kojoj sam se nadala. Pokušala sam da se ne sapletem i nastavila sam ka njemu, sa usiljenim osmehom na licu.

– Zdravo! – kazala sam.

– Zdravo – odgovorio je. Sačekao je trenutak i poljubio me u obraz. To nije bilo kao iz romantičnih romana, ali shvatila sam da ljudi nisu uvek slobodni pred svojim prijateljima. – Šta radiš ovde?

Otvorila sam usta da odgovorim, baš kad je prišla jedna zaprepašćujuća brineta Lukinog kalibra. Duge, lepe noge na nemoguće visokim štiklama, a vrhovi su im bili toliko tanki da sam čekala da se svakog časa saviju. Vrlo kratka tesna crvena haljina dugih rukava pokrivala je vrh tih beskrajnih preplanulih nogu. Blistava kosa vešto ispletena, padala joj je preko jednog ramena i uokvirivala savršeno našminkano lice. Hodala je uvijajući kukovima, ostavljajući zadivljene muškarce za sobom. Adrijan ju je gledao napeto i kad ga je primetila, holivudski osmeh pojavio se na prethodno namrštenom licu. Osmeh koji je on uzvratio. Prišla mu je, uhvatila ga oko struka i poljubila ga u usta, dugo, a on joj je uzvratio poljubac. Pretpostavljam da ipak nije stidljiv.

– Nedostajao si mi – kazala je.

– Samo je otišla do toaleta. – Začula sam tih šapat iza sebe, i kad sam se okrenula videla sam Dejmona. Pogledao me je saosećajno. Progutala sam knedlu i jedva primetno klimnula glavom.

– Ko je to? – upitala je, kad me je videla da stojim tu, i dalje ukopana u mestu, dok mi je mozak polako obrađivao sve informacije. Imala je neki naglasak. Američki. Sijalica mi se upalila... *Kalifornija.*

– Ovo je Bi. Pričao sam ti o njoj.

Pričao joj je o meni?

– Oh. Da. Tako je. – Osmehnula se, ali neljubazno. – Da li vas dvoje imate dogovor za večeras?

Alo, ovde sam!

– Ne bih rekao. – Pogledao me je upitno.

– Ovaj... ne – procedila sam, trudeći se da shvatim činjenicu da je ta žena znala da on viđa nekog drugog i da joj to očigledno nije smetalo. Ali opet, ako izgledaš tako, verovatno znaš da ćeš uvek pobediti. Šteta je što Adrijan nije bio dovoljno pristojan da podeli tu informaciju sa mnom.

– Ja, ovaj... – Nakašljala sam se. – Samo sam se pitala da li ću te zateći ovde. Da nakratko popričamo. – Potrudila sam se da zvučim nehajno i pokušala da izgledam tako, ali nisam bila sigurna da li sam uspela. Dejmon me je pogledao i klimnuo glavom i osmehnuo se. Shvatila sam da prethodni razgovor nije bio o tome da li se Dejmonu ne sviđam ili mi ne veruje, nego mu je smetalo prijateljevo ponašanje. Nisam ga poznavala, ali mi se već sviđao. Zašto je bio prijatelj s nekim ko je totalni idiot bilo je pitanje za neko drugo vreme.

– Naravno – odgovorio je Adrijan, i dalje držeći uski brinetin struk. Nije se pomerio.

– Možda nasamo? – pojasnila sam.

– O. Dobro. Da li je to u redu, dušo? – Okrenuo se prema toj ženi i bila sam prilično ponosna na sebe što nisam vrisnula.

Slegnula je jednim otmenim ramenom i uzela koktel boje svoje haljine i zavodljivo počela da sisa slamku. Adrijan je zastao. Odlučila sam da ga prekinem.

– Trajaće samo minut, a imam obaveze, pa ako bi mogao... – Samo sam se nadala da me Dejmon neće odrukati, pošto sam mu već rekla razlog zbog koga sam došla ovamo. Nije ništa rekao. U stvari, na usnama mu je bila naznaka osmeha, koji je nestao iza krigle piva.

– Da. Naravno, svakako.

Otišla sam do manje zakrčenog dela bara, najsamouverenije što sam mogla i onda se okrenula ka Adrijanu.

– Hoćeš li da napraviš cirkus?

– Cirkus?

– Da. Zbog Brendi.

Slegnula sam ramenima, mada sam se osećala kao da mi je neko ubacio vešalicu u bluzu. – Zašto bih?

– Neke žene su čudne. Očekuju monogamne veze.

– Pa, pretpostavljam da kad nekom kažeš da tražiš nešto posebno i misliš da si to možda u nekom pronašao, lako je videti zašto postanu „čudne".

– Da, ali svi to kažu, zar ne? To je deo igre, zar ne?

To je za njega bila igra. Sve je bila igra. A ja sam bila pion. Da ne pominjem totalni idiot.

– Ne, Adrijane. Ne kažu svi to. Takve stvari treba govoriti ako ih stvarno misliš.

– Shvatam. Znao sam da ćeš biti čudna. Zato ti nisam rekao za ostale.

Ostale? Množina? Odlučila sam da ne želim da znam.

– Znaš šta, svejedno mi je. Došla sam večeras ovde da ti kažem kako ne mislim da mi se ovo sviđa.

– O, dobro. Da. Baš sam se pitao.

– Šta to znači?

– Samo nekoliko stvari. Ti se ne osećaš prijatno na skupim mestima koja ja volim, pa je to pomalo problem.

– Ne smetaju mi! – brecnula sam se.

– U redu je. – Potcenjivački me je uhvatio za ruku. – Neki ljudi nisu navikli na to i osećaju se neprijatno.

– Rekla sam da mi to ne smeta.

– I nekako si... Ne, sad nije važno. U svakom slučaju, bilo je zabavno. Srećno i tako to.

– Šta sam nekako? – pružila sam ruku i zaustavila sam ga.

– Nema veze. Nije važno.

– Kaži mi – rekla sam, stežući mu ruku, što nisam primetila dok se nije trgnuo. Luka je uvek govorio da sam jača nego što izgledam.

– Dobro – kazao je, trljajući ruku. – Napeta u krevetu. Nisi baš zabavna.

Lice mi se zažarilo od poniženja i samo se dodatno zagrejalo kad se nekoliko ljudi u blizini okrenulo i počelo da se zgleda, jer su očigledno čuli Adrijanovu izjavu.

– Čudno. Nikad je nisam smatrao takvom – izjavio je jedan dubok glas, dok su se snažne ruke obavile oko mene odostrag, ostavljajući utisak da problem možda nije bio u meni. Koža mi se naježila dok se crvenilo širilo, i nisam bila sigurna da li je to zbog Adrijanove optužbe, ili zbog sirove požude u glasu koji mu se suprotstavio.

Poznavala sam taj glas i te ruke. Takođe sam znala da on nema pojma kakva sam u krevetu. Luka me je poljubio u vrat. – Izvini što sam zakasnio. Nešto je iskrslo u poslednjem trenutku. – Okrenula sam se i došla do daha kad se zagledao u moje oči toliko vatreno da je mogao da izazove šumski požar. Zaprepašćena, zurila sam trenutak duže i Lukin osmeh je raspalio plamen. Gutajući knedlu, okrenula sam se ka Adrijanu. Nisam bila sigurna kakav je bio Lukin plan, ali u tom trenutku sam ga svesrdno podržala samo da bih videla sadašnji izraz na Adrijanovom licu.

– Viđaš se s njim? Mislio sam da ste samo prijatelji?

Slegnula sam ramenima, znajući da grozno lažem i želeći da odem odavde makar s malo samopoštovanja. Grupa desno od nas potajno je gledala sve i videla sam kako dve žene u glavi porede Luku i Adrijana. Sudeći po njihovim pogledima, pretpostavljam da je Luka pobeđivao.

Luka je nastavio umesto mene. – Znaš da se takve stvari ponekad dogode. Iznenada shvatiš da je prava osoba bila ispred tebe sve vreme. I sve se uklopi.

– Ha. – Adrijan je prezrivo podigao usnu i shvatila sam da ga uopšte ne poznajem. Samo sam znala ono što je želeo da znam. I možda sam videla samo ono što sam želela da vidim. – Nisam mislio da si tip žena koja spava naokolo – prasnuo je, kad je Brendi krenula ka nama. Luka se napeo iza mene, ali oslonila sam šaku na njegovu, govoreći mu da je sve u redu. Ćutala sam, ali sam gledala Adrijana sa izrazom koji mu je jasno rekao šta sam mislila o njegovom komentaru. Skrenuo je pogled.

– A ko je ovo? – pitala je Brendi sanjivo, zureći u Luku. – Zar nas nećeš upoznati?

– Luka Donato – odgovorio je Luka, kad je postalo jasno da Adrijan nema nameru da uradi to. Rukovao se s njom kratko pre nego što je vratio ruku na moj struk. Razočaranje i izvesno zaprepašćenje pojavilo se na njenom licu. Očigledno je navikla da ostavlja jači utisak na muškarce. Da budem iskrena, ona nije bila jedina pomalo zaprepašćena.

– Jesi li spremna za večeru? Mislio sam da odemo u *Bjanko Nero* – rekao je Luka, okrećući me ka sebi.

Adrijan je prezrivo frknuo. – Nikad nećete ući tamo. Rezervisano je mesecima unapred. Morao bi da budeš holivudski glumac ili plemić da dobiješ sto.

Luka mi je pomerio pramen kose iza uva i osmehnuo se, a čitavo njegovo biće bilo je usmereno na mene, kao da sam Sunce, a on Zemlja, koja se srećno i zavisno okreće oko njega. Progutala sam knedlu, podsećajući sebe da ne nasednem na ovo. Da ako, iz bilo kog razloga, Luka glumi i ako to znači da neću izgledati kao potpuni idiot pred Adrijanom i ostalima, mogla sam da pristanem na to. Ali izgledalo je da je Luka potpuno promašio zanimanje. Ako je suditi po večerašnjem izvođenju, zaslužio je *Zlatni globus*. Okrenuo je glavu da pogleda Adrijana i slegnuo je ramenima.

– Pretpostavljam da to zavisi od toga koga poznaješ.

Brendi je praktično balavila, i iznenada je izgledala znatno manje zaljubljena u svog pratioca. Adrijan je, u međuvremenu, postao ljubičast.

– Jesi li spremna? – pitao me je Luka, pre nego što je Adrijan stigao da odgovori.

Klimnula sam glavom.

– O, još nešto, Adrijane. Jednom mi je rečeno da me ne zaslužuješ, ali mislila sam da ta osoba nije u pravu. Sad shvatam da je sve vreme bila u pravu. Zaslužujem mnogo bolje od nekog kao što si ti.

Okrenuli smo se, Luka me je uhvatio za ruku, stežući je nežno u znak podrške, dok smo išli ka vratima kroz gomilu i izlazili na ulicu. Hodali smo tako neko vreme, dok nismo odmakli od bara. Luka nije ništa rekao, ali *sve* reči su mi letele po glavi i sad su počele da izleću.

30.

– Šta je to bilo, dođavola? – pitala sam, udaljavajući se od njega i obavijajući kaput oko sebe, samo delimično zbog hladnoće. Deo mene je osećao da bi taj postupak mogao da me zaštiti od makar malo zbunjenosti i razočaranja koje sam osećala.

– Šta?

Iskolačila sam oči do tačke kad sam mislila da će stvarno ispasti.

– Ko misliš, šta? Tačno znaš šta!

– To? – Malo je pomerio glavu u smeru odakle smo došli.

– Da! To! – odgovorila sam, sarkastično oponašajući njegov postupak.

– Tija me je pozvala i rekla mi kako si krenula da iznenadiš tog idiota. – Ponovo je pokazao glavom na istu stranu, a ruke su mu bile u džepovima benzin-plavog, predivno skrojenog i vrlo skupog kaputa od merino vune. Bila sam s njim kad ga je kupio; dao je za njega iznos u visini jedne mesečne stanarine u mom svetu dok sam ja stajala ukočeno, trudeći se da ne dodirnem ništa u prodavnici, kako ne bih morala da platim za to.

– Zašto bi uradila to?

– Zato što se zabrinula za tebe. Svi smo. Niko ne želi da ponovo budeš povređena, a prema onom što sam video i čuo od njega, stvari su išle u tom smeru.

– I šta onda? Poslala te je da me špijuniraš? – Počela sam da hodam tamo-amo na jednom delu ulice. Luka je ostao na mestu.

– Naravno da nije! – Sad je izvadio ruke iz džepova, mašući dok je govorio.

– O, došao si samo da bi iz prve ruke video moje poniženje? Da vidiš sve kako bi mogao svima da ispričaš tačnu priču.

Ulične svetiljke pod kojima smo stajali davale su dovoljno svetla da vidim kako se Lukino lice smrklo. – Nije to razlog, i ti to znaš, dođavola. To je nedostojno tebe i puno nepoštovanja prema ljudima kojima je stalo do tebe.

Znala sam da je u pravu, ali nisam mogla da se zaustavim. – Prema tebi, misliš? Izvini, treba li da te zagrlim i zahvalim ti se što si dojahao na svom belom bojnom konju da me spaseš od grdne nevolje, i budem ti još više zahvalna?

– Ne. Mislio sam na Tiju i Džonu. Brinuli su se za tebe.

– Oni se samo brinu jer si im rekao da me Adrijan vara, i to ih je zabrinulo!

– Varao te! Jebote, Bi. Koliko dokaza ti je potrebno? Govorio ti je ono što si želela da čuješ da bi te odvukao u krevet, kao što je verovatno govorio i toj plavuši s kojom je bio kad sam ga video, i ovoj ženi večeras. On je na tom sajtu samo zbog seksa. Čak i ti si to morala dosad da shvatiš!

Shvatila sam to. Ali shvatanje i prihvatanje su dve različite stvari. Druga je obećavala sasvim nov talas poniženja, i nisam bila sigurna da sam spremna za to.

– Bi? – Oboje smo se okrenuli kad smo čuli taj glas i videli smo nekog muškarca kako brzo hoda ka nama. – Zdravo. – Osmehnuo se, ali videla sam brigu i sažaljenje na Dejmonovom licu. – Nadao sam se da ću te stići, ali pobegla si mi.

– Oh. Dobro, evo me. – Osmehnula sam se nespretno. – Hvala ti što nisi odao zašto sam otišla tamo, uzgred budi rečeno.

Brzo je odmahnuo glavom. – Nema na čemu. Nikad to ne bi uradio. Samo sam hteo da vidim da li si dobro. Adrijan je ponekad pravi kreten. O, izvinite. – Pružio je ruku Luki. – Dejmon Rajli. Vi ste Luka Donato, zar ne?

Luka se rukovao s njim i klimnuo glavom. – Jesam.

– Ja se bavim dizajnom i čitam sve časopise, i video sam tekst o vama i tom neverovatnom mestu koje ste projektovali prošle godine u Barseloni. Zadivljujuće je. Tako inovativno.

– Hvala vam.

Ujela sam se za usnu, čekajući. Dejmon se ponovo okrenuo ka meni.

– Da. Dobro, samo sam hteo da se uverim da si dobro. Mislim, Adrijan to stalno radi. Ne mogu da pratim s kojom se ženom viđa koje večeri. Zadivljen sam što može tako. Ponekad izađe s dve za jedno veče.

Setila sam se vremena kad je rekao da ima nešto hitno na poslu, a onda me pozvao kasno, govoreći da je slobodan. Da li je bio s nekom drugom ženom u međuvremenu, i planirao da kasnije dođe u moj krevet? Došlo mi je da povratim.

– Stalno mu govorim da ne sme da se tako ponaša prema ljudima. Ne ako ne znaju. Nekima ne smeta. Ni one ne izlaze samo s njim, kao Brendi malopre. Bili su u nekakvoj šemi ranije, i došla je sad iz Amerike da bude s njim.

Otkrili smo ga kad smo išli u vinograde u Napa Veliju. Neki prijatelj je trenutno kod mene... Sve je sad imalo smisla.

Dejmon je nastavio. – Ali znao sam da tebi nije rekao, i kad nam je ispričao da te nije tako lako odvući u krevet, postavio je sebi nekakav izazov. Više puta smo se svađali oko toga.

Zavrtelo mi se u glavi i oba muškarca su se iznenada zabrinula, a ja sam pozelenela od muke. Luka mi je stavio ruku na leđa, da me umiri.

– Jesi li dobro?

Klimnula sam glavom, trudeći se da ne pravim nagle pokrete.

– Izvini. Nisam hteo da budem tako otvoren. Nisam uvek taktičan. Kara, moja verenica, ona je doktorka, i stalno mi govori da treba vežbati međuljudske odnose. – Lice mu je bilo ozbiljno.

Osmehnula sam mu se da mu poručim kako je sve u redu.

– Izgledate mi kao pristojan momak. Zašto se družite s nekim kao što je on? – pitao je Luka.

– Radili smo dugo zajedno u raznim firmama. Valjda je to neka navika, ali, takođe, ranije nije bio takav. Negde u njemu krije se pristojan momak. Mislim da su mu pare udarile u glavu, što je šteta.

Luka ga je pogledao s nevericom, ali ja sam razumela. Bilo je nečeg dobrog u Adrijanu. Samo ga nije bilo dovoljno. Možda sam znala to i nisam htela da poverujem, a možda sam znala i poverovala, ali uživala sam u osećanju da sam deo nečeg. Deo nečijeg života. Nekoga ko me želi. Nekoga kome je značilo da budem tu. Ali na kraju, ništa od toga nije bilo istina. Želeo me je nakratko i samo kao deo izazova. Način da dokaže nešto sebi, dok je istovremeno bio s drugim ženama. Sve su to bile laži. Moji roditelji se nisu trudili da sakriju činjenicu da sam im smetala, a Adrijan se pretvarao da mu ne smetam. Nisam bila sigurna šta je gore.

Dejmonov telefon je zazvonio. Izvadio ga je i pogledao. – To je Kara. Bolje da se javim. Samo sam hteo da vidim da li si dobro.

– Hvala ti.

– Drago mi je što si sad pronašla nekog ko je dobar prema tebi.

– O, nismo...

– Hvala, druže. Bolje da se javite. Drago mi je što smo se upoznali. – Luka je pružio ruku i Dejmon ju je stisnuo dok se javljao na telefon levom, klimajući pritom glavom, a onda me je nežno dodirnuo po ramenu pre nego što je mahnuo na rastanku, srdačno razgovarajući s verenicom.

– Zašto si me sprečio da mu kažem kako ovo nije stvarno? – Mahnula sam rukom između nas.

– Jer ne mora da zna. Izgleda kao dobar momak, ali ljudi umeju slučajno da se izlanu kad su s prijateljima, posebno nakon nekoliko piva. Makar se ovako neće osećati loše ako nešto izbrblja.

To je imalo smisla. Dejmon je drag, i ne bih volela da se oseća loše ako se ispostavi da je Lukina varka bila samo varka. Samo varka.

– Nisi morao da dođeš večeras. Umem da se brinem o sebi.

– Samo zato što neko ume da se brine o sebi ne znači da uvek to i mora, da je zabranjeno da mu ostali pomognu. Ti to radiš za druge. Bezbroj puta si bila bebisiterka u poslednjem trenutku ili si pomogla oko neke kompjuterske krize, i kako svi sad imamo sve više uređaja, to će postati još češće. Ti sve to radiš bez prigovora.

– Ne smeta mi.

– Zašto je ovo drugačije?

– Zato što...

Nakrivio je glavu, čekajući, a onda sam ga munula u mišicu. – Trudim se da kažem ono što treba.

Luka je duboko udahnuo i dunuo u šake da ih zagreje, pre nego što ih je gurnuo u džepove.

Zašto je ovo drugačije?

Smislila sam reči. – Zato što ne deluje da iko od vas veruje kako umem da se brinem o sebi. Zato što meni iza leđa razgovarate o mom groznom poslu i mom groznom ljubavnom životu, i svi ste vi tako zajedno i to je pogoršavalo stvari. Ponekad mi se čini kao da sam neki vaš projekat ili humanitarna aktivnost, baš kao što sam bila za tvoju porodicu dok sam odrastala. – Grlo me je bolelo i trudila sam se da ne zaplačem, ali topla tečnost na hladnoj koži lica rekla mi je da ni u tome nisam uspela.

Luka je ćutao dok sam tražila u torbi pakovanje papirnih maramica koje sam uvek imala tamo. Nakon što sam izduvala nos na nimalo damski način, pomislila sam kako je dobro što je Lukino večerašnje romantično ponašanje bilo samo gluma, jer bih nekako uspela da ugasim njegovu strast. Nikad nisam razumela kako žene plaču i oči im budu samo malo crvene i nežno brišu nos, kad je moje plakanje završavalo s flekama na koži, crvenim nosom uz glasno duvanje i očima kao da su me izbole besne pčele.

– To je ono što misliš da si meni i mojoj porodici? Humanitarna aktivnost? – Lice mu je bilo ukočeno od osećanja i sad je izvadio ruke iz džepova. Jednom je dodirnuo napetu vilicu. Pogledala sam ga i videla povređenost u njegovim očima.

– Nisam mislila na loš način... – Čak ni meni to nije zvučalo ubedljivo, a na Lukinom licu se videlo da se slaže sa mnom.

– A kako si mislila, Bi? Od trenutka kad su te upoznali bila si deo porodice. Kraj. To je to. Ništa više, ništa manje. Nikad nisu mislili da nekome čine uslugu niti da treba da pokažu brigu kad tvoji roditelji nisu imali vremena. Takvi su. Mislio sam da to znaš i, iskreno, nisam srećan jer misliš da su to radili iz nekog drugog razloga.

– Ne kažem da nisu ljubazni! Sve si pogrešno shvatio. Ne mislim to! – Pokušala sam da objasnim.

– Ne, ali si natuknula da su imali neke skrivene motive. Jedini motiv bio je da ugoste moju prijateljicu, i pošto su te odmah zavoleli, radovali su se kad si kod nas. I još se raduju. Srce bi im se slomilo zbog toga što misliš.

– Ali ja čak i ne govorim italijanski!

– Pa? Ne govori ni Markova žena. To nije važno. To nije uslov da te oni vole ili da budeš deo naše porodice. Ne mogu da poverujem da vodimo ovaj razgovor posle toliko godina!

Stid se pojavio u meni i još suza mi je poteklo ka bradi, gde se, pretpostavljam, slila i većina moje šminke.

Pogledao me je oštro. – Da li je to zbog toga što si zatekla mene i mamu kako se svađamo?

Slegnula sam ramenima, a on je načas zabacio glavu, gledajući u nebo, pre nego što me je pogledao. Nemoć u očima, očigledno upućena meni, navela me je da poželim da je nastavio da gleda u nebo.

– Ako će ti biti lakše, niko u mojoj porodici ne zna o čemu se radi. Pa, pretpostavljam da tata zna, jer je obično tako. Ali to je između nas. Nisi ništa manje deo porodice zbog toga. Porodice ne govore uvek svakome sve.

– Ali uvek si izgledao kao... – Osetila sam se pomalo idiotski. Kad sam je izgovorila glasno, ta stvar koja me je tako dugo mučila sad nije izgledala previše važno. Verovatno i nije imala veze sa mnom. To je bilo nešto privatno. Oni me stvarno smatraju delom porodice. – Žao mi je. Samo sam pretpostavila da se to radi u porodicama, posebno u tvojoj. Pretpostavljam da sam preterala.

Luka je podigao obrvu, slažući se sa mnom.

– Da budem iskrena, kasnije si se ponašao pomalo čudno.

Priznao je to. – Jesam. I znam da ti poznavanje porodičnih odnosa nije jača strana, jer si bila jedinica i tvoji roditelji se nisu mnogo zanimali za tebe. – Prišao mi je jedan korak i podigla sam bradu da ga pogledam u oči, nekako nesposobna da skrenem pogled. – Ali svaka porodica je drugačija, Bi. Sve se ponašaju na drugačiji način. Tvoja će se ponašati drugačije.

Oborila sam glavu. – Ne mislim da će se to dogoditi uskoro.

Luka mi je stavio mali prst ispod brade, nežno me ohrabrujući da nastavim da gledam. – Ne budi tako sigurna. Ti si divna žena kad dozvoliš sebi, i ne samo sebi, da veruješ u to.

– Bio si u baru, zar ne? Na kraju sam dozvolila sebi da budem namagarčena, baš kao što si rekao. To, prijatelju moj, nije divno.

– Nije trebalo da kažem to. Bio sam ljut i nemoćan i rekao sam nešto zbog čega sad žalim. Postoji samo jedna budala, a to je on, ne ti. Imao je priliku da bude s tobom i odrekao se toga. Zaslužuje nagradu za kretena godine.

Pokušala sam da se ne osmehnem.

– I nemoj misliti da ja ne vidim to.

Dodatno sam se potrudila.

– A što se tiče ostatka tvog blebetanja. Grozan posao?

– Ne trenutni, očigledno. Mislila sam na prethodni. Svi ste mi govorili da ga napustim toliko puta, i trebalo je da uradim to. Baš kao što si mi rekao da se vratim na faks, ali bojala sam se. Bojala sam se da napustim bezbedno okruženje koje sam izgradila, ali sad mislim da mi je to više smetalo nego pomoglo. Toliko sam se oslanjala na te zidove da nisam želela da ih napustim. – Obrisala sam suzu nadlanicom, a moja šminka je i zvanično bila uništena. – A očigledno da je Tija mislila da sam slepa i kad se radi o Adrijanu. Ne mogu da verujem da nije ništa rekla.

– Htela je da budeš srećna. Nadala se najboljem, mislim.

– Ali vitez spasilac je bio na oprezu.

– Bio sam u prolazu.

– Zašto?

– Šta zašto?

– Zašto si bio u prolazu? Tvoj stan je u drugom smeru.

Ćutao je predugo.

– O, bože, imaš sastanak! Rekao si da nemaš.

– Imao sam sastanak. Prošlo vreme.

Pomerila sam se unazad i malo ga povukla za rukav. Šake su mu bile hladne kao led. – Koliko je sati? Možeš li da stigneš? I gde su ti rukavice?

Nasmejao se, hvatajući me za nemirne šake. – Rukavice su mi u kolima.

– Pa, ne koriste ti mnogo tamo.

– To je tačno. I ne, ne mogu da stignem.

– Jer si došao ovamo da traćiš vreme? – Glas mi je postao piskaviji.

– Ne. Anika je otkazala sastanak.

Namrštila sam se. – A zašto si onda išao ovuda?

– Nisam hteo da protraćim rezervaciju u sjajnom restoranu, samo zato što nemam sastanak.

Ponovo sam se ugrizla za usnu.

– Hajde. Pitaj. Znam da jedva čekaš.

– Zašto je otkazala?

– Ispostavilo se da nisam tako neodoljiv kao što se priča. – Namignuo je.

Nisam mu se osmehnula. – Da li je gotovo?

– Sa Anikom?

– Da.

– A-ha. Bila je prilično jasna.

– Tako mi je žao, Luka. Trebalo je da kažeš. Znam da ti se stvarno sviđala.

– Jeste. Ali, iskreno, znao sam da nije Ona Prava.

– Izgledali ste srećni zajedno.

– Mislim da sam želeo to. Ali na kraju... – Slegnuo je ramenima vrlo italijanski. – Hoćemo li na večeru?

– Zašto da ne? Ne možeš biti tužan i usamljen za stolom za dvoje.

Pogledao me je iskosa i zaustavio je taksi umesto da odemo peške, jer su oblaci sad osnovali sindikat i izglasali da ispuste ledenu kišu na grad.

– Tija i Džono su učinili da pronalaženje ljubavi na internetu izgleda lako. Mislim da je trebalo da ih tužimo za lažno oglašavanje.

– A-ha. To je teže nego što izgleda. Ili možda lakše.

Namrštila sam se. – To je vrlo zagonetno. Objasni.

– Drugi put. Gladan sam.

– Kuda idemo?

– Rekao sam ti. *Bjanko Nero.*

Oči su mi zasijale. – Stvarno? Mislila sam da si rekao to jer sam pomenula kako je Adrijan godinama bezuspešno pokušavao da rezerviše sto tamo, i hteo si da ga iznerviraš.

Taksi se zaustavio i ušli smo, Luka je dao adresu pre nego što je nastavio razgovor.

– To je bila samo srećna slučajnost, i uživao sam da vidim taj izraz na njegovom samozadovoljnom licu.

Pogledala sam kroz prozor, primećujući boje božićne rasvete koje su se odražavale u baricama i na mokrim, blistavim trotoarima. Ulice su i dalje bile pune ljudi koji su išli u noć i uobičajene gomile turista kojima je London bio domaćin, u svako doba godine.

31.

– Kako uspevam da ih pronađem?

– Kako to misliš?

– Mislim, da li sam ja kriva? Da li imam ugrađen neki čip koji šalje signale čudacima i kretenima? – pitala sam, trudeći se da popravim šminku sa ono malo stvari koje sam imala kod sebe.

– Moguće je. Ko zna?

Zagledala sam se u njega kao Meda Padington, i on se nasmejao, prebacujući ruku preko mene. – Ne. Prilično sam siguran da nemaš. Mnogo ljudi ima isto iskustvo.

– Zato nisam ni htela da se upustim u taj đavolski izazov.

– Ali ponekad moraš da rizikuješ, Bi.

Taksi je usporio ispred neupadljive i prijatne spoljašnjosti restorana u Mejferu. Luka je platio, odbacujući moju ponudu pre nego što se nagnuo i otvorio vrata taksija. Zahvalila sam se vozaču i izašla, žureći po kiši do nadstrešnice i sačekala sam Luku. Brzo je došao i otvorio vrata, pokazujući mi da uđem prva.

– O, gospodine Donato. Drago nam je što vas ponovo vidimo! – Šef sale je prišao brzim hodom, zbog koga je izgledao kao da klizi. Bio je otmen i delotvoran, i nekoliko trenutaka sam se pitala koliko mu je vežbe bilo potrebno za to.

– Pitere. – Luka je pružio ruku. – I meni je drago. Hvala vam što ste pronašli sto za mene. Ovo je moja prijateljica, Bi.

Piter se naklonio i imala sam gotovo neodoljiv poriv da se spustim u kniks, ali nekako sam uspela da se uzdržim. – Drago mi je što sam vas upoznao, gospođice Bi.

– O, samo Bi. – Osmehnula sam se.

Piter je otmeno klimnuo glavom, a onda pružio ruku da nam pokaže kuda da idemo. Primakla sam se Luki.

– I dalje će me zvati gospođica Bi, zar ne?

– Bez sumnje.

Luka je malo okrenuo glavu i izuzetno nežno me poljubio u teme. – Ne brini se zbog toga. – Zatim mi je nežno spustio ruku na krsta, i krenuli smo između stolova, a Luka je povremeno pokretima glave pozdravljao osobe koje poznaje. Nisu mi promakli zadivljeni pogledi koje je privlačio dok smo prolazili, ali njemu jesu. To je bila jedna od stvari koje sam najviše volela kod njega.

– Bog te mazô! – šapnula sam. – Jesi li video ove cene?

Luka je pogledao u mene i podigao obrvu.

– Dobro. Htela sam da platimo popola. Ali potrebna mi je povišica, i to odmah.

– U redu.

– Stvarno?

– A-ha. Razgovarali smo o tome na sastanku prošle nedelje. Kadrovsko priprema dokumentaciju.

– Za šta?

– Tvoju povišicu. – Luka me je nakratko zbunjeno pogledao, pre nego što se ponovo posvetio vinskoj karti.

– Ne, mislim, za šta sam dobila povišicu?

– Završila si probni rad s najboljim ocenama, i mada je tvoj prethodnik bio dobar čovek i efikasan radnik, nije bio upućen u sve nove tehnologije i svet informatike kao što se ti trudiš da budeš. To znači da si predložila i uvela nove ideje i tehnologiju u firmu, koje su već olakšale posao osoblju i povećale opštu efikasnost. Ta veština i posvećenost su zapaženi, i saglasili smo se da zbog toga treba da dobiješ povišicu.

– Bokca mu. – Sedela sam na tren, razmišljajući o svemu tome.

– Da li je sve u redu?

– Da! Mislim, sigurno da. Hvala ti!

– Nema potrebe da mi se zahvaljuješ. Sve je to tvoja zasluga.

Nešto je počelo da me muči. – Da li je?

Ponovo me je pogledao. – A?

– Da li je samo moja zasluga ili si... imao neke veze s tim?

Luka je glasno uzdahnuo. – Stvarno se nadam da nećemo voditi ovakav razgovor svaki put kad dobiješ povišicu ili bonus. Što ti nije garantovano, kao što si pročitala u ugovoru.

– Ne, znam.

– Ali ne. Nisam „imao neke veze s tim“. U stvari, bio sam protiv toga.

– Šta? Zašto? – pitala sam, pomalo preglasno, zbog čega se dvoje gostiju potrudilo da se *ne* okrene i pogleda me, što je izgledalo potpuno isto kao da su zevali u mene kao somovi koji čekaju hranu za ribe. Pocrvenela sam, a Luka se osmehnuo. Ali za razliku od večere sa Adrijanom, nisam se osećala neprijatno dok sam sedela ovde s Lukom. Mogla sam da budem svoja i ne brinem da nisam dovoljno dobra za ovaj restoran... ili društvo. Utišala sam glas.

– Mislim, šta? I zašto? – ponovila sam tiho.

– Jer sam mislio da su ponuđeni uslovi već dobri.

– O.

– Ostali su bili zabrinuti da bi mogla da pređeš u drugu firmu. Rekao sam im da je to malo verovatno.

– O? – ponovila sam, ovog puta u vidu pitanja.

– Bi, bilo je potrebno da se sve planete u svemiru poklope pre nego što si ti napustila prethodni posao, koji je bio loše plaćen i mrzela si ga. Znam da voliš da radiš u *Donatu* i da si napravila sebi bezbedno okruženje. Nisi osoba koja rizikuje ako nemaš mogućnost da igraš na sigurno i držiš se poznatog. Nisam mislio da postoji velika opasnost da uskoro prihvatiš neki rizik na drugom mestu.

– To je prilično surovo, zar ne?

– Šta? Želiš li belo ili crno vino?

– Baš me briga, samo da je mokro. Mislim, koristiš svoje znanje na takav način. I ne igram uvek na sigurno!

– Bi, ja sam biznismen. U ovom svetu moramo da koristimo sve što znamo. A ja znam da ne želiš da ljudi misle kako ti povlađujem jer se poznajemo.

– Pa, ne. Očigledno...

Luka se zagledao u mene na tren, i onda se nasmejao, a celo lice mu je bilo živo i veselo. – Ne možeš da imaš i jedno i drugo, dušo.

Namrštila sam se. – Lepo je znati da ostali prepoznaju moj doprinos i srećni su da me nagrade za to, jer na tebe očigledno ne mogu da se oslonim.

– Nisam rekao da nisam prepoznao to. Samo sam rekao da si već dobila dobru naknadu.

Nisam znala šta da odgovorim na to, i zato sam tiho frknula, što ga je ponovo zasmejalo.

– Šta kažeš na ovo vino? – pitao je, okrećući vinsku kartu ka meni.

Zagrcnula sam se gutljajem vode koji sam upravo popila, kad sam pogledala cenu. – Da li sadrži grumenčiće zlata ili tako nešto?

– Ne, ali imaju i takvo vino, ako želiš.

Podigla sam pogled. Luka je bio mrtav ozbiljan.

– Naravno da ne želim! – odgovorila sam, gledajući ga s nevericom. – Zašto bih to radila?

Luka je ćutao neko vreme, a onda slegnuo ramenima. – Nekim ljudima se sviđa ta zamisao, pretpostavljam.

– A tebi? – pitala sam ga, sad ozbiljna.

– Bože, ne. Mislim da je to smešno, baš kao i ti.

Malo sam nakrivila glavu u stranu. – Ali kupio si takvu bocu da bi zadivio neku ženu, zar ne?

Odmahnuo je rukom neodređeno, ali mislila sam da to sigurno znači da.

– I da li si uspeo?

– Šta?

– Da je zadiviš?

– Zadivio sam je toliko da sam je odveo kući taksijem i predao je cimerki.

– Bokca mu, koliko je popila?

– Skoro dve boce.

– O, Luka, nisi dobio ni kresanje od toga.

– Jok. – Nasmejao se. – Ali sam uništio par omiljenih cipela.

– Kako to?

– Htela je da me poljubi i ispovraćala se po meni.

– Oh, opa.

– Da. Nije bilo šanse da odem taksijem kući u takvom stanju, i makar sam se lepo našetao.

– Baš mi je žao.

– Zbog čega ti je žao? Nisi ti povratila na mene. Tad.

– Hej. To se dogodilo jednom, i imala sam trovanje hranom. A ti si imao majicu i stare farmerke na sebi. To nije isto.

– Istina.

– Da li si je ponovo video?

– Jesam, u stvari.

– Mnogo ljudi ne bi izašlo ponovo s njom.

– Znam. Valjda sam mislio da je to bio izuzetak.

– Naručivanje alkohola s plemenitim metalima?

– Ono posle.

– O. I da li je bilo?

– Recimo da nije bilo trećeg sastanka.

– O. – Pogledala sam ga saosećajno.

Nasmejao se. – Život je takav.

– Čudno. Pretpostavljam da sam zamišljala kako su ti svi sastanci prošli stvarno dobro. Ne mogu da zamislim da si imao loš sastanak. Uvek si izlazio s tim glamuroznim mačkicama, a ti si... – Mahnula sam rukom prema njemu. – ... pa, ti si ti. Pretpostavljam da mi nije palo na pamet da ti neki sastanak nije prošao glatko.

– Zašto ne? Misliš da imaš monopol na loše sastanke? Veruj mi, nemaš.

– Ne mogu da ti opišem koliko se bolje osećam.

Nasmejao se. – Zlobna si.

– Nisam. – Nasmejala sam se. – Znaš o čemu govorim.

– Da nije problem u tebi.

– Da! Teško je ne sumnjati kad nijedan moj sastanak nije prošao kako treba. Mislila sam da sam ja kriva.

– Bi, slušaj me. Rekao sam ti to milion puta i ponoviću ti, ali sad me saslušaj. Ništa ti ne fali. Nisi uradila ništa pogrešno. Samo nisi bila kompatibilna s tim ljudima iz nekog razloga, ne zato što nešto fali njima ili tebi, nego zato što svi tražimo različite stvari. Ono što nam omogućava da kliknemo s tom posebnom osobom.

– Šta ako je moj „klik" pokvaren?

– Tvoj klik je sasvim u redu.

Konobar, koji je odabrao taj trenutak da priđe stolu, zastao je na tren. Pogledala sam Luku. Luka je pogledao mene.

– Klik! – kazao je, iznenada, gledajući konobara. – Klik!

Konobar je klimnuo glavom, osmehujući se nesigurno i pitao je jesmo li spremni da naručimo.

– Možete li nas ostaviti na tren!

– Naravno, gospodine – rekao je, i krenuo ka drugom stolu. Luka je počeo da gleda jelovnik.

– Znaš da je mislio da si rekao...

– Da, znam. Zato sam mu pojasnio.

– A znaš li da je to samo pogoršalo stvari?

– Da. Svestan sam i toga.

– U redu. Dobro. Samo proveravam.

Luka je podigao pogled s jelovnika i pogledao u mene. Oči su mu se smešile, a osmeh mu je bio širok i opušten. Tad sam shvatila. Setila sam se Tijinih reči.

Prema ovome, Luka traži upravo nekog kao što si ti...

– Da li je sve u redu? – pitao je, a osmeh mu je nestao. – Iznenada imaš vrlo čudan izraz na licu.

– Ovaj, ne, da! Dobro sam. – Izbacila sam Tijine reči iz glave. – Dobro!

– Jesi li videla išta što ti se sviđa?

Nakon što smo pojeli glavno jelo, prešli smo na desert. Izbor je bio neverovatan i na kraju smo odabrali tri koja ćemo podeliti. Nisam mogla da zamislim da to radim s nekim drugim... Nisam htela to da radim s nekim drugim... Odagnala sam te misli.

Ne budi smešna. To je Luka. Samo ti je dosta Adrijana i...

Prekinula sam da razmišljam o tome i pokušala da se vratim normalnijem razgovoru... i mislima.

– Dakle, ako imamo u vidu da smo prilično blizu Tijinom krajnjem roku, misliš li da ćeš uspeti da pobediš u ovom izazovu? Nije ostalo mnogo vremena. – Počela sam da mrdam obrvama i pokušala da umirim želudac.

– Sasvim je moguće.

– Ha?

To nije odgovor koji sam očekivala. *Ili kome sam se nadala*, dodala je moja podsvest, nimalo korisno.

– Mislim da ću moći da dokažem kako je moguće pronaći ljubav i pomoću onlajn dejtinga.

– O. Dobro. Dakle ti... ovaj... misliš da si pronašao Onu Pravu? – U želucu mi je ključalo kao u loncu i osetila sam kako me je zapahnuo talas vrućine, a onda me oblio hladan znoj.

– Mislim. Jesi li dobro? – Nagnuo se napred. – Hoćeš li čašu vode? – pitao je, već mi je sipajući.

Popila sam gutljaj vode, i rukom mu dala znak da nastavi, moleći se u sebi da mu ne ponovim iskustvo sastanka sa zlatnim mrvicama.

– To nije bilo potpuno neočekivano, da budem iskren.

– Dakle, to je neko s kim si izlazio ranije?

– Da.

– Da li je to u skladu s pravilima? Imao si nepoštenu prednost – zadirkivala sam ga, trudeći se da zvučim nehajno, iako se sigurno nisam osećala tako.

– Ona ima profil u aplikaciji. To znači da je sve u redu.

Nisam mogla da osporim to.

– Dakle, i dalje je slobodna. Imao si sreće.

– I te kako.

– I? Hajde, reci – kazala sam, ne želeći da čujem ništa o tome, ali ne mogavši da ne saznam, osećajući mazohističku potrebu da saznam sve o ženi koja je konačno ukrala srce Luke Donata. Shvatajući prekasno kako sam želela da to budem ja, i znajući da to nikad nisam mogla niti ću moći da budem.

Luka je pogledao konobara, zahvaljujući mu se kad nam je doneo kafu i tanjirić ručno pravljenih čokoladica. Jedan deo mene želeo je da uzme taj tanjirić i saspe sve u grlo zbog tuge koju sam osećala, dok je drugi deo pokušavao da kontroliše kuvanje u želucu koji nije hteo da dodirne, vidi ili onjuši ništa od toga. Trenutno je druga struja pobedila, ali zamalo.

– Ona je divna – počeo je Luka i osetila sam kako mi se kiselina diže. – Lepa je i duhovita i stvarno pametna. Vrti me oko malog prsta, mada nikad to ne bi priznala. Zasmejava me svakog dana kad razgovaram s njom ili je vidim, a kad se to dogodi osećam se kao da je neko pojačao svetlo u celom svetu. Sve, čak i usrani dani, postaju bolji kraj nje.

– Ona... ovaj... zvuči superiška. – Iznenada sam se pretvorila u tinejdžerku iz osamdesetih. Luka izgleda da to nije primetio. Lice mu je blistalo dok je govorio o svojoj novoj ljubavi. Nisam ga videla takvog. A onda sam znala. Izgubila sam ga ne shvativši do tog trenutka koliko sam ga volela. Bol je bio tako jak, neizdrživ kao da je fizički, oduzimao mi je dah i stezao mi srce dok ga nije zdrobio.

32.

Nakon što sam naglo gurnula naslon svoje stolice, uhvatila sam je pre nego što je pala od naglog pokreta.

– Bi? Šta nije u redu?

– Ja... samo... izvini. Setila sam se da moram da uradim nešto.

– Šta?

Da ošamarim sebe hiljadu puta što sam se zaljubila u najboljeg prijatelja koji se zaljubio u nekog drugog.

– Ništa. Mislim, nešto. Naravno. Samo nije toliko važno.

– Ako nije toliko važno, zašto moraš da odeš usred večere?

– Mislila sam da smo završili.

– Da li je sve u redu? – Konobar se doklizao do nas.

– Da. Možete li da mi donesete kaput, molim vas?

– Naravno, gospođo. Da li gospodin želi svoj kaput?

Luka me je gledao, zbunjenog lica i stisnutih usana.

– Da. Pretpostavljam. – Konobar se ponovo udaljio pre nego što sam stigla da mu kažem kako mi izgleda kaput. Oh, dobro, uz malo sreće možda dobijem bolji.

– Ne. Ne moraš da ideš.

– Tako je. Samo ću sedeti ovde sâm dok ti luduješ.

– Ne ludujem! – rekla sam, glasnim šapatom. Bila sam svesna da svima koji posmatraju, uključujući Luku, izgleda da ludujem i nisam mogla da ga krivim zbog tog opisa. Ali morala sam da odem odatle. Da se udaljim od njega, i to brzo. Luka je platio dok smo čekali svoje kapute.

– Platiću pola računa, obavezno.

– Kako želiš – odgovorio je Luka, odmahujući rukom.

– Hvala ti – rekla sam dok sam uzimala kaput od konobara, a Luka je uradio isto, oblačeći ga lako, dok sam se ja mučila s rukavom, sva uznemirena, i zbog toga sam se još više uznemirila.

– Evo. – Luka je pružio ruku da mi pomogne, ali odmakla sam se.

– Ne treba. – Pogledala sam ga kad sam konačno stavila ruku u rukav. Izgledao je kao da sam ga ošamarila.

– Mislim, hvala u svakom slučaju.

– Naravno. – Bio je veoma namršten, a vilice su mu bile toliko stisnute da sam se zabrinula da će polomiti sebi zube. Ali sad nisam mogla da se usredsredim na bes i zbunjenost koji su njega obuzimali u talasima. Morala sam da odem. Da odem kući. A sad sam shvatila – i da nađem nov posao. Vrata su se zatvorila za nama i okrenula sam se nakratko ka njemu.

– Pa, hvala na večeri. Bolje je da idem da uradim svoju... stvar.

Luka je nastavio da ćuti, zureći u mene tim tamnim očima s dugim trepavicama.

Nikad nisam uspevala da ćutim kad zavlada tišina. Luka je bio stručnjak u tome. Ali neću popustiti. Ne ovog puta. Nisam mogla da dozvolim to. Okrenula sam se i počela da idem prema najbližoj stanici metroa.

– Dakle, to je to? Nećeš ni da se pozdraviš sa mnom?

Zaustavila sam se, i okrenula se da ga pogledam. Lice mu je bilo napola u senci od svetla koje je obasjavalo trotoara kroz zamagljene staklene izloge restorana.

– O, tako je, da. Mislila sam na svoju... stvar. Zdravo! – Vratila sam se nekoliko koraka i cmoknula ga u obraz. Nije se pomerio.

– A koja je to stvar?

– Da li je važno? – brecnula sam se, konačno. Loše sam lagala u najboljem slučaju, a pod Lukinim oštrim pogledom znala sam da neću moći da izdržim.

– Da. Nekako jeste, zbog tvog nenormalno čudnog izlaska i činjenice da sad izgleda kako da ne želiš da budeš ni blizu mene!

Kako samo greši. Pravi problem je bio što nisam želela da budem daleko od njega. Želela sam njegovu kožu na svojoj, njegove ruke na sebi, njegove usne na svojim...

– Znaš da nije tako.

– Sigurno izgleda tako.

– Pa, nije. Samo moram nešto da uradim.

– Dobro. Pozvaću kola. Mogu da te povezem.

– Ne. Nema problema. Ići ću metroom. Volim metro.

– Mrziš metro.

– Samo kad je gužva.

– Dozvoli mi da ti obezbedim prevoz. Bezbednije je. Osećaću se bolje znajući da si makar dovezena pred vrata svoje tajanstvene lokacije.

– To nije tajna.

Luka je izgledao kao da se ne slaže.

– Bilo kako bilo, metro je u redu. Ali hvala. – Okrenula sam se da pođem, a Luka je opsovao, baš kad je jedan lepo odeven stariji par izašao iz restorana. Poskočili su od njegovog ispada.

– Tako mi je žao. – Pružio je ruke prema njima. – Izvinjavam se. Nisam video da izlazite.

Muškarac je zacoktao, a žena se privila uz muža, i otišli su malo dalje i zaustavili taksi. Luka je nervozno prošao rukama kroz kosu, pre nego što je prišao do mesta na kojem sam i dalje stajala.

– Znaš, ti si jedna od najiritantnijih i najtvrdoglavijih osoba koje poznajem! – Sad je bio tako blizu, da sam mogla da osetim njegov losion posle brijanja, koji je mirisao na drvo i dim, i ako bih podigla ruku osetila bih izazovnu oštrinu jednodnevne brade na njegovoj jakoj, oštroj vilici. Gurnula sam ruke dublje u džepove.

– Ako sam toliko iritantna, zašto ne odeš da provedeš ostatak večeri sa svojom Savršenom Ženom, ako je toliko besprekorna?

– Znaš šta? Možda i hoću – odgovorio je.

Okrenula sam se u mestu da ne bi video suze koje sam se trudila da zadržim, a koje su sad tekle neprestano, dok sam se udaljavala od njega. Obrisala sam ih jednom rukom, a onda osetila kako me neko hvata. Preplašena, okrenula sam se, a Luka me je privukao k sebi. Oči su mu bile tamne i usredsređene samo na moje. Nežno mi je pustio ruku i dodirnuo mi lice, nežno mi brišući suze palčevima, a pogledi su nam se sreli kad je nagnuo glavu i dodirnuo mi usne svojim. Struja je potekla kroz mene i znala sam da je i on to osetio. Tiho sam zastenjala kad je napetost popustila, a zamenilo ju je osnovnije osećanje, dok me je Luka privijao uza se i ljubio me kako treba, temeljno, istražujući moja usta jezikom dok me je držao što bliže sebi. Prestala sam da razmišljam i prepustila sam se tome, osećajući se toplo i divno, i kao da sam konačno kod kuće. Ovo je bio Luka. Moj Luka... *Ovo je bio Luka!*

– Ne mogu! – Brzo sam se odmakla, pokušavajući da povratim dah i gotovo se sapličući na neravninu na trotoaru. Luka me je uhvatio i, kad sam se smirila, ponovo sam se povukla, ovog puta opreznije.

– Šta je?

– Ovo. Ti. Mi.

– Da, možeš. Znaš da je to ispravno, Bi. Znam da se osećaš kao ja.

Pogledala sam ga, nesposobna da sakrijem to. Osetila sam to, i on je to znao.

– Nemaju svi ovakvu priliku, Bi. Oboje to znamo. Oboje smo pokušali s drugim ljudima i nije upalilo. Znaš li zašto?

Odmahnula sam glavom, zanemela, dok su se osećanja kovitlala u meni.

– Jer smo suđeni jedno drugom. Da budemo zajedno. Ti i ja. Znam to godinama, ali morao sam da čekam dok i ti nisi to shvatila.

– Ne razumem. Zašto nisi rekao nešto ranije?

– Jer nisam mislio da si zainteresovana i nisam hteo da pokvarim ono što imamo. Ali nisam mogao da uspem ni sa kim drugim, jer one nisu ti. Želeo sam više, i znam da si i ti želela.

– Ne! Ne, nisam! – povikala sam, odmahujući glavom. – A ne želiš ni ti. Sve ovo je zbog te glupe opklade. Oboje smo imali mnogo groznih sastanaka i kad smo se našli u okruženju kao na sastanku, s dobrom hranom i vinom, i romantičnom atmosferom, to je izgledalo ispravno jer se već osećamo prijatno kad smo zajedno. Nije bilo potrebe za pretvaranjem i glupostima koje radimo kad želimo da zadivimo nekog. To nas je samo zbunilo i navelo nas da se sludimo.

– Zaboga, Bi! – prasnuo je Luka. – Konačno sve vidim kristalno jasno, a ako ti, jednom u životu, prestaneš da se ponašaš glupo, shvatićeš da i ti vidiš tako.

– Šta to treba da znači?

– To znači da si godinama sabotirala sebe! Uvek si se bojala da se opustiš i vidiš šta će se dogoditi.

– To nije istina!

– Istina je, Bi, i ti to znaš!

– Promenila sam posao, zar ne?

– Jesi. Nakon deset godina na istom mestu, gde su te ugnjetavali svakog dana pomalo, uprkos tvojim veštinama i talentu, zbog kojih si mogla da odeš i lako nađeš drugi posao. Trebalo je da dođeš do granica izdržljivosti, da te bezbroj puta preskoče prilikom dodele unapređenja i bonusa, da bi uradila nešto povodom toga.

– Nije bilo garancije da ću pronaći posao.

– Pronašla bi ga, i znaš to. Ljudi su padali na nos da ti ponude posao kad si konačno otišla s tog đavoljeg mesta, a znala si i da uvek imaš priliku da radiš kod mene, čim sam osnovao firmu. Pitao sam te na samom početku.

– Nisam htela da mešam posao i prijateljstvo i rizikujem da zabrljam.

– Jao! – Stavio je ruke na potiljak i pogledao u nebo, a onda se okrenuo ka meni. – Uvek radiš to! Uvek očekuješ najgore.

– Nije tako!

– Jeste! Ovo sa onlajn pronalaženjem partnera je savršen primer. Nisi videla to kao priliku, nego samo kao nešto što treba istrpeti. Očekivala si razočaranje, i samo to si videla, samo to si i dobila.

– Dobila sam gomilu loših sastanaka i preljubnika!

– Možda bi bilo drugačije da si se prepustila, da si dozvolila sebi da zablistaš.

– Dakle, ja sam kriva za grozne sastanke? To misliš?

– Naravno da ne. Prekini da izvrćeš moje reči. Samo kažem da ti to radiš. To radiš i sad. S nama. Znaš da je to u redu, znam da znaš. Postoji ta povezanost među nama. Uvek smo je imali, i taj poljubac malopre je pokazao da je to nešto više od prijateljstva. Suđeni smo jedno drugom, i ti to znaš. Mislim da si shvatila to ranije večeras, i uspaničila si se jer se bojiš. Kao što se uvek bojiš.

– To nije pošteno! – Sad sam plakala, grudi su mi se trzale i nisam mogla više da govorim.

– Ne, nije pošteno jer sam te predugo posmatrao kako to sebi radiš, i srce mi se cepa. Sposobnija si nego što misliš, Bi, kad bi sebi dozvolila da pokušaš. Pogledaj to s poslom. Napravila si taj korak, i sad si mnogo srećnija. – Zakoračio je ka meni. – Znam da možeš da me usrećiš, i provešću svaki dan trudeći se da ja usrećim tebe. Ali je istina da mislim kako ne moramo da se trudimo. Uklapamo se, Bi. Uvek smo se uklapali. Znam to dugo i znam da ti znaš. Ali to se može dogoditi samo ako budeš spremna da zakoračiš s te litice i pokušaš.

Zavrtelo mi se u glavi i uhvatila sam se za glavu kao da tako mogu da je umirim. Luka se primakao da me dodirne, ali udaljila sam se i videla kako mu se nemoć i bol pojavljuju na snažnom licu. Srce mi je još malo napuklo.

– Sećaš li se svađe između mene i mame kad si došla iz dvorišta tog dana?

Kako sam mogla da zaboravim? Lukina neobična tajnovitost nije mi izlazila iz glave.

– Svađali smo se zbog tebe.

– Zbog mene? – Osetila sam kako mi se pojedena hrana bućka u želucu.

– A-ha.

– Zašto?

– Zbog onlajn dejtinga. Zbog izazova za pronalaženje One Prave.

– Ali zašto bi se tvoja mama uznemiravala zbog toga, i kakve to veze ima sa mnom?

– Jer je, kao sve dobre majke, već znala da sam pronašao Onu Pravu, i da ću učešćem u tom izazovu rizikovati da te izgubim. Mislila je da treba da ti kažem da ona ne čita samo mene kao knjigu. I mada tad čak ni ti nisi znala da je ovo prava stvar, ona jeste.

– A ti si se pobunio?

– Nisam. Znao sam. Znao sam da želim tebe i znao sam da će nam biti sjajno zajedno, ali nisam mogao da ti kažem kao što bih rekao nekom drugom.

– Zašto nisi?

Glasno je uzdahnuo i počešao se po neobrijanoj bradi, a njegovi dugi jaki prsti proizveli su zvuk struganja.

– Jer si morala da budeš sa mnom zato što to želiš. Zato što me želiš više nego druge, a ne zato što je to bezbedan izbor. Udoban izbor. Želeo sam da budeš sa mnom jer sam ti ja jedini izbor.

– Ne bih uradila to – kazala sam, trudeći se da ne pocrvenim.

– Da, Bi. Uradila bi.

Nisam znala šta da kažem. Znala sam da je u pravu, a i on je znao. Takođe sam znala da ga volim. Više od ičega ili ikoga. Više nego što sam znala da je moguće. Želela sam ga toliko da sam se kidala iznutra...

Luka je prekinuo ćutnju. – Mislim da nedostatak odgovora govori dovoljno. Ponovo stavljaš prepreke i ograničavaš sebe, čak i kad znaš da će biti divno.

– Moglo bi da bude grozno!

Luka me je gledao na tren, podigao glavu prema nebu i onda pogledao u zemlju. – Pozvaću ti kola – rekao je, vadeći telefon iz džepa kaputa.

– A šta bi sad trebalo da se dogodi? Sad kad si me poljubio i sve promenio.

– Prilično sam siguran da si mi uzvratila poljubac, ako se sećaš.

Sećala sam se. Uvek ću se sećati tog poljupca, u to sam bila sigurna.

Luka je nastavio. – Ali ne brini za ostalo. Ništa se neće promeniti, Bi. Ništa se neće promeniti jer ti to nećeš dozvoliti. Ti si suviše zadovoljna da ostaneš u bezbednom okruženju, i možda je tako najbolje. – Namrštio se, stisnuo je vilice, a tamne oči, obično tako tople i prijatne, sad su se zatvorile da me ne gledaju. – A što se tiče poljupca, zaboravi na to. Pretvaraj se da se nije dogodio. Sledeće nedelje idem na planinarenje... to će nam dati malo vremena, a mislim da je to dobro.

– Da zaboravim? – pitala sam. – Kako da uradim to?

– Siguran sam da ćeš pronaći način, Bi. – Glas mu je bio hladan kao čelik. – To je ono što želiš, zar ne?

Nagnula sam lice ka njegovom. *Da li to želim?*

Luka se neveselo nasmejao. – To je tvoj problem, Bi. Gotovo nikad ne znaš šta želiš, a kad saznaš? Kad si sigurna šta želiš, i dalje si suviše uplašena da zgrabiš priliku zbog mogućnosti da ne bude savršena. Pa, život nije savršen, Bi. Znaš to. I nema svrhe pretvarati se da jeste. Ali treba ga živeti, i jedini način je da pokušaš. Ponekad moraš da rizikuješ sve, iako to znači da možeš sve da izgubiš. – Pogledao me je u oči. – Mislim da ne možeš da uradiš to.

Okrenuo se da pogleda jedna kola koja su polako usporavala i podigao je ruku. Stala su kraj nas. Idući ka kolima, pozdravio je vozača, mašući mu da ostane u kolima dok mi je on otvarao vrata, a onda se okrenuo ka meni. Polako sam krenula ka kolima, nesigurno, ali ne zbog alkohola. Sve što se dogodilo otkad smo izašli iz restorana i te kako me je otreznilo. Sad sam se osećala kao da će se zemlja otvoriti pod mojim nogama. Sve se promenilo, ali nisam htela da bude kao pre. Ne stvarno. Ne u srcu.

Luka je bio u pravu. Bila sam suviše uplašena da probam, za slučaj da ne uspe. Za slučaj da ga izgubim zauvek. Ali to je već gotovo? Sve to vreme koliko se poznajemo nikad nije rekao da mora da se odmori od mene. Uvek me je držao uza se, što je sad, naravno, imalo smisla. Nikad nisam posumnjala. Nikad nisam dozvolila sebi da posumnjam, jer nisam verovala da bi neko kao Luka mogao tako da misli o meni. Nisam mislila da sam dovoljno vredna da me primeti. Prihvatila sam pristup svojih roditelja i koristila sam ga čitavog života, pretpostavljajući da će svi uvek misliti isto o meni. Ali oni su mogli da se ponašaju tako prema meni samo ako im dozvolim. Luka me je uvek video kao nešto više. To sam sad shvatila.

– Kasno je. Treba da odeš kući. – Lukino lice je bilo bezizrazno, a ton mu je govorio da je rasprava završena. Nije imalo šta više da se kaže. Spustila sam ruku na krov, smirujući sebe kako bih ušla u kola. Luka je uhvatio ivicu otvorenih vrata kad se okrenuo da razgovara s vozačem, izbegavajući svaku mogućnost da me pogleda u oči. Ušla sam, osećajući meko i hladno kožno sedište pod prstima. Videla sam kako Luka kreće da zatvori vrata.

Neće se ni oprostiti.

– Luka?

Nagnuo se preko vrha vrata i upitno nakrivio glavu.

– Šta smo sad? Jesmo li... – Pokušala sam da progutam bolnu knedlu koja mi se stvorila u grlu. – Jesmo li i dalje prijatelji?

– Da, Bi. – U glasu su mu se sad čuli samo umor i ogorčenost. – Prijatelji. Kao i uvek. – Pre nego što sam stigla da odgovorim, zatvorio je vrata i dvaput lupnuo po krovu, obaveštavajući vozača da krene. Okrenula sam se, ali Luka je već okrenuo leđa i izvadio telefon, verovatno da pozove druga kola za sebe. Mogli smo da ga ostavimo usput, ali bilo je jasno da je, za razliku od ranije, Luka sad hteo da se distancira od mene. A za to sam mogla samo sebe da krivim.

33.

Tija mi je dodala još jednu kutiju papirnih maramica, vadeći mi jednu po jednu kako bi, pretpostavljala sam, izbegla napad nemoći kad se poslednja zaglavi, i zbog toga je pod moje spavaće sobe izgledao kao da je neko očerupao veliku kokošku, jer je tepih bio ukrašen belim komadićima papira. Došla je do mene i donela mi sve što mi treba. Nisam htela da je zovem, ali konačno sam shvatila da ne mogu stalno sama da se nosim s problemima – i da nisam to morala. A sad mi je ona bila potrebna. Kad se začulo zvono na vratima, otvorila sam i zatekla je kako stoji tamo s dve velike kutije papirnih maramica i ogromnim zagrljajem. Krhka brava koja je držala zatvorenu branu sad se raspala i ona me je uvela unutra, a onda sam se sklupčala na krevetu, i jecala zbog svega što sam izgubila jer sam se bojala da pokušam... uključujući sad, izgledalo je, jedinog muškarca bez koga nisam mogla da zamislim svoj život.

– Jesam li ja bila jedina koja nije znala?

Tija se namrštila. – Uglavnom.

– Otkad?

– Bilo je prilično očigledno, ali nekima od nas je postalo očiglednije u poslednjih nekoliko godina. Zar nikad nisi mogla da se dosetiš razloga što nije voleo nijednog tvog momka?

– Ne stvarno. Mislila sam da se samo ne slaže sa mnom kako bi se zabavio, kao što je uvek radio.

– Da budem iskrena, mislila sam da je to obostrano. Mislim, po načinu kako si se uvek sklanjala od svih žena koje je dovodio u pab.

– Ne. Nikad ga nisam gledala tako. Pretpostavljam zato što mi nikad nije palo na pamet da bi moglo da bude uzvraćeno, i uvek sam se osećala neugledno kraj njega.

– Dušo, nisi izgledala tako. Uvek si imala iskrivljeno mišljenje o sebi, kao da si manje vredna, i mogu da razumem kako se to dogodilo. Mislim, zbog tvojih roditelja i svega. Znaš li da te je Luka uvek potajno gledao kad misli da ga niko ne vidi?

Okrenula sam se i pogledala me je u oči. – Zar se nikad nisi zapitala zašto su sve njegove veze trajale maksimalno nekoliko noći?

– Mislila sam da voli da se zabavlja.

– Možda na početku. Ali onda je samo pokušavao da nađe nekog s kim se oseća kao s tobom. I nije mogao. Čak ni Anika, koja je divna, ali nije bila ti. Kad ti uđeš, on se ozari.

Premestila sam se i pogledala je s kreveta, stežući jastuk. Tija mi je uzvratila pogled i klimnula glavom. – A-ha – odgovorila je na moj upitni pogled.

– Pa, prilično sam sigurna da sam ugasila svu strast koju je možda imao prema meni. Mrzi me. – Osetila sam kako mi suze ponovo teku.

– Ne mrzi te.

– Nije se ni pozdravio, a kamoli me zagrlio. I sad je otperjao bog zna kud, na nedelju dana. Pitala sam ga da li smo i dalje prijatelji, a glas mu je bio ravnodušan. Rekao je da, ali nismo. Znam to, i on zna to. Samo mi je rekao ono što sam htela da čujem, kako bi mogao da ode.

– Dušo. Upravo si mu slomila srce. Daj mu malo vremena.

– Ne želim. Želim...

– Šta želiš? – pitala je Tija, ozbiljnim glasom. – Moraš da razmisliš o ovome, Bi. Pričamo o Luki. Ne zaslužuje da ga sluđuješ. Suviše je dobar za to, a i ti si.

– Ne moram da razmišljam o tome.

Tija je upitno podigla divne, tamne, lepo počupane obrve.

– Želim Luku. – Sela sam. – Želim Luku – ponovila sam, ovoga puta sa uverenošću u glasu i srcu, koja je izgledala tako ispravno da sam znala da ne grešim. – Uvek sam ga želela. Samo nisam znala to do sinoć, a onda, kad sam imala priliku, pobegla sam, kao što uvek radim, baš kao što je Luka rekao. Ali nije trebalo. Trebalo je da ga zgrabim obema rukama.

– Onda moraš to da uradiš.

– Ali ako ga pozovem, možda mi se ne javi. – Deo mene je shvatio da ponovo radim ono za šta me je Luka optužio... očekujem najgore.

– Neće se javiti.

Naglo sam je pogledala, nakon što sam pronašla Lukin kontakt u telefonu.

– Šta?

– To mesto na kojem planinare... Rekao mi je da je prilično zabačeno i da nema signala. Ali vratiće se za nedelju dana. Možeš tad da mu kažeš.

Nedelja dana mi je izgledala kao večnost. – Misliš li da će me saslušati?

– To je Luka. Tvrdoglav je i ljut na tebe ali, da, mislim da će te saslušati.

– Jesam li propustila priliku?

Tija je slegnula ramenima i zagrlila me je da pokuša da ublaži udarac. – Stvarno ne znam, Bi. Nikad ga nisam videla toliko uznemirenog. Ne znam da li će ponovo želeti to. Samo možemo da se nadamo.

Klimnula sam glavom i Tija me je ponovo zagrlila. – Žao mi je. Znam da to nije odgovor koji si želela da čuješ, ali odlučila sam da pretvaranje da ne znam nešto, kao kad je Luka video Adrijana da te vara, ne koristi nikom.

Tija me je ponovo zagrlila pre nego što je krenula, a ja sam otišla da se istuširam i potrudim se da izvučem sebe iz sažaljenja u koje sam upala. Oprala sam kosu, obukla neku haljinu i stavila karmin. Uzela sam topao, bež vuneni kaput koji sam retko nosila ali sam ga volela, navukla čizme i stavila vunenu kapu s kićankom, koja je veselo poskakivala pri svakom koraku. Kad sam zaključala vrata za sobom, krenula sam ka lokalnom parku, na svež vazduh. Ili makar nešto najsličnije tome u predgrađu Londona.

Kad sam se vratila kući dva sata kasnije, nakon što sam hodala kilometrima, neprestano razmišljajući, skuvala sam čaj i sela na sofu, podvivši noge. A onda sam uzela telefon i pronašla Lukin kontakt. Zahvaljujući Tiji, znala sam da mi neće odgovoriti, ali morala sam da mu kažem neke stvari i samo sam se nadala da će preslušati poruku kad se vrati u civilizaciju.

Duboko sam udahnula i pritisnula malu zelenu telefonsku slušalicu na ekranu. Neki glas mi je rekao da je osoba koju sam pozvala nedostupna i da ostavim poruku nakon signala. Sad ili nikad.

– Zdravo. Ja sam. Nadam se da se sjajno provodiš. – Zastala sam i namrštila se zbog banalnosti tog komentara. – Ne znam kad ćeš dobiti ovu poruku, ni da li ćeš je preslušati, ali samo sam htela da ti kažem da si bio u pravu. Imala sam mnogo vremena za razmišljanje, ali nisam morala da razmišljam. Znala sam da si u pravu sinoć, baš kao što si i ti znao, ali nisam bila dovoljno hrabra za taj korak. Ali, kao što si rekao, jedina stvar koja me ometa sam ja sama. Sad to shvatam i menjam se, i jedino što me plaši je da sam izgubila jedinog muškarca koga sam ikad volela. Najbolju osobu koju poznajem. Jedinog koji je mogao da me nasmeje i rasplače i činio je da se osećam voljeno. Bojim se da se nikad više neću osećati kako sam se osećala kad si me grlio i ljubio. Znala sam da je to pravo mesto za mene, i prava osoba s kojom treba da budem, i to me je uplašilo, jer si to bio ti. Ali više se ne plašim. Volim te, Luka. Uvek sam te volela. Samo mi je bilo potrebno da te izgubim kako bih shvatila koliko te volim, i žao mi je zbog toga.

Glas mi je promukao i završila sam poziv, brišući pritom suze. Ne znam da li će to biti dovoljno, ali bilo kako bilo, drago mi je što sam rizikovala. Drago mi je što sam bila dovoljno hrabra da uradim to.

– Mislila sam da je Luka trebalo da se vrati danas? – kazala je Helen kad sam ušla u kuhinju da uzmem smuti iz frižidera, nedelju dana kasnije.

– Ovaj... Nisam sigurna. Možda mu je let odložen ili tako nešto.

– Ne liči na njega da nam ne javi ako je promenio planove. Stvarno vodi računa o tome.

Klimnula sam glavom. Helen je bila u pravu. Luka je trebalo da se vrati danas. Na osnovu onog što mi je Tija rekla, trebalo je da doleti u subotu uveče, jer me je pozvala i pitala da li mi se javio. Dotad je sigurno dobio poruku i ili nije hteo da je sasluša ili jeste, ali to nije uticalo na njega. Srce mi je sad bilo razbijeno na komade i jedina uteha mi je bila što sam pokušala. Na kraju, to će uvek zavisiti od Luke i njegova odluka je nešto na šta ne mogu da utičem. Helen me je upitno pogledala, a pretvarala sam se da ne znam zašto, osmehnula sam se i otišla do svog stola.

Cifre na ekranu su mi se zamaglile i izgledale su potpuno zbrkano. Obično sam čitala kodove bez razmišljanja, baš kao da su napisani na razumljivom jeziku, ali danas mi je mozak radio usporeno. Potajno sam pogledala Lukin prazan sto i osetila kako mi se želudac ponovo grči kad mi je telefon zavibrirao. Brzo sam ga uzela, i želudac mi se ponovo zgrčio kad sam videla da to nije Luka nego neka nepoznata osoba, koja verovatno pokušava da mi proda nešto, ili mi kaže da sam imala nesreću koja se nikad nije dogodila. Prst mi je zaigrao iznad dugmeta za odbijanje poziva ali ipak sam se javila. To će mi omogućiti kratak odmor od posla.

– Halo.

– Bi?

– Ovaj... ko je to?

– O, Bi! Lukina mama.

Osetila sam kako mi boja nestaje s lica i svaka kost u telu mi postaje mekana. Nisam mogla da govorim.

– Jesi li tu?

– Jesam.

– Bi, došlo je do lavine tamo gde je Luka s prijateljima otišao na planinarenje.

– Molim te, ne... – prošaputala sam.

– Ne, ne, dušo! – brzo je rekla. – Dobro je. Bezbedan je. Bili su izgubljeni jedan dan, ali uspeli su da pronađu jedni druge i zagreju se, i snađu se dok ih nisu spasli i vratili kući. Prilično je izubijan i uspeo je da gadno slomi nogu, ali operisan je i spojili su je, no i dalje uzima jake lekove protiv bolova i povremeno gubi svest.

– Dobro – kazala sam, ne mogavši da pronađem druge reči dok je moj um pokušavao da obradi sve što sam čula i koliko sam bila blizu da ga zauvek izgubim.

– Čim sam ga videla, pitala sam ga da li da te pozovem. Znam šta se dogodilo, ali u ovim okolnostima...

– A-ha.

– Naterao me je da obećam da te neću pozvati.

– Dobro – odgovorila sam, sad uplakana. Znala sam da me kolege potajno gledaju preko monitora, ali nisam marila.

– Rekla sam mu da će te to zanimati, ali uvek je bio tvrdoglav. To mu je omogućilo da postigne sve što je postigao, ali, iskreno, ponekad me izluđuje.

Tih, prigušen smeh mi se oteo iz grla, ali bio je obložen bolom.

– Konačno se probudio na dovoljno dugo da pogleda na nekoliko minuta telefon. Koji je nekako preživeo sve to.

– Ima tu superjaku futrolu, kao onu što koriste vojnici, kad ide u te svoje avanture. – Taj odgovor je bio automatski. Znala sam sve o Luki, kao i on o meni.

– Oh, dobro. Pa eto, dakle. U redu. Bilo kako bilo, preslušao je tvoju poruku. Čini mi se da si je ostavila.

– Da.

– Ne znam šta si mu rekla, ali retko sam videla sina kako plače...

– O! Nisam htela...

– Ne, ne, *cara mia*. Bile su to suze radosnice, kunem se.

– Stvarno? – upitala sam, a suze radosnice su mi potekle niz lice i skupljale se na bradi, pre nego što bi pale na dokumente na mom stolu.

– Bez sumnje. Već je gubio svest kad sam mu uzela telefon, ali činilo mi se da se nešto promenilo. Nazovi to majčinskom intuicijom. – Nasmejala se. – Ponovo sam ga pitala da li da te pozovem. Uspeo je da klimne glavom i šapne „molim te" pre nego što su ga lekovi uspavali.

– Mogu li da ga vidim?

– Naravno. Prilično sam sigurna da tvom šefu to neće smetati. – Ponovo se nasmejala i čula sam olakšanje u njenom glasu dok mi je govorila u kojoj je bolnici. Sin joj je bio zatrpan u lavini, ali pronađen je živ i uglavnom zdrav. Sve je moglo da se završi drugačije. Za sve nas.

Sela sam u taksi i pozvala Lukinog zamenika, nesigurna da li je obavešten ili nije.

– Nisam! Ostavio sam brdo poruka, ali nije mi se javio. Bože! Da li je dobro?

Obavestila sam ga i objasnila mu za lekove protiv bolova i kako znam da će se Luka javiti čim bude mogao.

– Naravno. Nema žurbe. Ideš li sad kod njega?

– Da.

– Dobro. Kaži mu da je sve pod kontrolom i da se ne brine, i neka me pozove kad bude spreman.

– Hvala, Endi. Hoću. – Prekinula sam vezu baš kad se taksi zaustavio ispred bolnice. Moleći u sebi taksistinu kasu da radi brže, istrčala sam i projurila kroz vrata, do prvog šaltera koji sam videla.

– Tražim sobu 205. Luka Donato.

– Tamo desno su liftovi. Prvi sprat.

– Hvala vam – kazala sam, već u pokretu. Kad lift nije stigao nakon dve sekunde, krenula sam kroz vrata s natpisom „stepenište" i otrčala na prvi sprat, jureći hodnikom i gledajući oznake.

– I bilo je krajnje vreme da se pojaviš – široko se osmehnuo Marko, jedan od Lukine braće, kad se okretao od aparata za kafu pored vrata.

– Tek sad sam saznala – kazala sam zadihano. – Nisam... – Moj protest je zagušen kad me je čvrsto zagrlio.

– Zezam te. Bilo je krajnje vreme da se vas dvoje urazumite i budete zajedno. Svi smo strpljivo čekali godinama.

– Otkad to Donatovi strpljivo čekaju? – Zakikotala sam se, a oči su mi ponovo zasuzile.

– Dobro rečeno. Evo. – Dao mi je čistu maramicu iz pakovanja u svom džepu. – Dođi, odvešću te.

Svetla su bila prigušena zbog osobe koja je spavala u krevetu. Metalna rešetka koja je sprečavala čaršav da mu dodirne povređenu nogu prekrivala je donji deo kreveta, a njegovo prelepo lice bilo je zbrka modrica u duginim bojama, vidljivih čak i u polumraku. Imao je zavoje na dve posekotine na desnom obrazu i još jedan na rani na čelu. Osetila sam kako mi boja napušta lice kad sam shvatila koliko smo bili blizu tome da ga izgubimo.

Njegovi roditelji su ustali i zagrlili me, a njegova mama mi je sklonila kosu s lica i poljubila me u obraz. Nije bilo potrebe za rečima. Njihovi pogledi i pokreti su rekli sve.

Pronašla sam nepovređen deo Lukinog lica i poljubila sam ga nežno pre nego što sam sela pored kreveta i uhvatila ga za ruku.

Kapci su mu nakratko pospano zatreperili, pre nego što su mu se sanjive oči usredsredile na mene. Taj predivni osmeh mu je obasjao lice i uhvatio me je za ruku pre nego što je ponovo zaspao zbog lekova. Spuštajući drugu ruku na naše stisnute, znala sam da bih rizikovala sve za ovog muškarca, sad i uvek.

Epilog

Osamnaest meseci kasnije

Kad se sledeći put probudio, Luka me je zaprosio, ali naterala sam ga da to uradi ponovo kad bude sasvim svestan, za svaki slučaj. Uradio je to na Badnje veče, i tako pobedio u izazovu, po vlastitim rečima. Ja se, očigledno, nisam slagala s tim. I dalje smo raspravljali o pojedinostima njegove takozvane pobede. Pošto smo čekali toliko dugo da budemo zajedno, nijedno od nas nije želelo dugu veridbu, i šest meseci kasnije zvanično sam postala deo porodice Donato.

Kompanija *Donato rešenja* nastavila je da napreduje, a posao s Japancima na kojem je Luka radio kad sam se zaposlila doneo nam je veću zapaženost i prestiž, dozvoljavajući kompaniji da se širi. Preselili smo poslovne prostorije, a kao direktorka informatičkih i digitalnih rešenja dobila sam svoju kancelariju (s predivnim pogledom na reku), skupe posetnice i sekretaricu.

Ponudila sam svoj stan na prodaju čim je Luka izašao iz bolnice. Provodila sam sve vreme u njegovom stanu i nijedno od nas nije htelo da duže budemo razdvojeni. Prodao se dva dana kasnije, za više novca nego što sam tražila, a Tija i Džono su mi pomogli da trajno prebacim stvari kod Luke.

Danas je njihovo venčanje i Tija izgleda zadivljujuće. Džono će se rasplakati kad je vidi. Bela, Lusi i ja smo deveruše, kikoćemo se zajedno kao šiparice. Naravno, moja haljina je morala da bude prepravljena i nisam sigurna da ću moći da plešem išta osim sporih plesova sa svojim divnim mužem kasnije te večeri. Naš sin treba da se rodi za mesec dana i već smo počeli da tražimo kuće dalje od Londona, ali i dalje dovoljno blizu da budemo s porodicom što je češće moguće, s dvorištem gde bi mogao da se igra. Oboje želimo više dece, ali trenutno sam zauzeta ovim jednim.

Telefon mi zapišti i izvadim ga iz džepa. Tija se pobrinula da sve imamo džepove na haljinama. To je jedan od mnogih razloga zbog kojih je volim.

Imaš li vremena?

Proverim s Tijom i odem u jednu od soba u apartmanu, da se javim. Luka mi je uputio video-poziv. Kad se javim, vidim mu lice pritisnuto uz telefon, i ponovo poskočim. Kažem mu da će on biti kriv ako se porodim usred venčanja. Nasmeje se tim svojim smehom i osmehne se tim svojim osmehom i zaljubim se ponovo u čoveka s kojim konačno živim punim plućima.

Zahvalnice

Dobro! Još jedna knjiga započeta tokom još jednog karantina. Ko bi to pomislio? Između karantina, preseljenja i ožalošćenosti, bilo bi blago reći da je pisanje ove knjige bilo izazovno. Želim da iskoristim ovu priliku da se zahvalim svim ljudima iz *Boldvuda*, na njihovoj podršci, razumevanju i ljudskosti nakon maminog odlaska u hospicijum i našeg kasnijeg gubitka. Njihova empatija skinula je jednu veliku brigu s mog uma o krajnjem roku za dostavljanje teksta, u jednom neverovatno teškom periodu. Ne mogu da vam se zahvalim dovoljno na tome, i da vam kažem koliko je to značilo meni i mojoj porodici.

Hvala mojoj urednici Sari, lektorki Su i korektorki Rouz, što su mi pomogle da ova knjiga bude najbolja moguća. Sve ste se potrudile i stvarno sam vam zahvalna na vrednom radu. Hvala i Debi Klement, veoma talentovanoj dizajnerki zaslužnoj za predivne korice.

Pisanje može da bude prilično usamljeničko zanimanje, tako da je divno kad znaš da možeš da pozoveš neke ljude, razgovaraš s njima i postavljaš nasumična pitanja i znaš da nisi sama. Hvala Rejčel B., Rejčel Dž., Sari B. i Net, posebno na ćaskanju i što su pomogle da se proširi glas o mojoj prethodnoj knjizi, na dan objavljivanja, kad sam ja bila sprečena. Izuzetno cenim vašu ljubaznost i velikodušnost i dugujem vam mnogo zagrljaja, kad to bude moguće. Hvala vam, drage moje. Volim vas!

Kad pominjem prijatelje, ne mogu da zaboravim predivnu Džo P., koja mi je bila velika podrška u teškim trenucima, uprkos tome što je imala svojih briga. Hvala i D., koja mi je dozvolila da dođem kod nje na nekoliko dana i uživam u lepoti velške prirode, nedugo nakon sahrane... melem za srce i dušu.

Mnogo hvala blogerima koji dele divne prikaze i divne fotografije mojih knjiga i pomažu da se za njih čuje. Književnost je vrlo kompetitivna, i ima toliko knjiga koje se bore za pažnju, tako da veoma cenim vaše vreme, prikaze i podršku.

I naravno, hvala vama, divni čitaoci. Vaša podrška mojim knjigama znači da ću nastaviti da radim ovo. Hvala vam mnogo. Volim kad mi se javite, i radite to kad god poželite. Zahvalna sam vam na divnim komentarima, i mnogo mi znači kad čujem da su vas moje knjige zabavile.

I na kraju, hvala Džejmsu, bez čije ljubavi, vere i podrške ništa od ovog ne bi bilo moguće.

Beleška o autoru

Maksin je htela da bude pisac otkad zna za sebe, i napisala je prvu (vrlo kratku) knjigu kad je imala deset godina.

Kako je vreme prolazilo nastavila je da piše, ali „normalan" posao joj je često smetao u tome. Pisala je članke na razne teme, kao i knjigu o istoriji Brajtona. Međutim, romani su joj prva ljubav.

U avgustu 2015, pobedila je na božićnom konkursu *HarperKolinsa* sa svojom prvom romantičnom komedijom, *Zimska bajka*.

Maksin živi na jugoistočnoj obali Engleske, a kad ne piše voli da čita, šije i sluša potkaste i audio-knjige. Pošto voli čaj i kolačiće, može (i treba!) biti primećena dok se šeta (mada, po mogućstvu, negde gde nema mnogo brežuljaka).

www.ingramcontent.com/pod-product-compliance
Lightning Source LLC
Chambersburg PA
CBHW031213020726
47499CB00002B/571